कभी हसरत थी
आसमां छूने की,
अब तमन्ना है
आसमां के पार जाने की।

कुछ सच्ची कुछ झूठी

कुमारेन्द्र सिंह सेंगर

अंजुमन प्रकाशन

अंजुमन प्रकाशन
942, मुट्ठीगंज, प्रयागराज-3 उत्तर प्रदेश, भारत
www.anjumanpublication.com
contact@anjumanpublication.com

मूल्य भारत में : ₹ 125

प्रथम संस्करण अंजमुन प्रकाशन द्वारा 2019 में प्रकाशित

आवरण व टाइप सेटिंग : अंजुमन प्रकाशन टीम
भारत में मुद्रित व जिल्दबंद

ISBN : 978-93-88556-13-2

समर्पण

अइया-बाबा, नानी-नाना सहित
उन सभी अग्रजों को
जिनके स्नेह, आशीर्वाद ने
हमें अपनी बात कहने योग्य बनाया।

सब कुछ सच्ची, न कुछ झूठी

अपने बारे में कुछ लिखने का, अपने बारे में सबको बताने का विचार बहुत दिनों से या कहें कि बहुत वर्षों से मन में था पर अभी इस उम्र में ही अपने बारे में कुछ लिखने-कहने के बारे में सोचा नहीं था। कई-कई जीवनियों, कई-कई संस्मरणों, कई-कई महानुभावों को पढ़ने के दौरान मन कहता था कि कभी लोग हमारे बारे में भी ऐसे ही पढ़ेंगे, हमारे बारे में भी ऐसे ही चर्चा करेंगे। यह भी सोचा करते थे कि जब हम अपनी कहानी लिखेंगे तो उसको किस शीर्षक के भीतर समेटेंगे? जब हमारी बात किसी पुस्तक के रूप में सामने आएगी तो लोगों के सामने उसे किस नाम से लायेंगे? जितनी बड़ी समस्या अपने बारे में लिखने-बताने की थी, उससे कहीं बड़ी समस्या पुस्तक के शीर्षक को लेकर थी। समस्या का समाधान कोई और कर भी नहीं सकता था क्योंकि समस्या किसी के सामने प्रकट भी नहीं की गयी थी। यार-दोस्तों के बीच रखी भी नहीं थी। ऐसे में हमारी ही समस्या और हमारा ही समाधान जैसी बात होने के कारण उसका समाधान हमें ही निकालना था। समस्या का समाधान यह निकला कि जब आत्मकथा लिखी जाएगी; जब अपनी कहानी कही जाएगी तो उसका नामकरण उसी समय कर दिया जायेगा। अपनी कहानी लिखना भविष्य का प्रोजेक्ट था सो उसका नामकरण भी भविष्य के गर्भ में डाल दिया गया।

समय बदलता रहा, परिस्थितियाँ बदलती रहीं, उम्र बदलती रही, हम बदलते रहे और इस अदला-बदली में विचार भी बदलते रहे। उम्र के तीन दशकों की यात्रा के बाद सोचा कि अब कुछ लिखा जाय पर लगा कि अभी कुछ ज़्यादा ही जल्दी हो जाएगी। इतनी जल्दी भी लोगों का सिर नहीं खाना चाहिए, लोगों को पकाना नहीं चाहिए। इसके बाद एक दशक के इंतजार के बाद इस पड़ाव पर आकर सोचा कि अब न देर है और न ही जल्दी; अब कुछ लिखा जा सकता है; लोगों को अपने बारे में बताया जा सकता है। क्या लिखा जाए? क्या बताया जाए? क्यों बताया जाए? कैसे बताया जाए? कितना बताया जाए? इस तरह के न जाने कितने प्रश्नों ने अपना सिर उठाया। एक पल में चार दशकों की यात्रा आँखों के सामने घूम गयी। बहुत कुछ सुखद, बहुत कुछ दुःखद, कितना अपनापन, कितना बेगानापन, कितनी सफलताएँ, कितनी असफलताएँ, कितने

आरोप, कितने प्रत्यारोप, कितनों का मिलना, कितनों का बिछड़ना, क्या-क्या सीखना, क्या-क्या सिखाना, क्या-क्या बनाना, क्या-क्या बिगाड़ना, क्या-क्या हासिल हुआ, क्या-क्या खो दिया, कितना लाभ, कितनी हानि आदि का हिसाब-किताब दिमागी कैल्क्युलेटर पर होने लगा।

क्यों? क्या? कैसे? किसको? आदि ने डराया भी। बहुत से नक़ाब उतरने का संकट दिखाई दिया। खुद अपने को भी कमजोर देखा। अपनों की टूटन दिखाई देने लगी। विचार काँपे, हाथ काँपे, कलम ने चलने से मना किया पर वर्षों की मनोच्छा को पूरा करना था सो हिम्मत बाँधी। विचारों को थाम, विचारों को ही टटोला। शीर्षक के बहाने एक आवरण खोज निकाला और फिर कुछ सच्ची कुछ झूठी कहने बैठ गये।

अनुक्रम

सुनते जाओ कहानी हमारी

संभव है कि आप लोगों को शीर्षक देखकर हैरानी हुई हो। शीर्षक-निर्धारण के बाद बहुत लोगों से इस सम्बन्ध में चर्चा होती रही, सोशल मीडिया के द्वारा भी इसके बारे में लोगों को जानकारी होती रही। कोई भी ऐसा व्यक्ति नहीं मिला जिसने इस शीर्षक पर आश्चर्य व्यक्त न किया हो। होना भी चाहिए था क्योंकि एक आमधारणा है कि आत्मकथा में सब कुछ सच ही होता है, उसमें झूठ का कोई स्थान नहीं होता है। ऐसे में कुछ सच्ची तो समझ आता है मगर कुछ झूठी से आशय स्पष्ट नहीं होता है। चूँकि आप सब हमारी इस कहानी के द्वारा हमसे किसी न किसी रूप में जुड़ चुके हैं, ऐसे में हमारा दायित्व भी बनता है कि आपको बहुत ज़्यादा हैरान-परेशान न करते हुए, शीर्षक के 'कुछ झूठी' के बारे में बता दें।

पहली बात तो यहाँ यह स्पष्ट कर दें कि हमने अपनी इस कहानी के लिए अपने आरम्भिक चालीस वर्ष के जीवनकाल (1973-2013) का ही चयन किया है। ऐसा किसी कारण विशेष से नहीं, बस कुछ सच्ची कुछ झूठी को विस्तार से रोकने के लिए ऐसा किया गया है। यद्यपि इन चालीस वर्ष में ही अनुभव की इतनी विराट यात्रा की जा चुकी है कि संस्मरणों, स्मृतियों का एक विस्तृत ख़ज़ाना हमारे पास सुरक्षित है। यह अनुभव निश्चित ही हमारी अपनी थाती है मगर ऐसा अनुभव किया है कि सामाजिक-जीवन से जुड़े लोगों का जीवन उनका निजी अथवा व्यक्तिगत नहीं रह जाता है; उसे भी उनके कार्य-व्यवहार की तरह सामाजिक होना पड़ता है। ऐसा होना भी चाहिए, तभी किसी सामाजिक व्यक्ति के कहने और करने के बीच किसी तरह का विरोधाभास दिखाई नहीं देता है।

सामाजिक जीवन से आये, मिले अनुभवों के अपने लाभ हैं तो अपनी हानियाँ भी हैं। उनके अपने खतरे भी हैं। यहाँ हमने तो आत्मकथा लिखने के बहाने कई तरह के ख़तरे उठाने का मन बना लिया है मगर हमें यहीं रुककर सोचना पड़ेगा कि क्या वे लोग ख़तरा उठाने की मानसिकता बना पाये हैं अथवा खतरा उठा पायेंगे, जिनका ज़िक्र इसमें होने वाला है? यही वह बिंदु है जिसने सोचने को मजबूर किया कि अपने अनुभवों की थाती में से किसी के जीवन का

एक छोटा-सा पल भी यदि सामने लाया जा रहा है तो क्या यह उचित होगा कि अपनी कहानी कहने भर के लिए किसी दूसरे के जीवन में उथल-पुथल मचा दी जाए?

आत्मकथा लिखने के पहले यहीं रुककर विचार किया कि यदि सत्य को छिपाया जाता है अथवा उस पर झूठ का आवरण ओढ़ाया जाता है तो फिर आत्मकथा में सत्य के साथ खिलवाड़ हो जायेगा। ऐसे में दोनों स्थितियों के बीच सामंजस्य निकालते हुए एक ऐसे आवरण को तैयार किया गया जो झूठ नहीं है बस सत्य को किसी और तरीके से प्रस्तुत करता है। एक ऐसा आवरण जो सामने वाले को प्रदर्शित करने के साथ-साथ उसका आभूषण भी बनता है। बस, हमारे अनुभवों में शामिल अनेकानेक लोगों को उनकी उथल-पुथल से बचाने के लिए यही आवरण 'कुछ झूठी' के रूप में प्रयोग किया गया है। इस तरह कुछ सच्ची कुछ झूठी की रचना-प्रक्रिया आरम्भ हुई।

अब कुछ थोड़ी सी बातें विशुद्ध आपसे ही; अपने सन्दर्भ में, कुछ सच्ची कुछ झूठी के सन्दर्भ में। हमारी अपनी इस कहानी में कोई दर्शन नहीं है, कोई आदर्श नहीं है, कोई प्रवचन नहीं है। अपनी कहानी आपसे बाँटने के पीछे न तो अपने आपको किसी आदर्शात्मक रूप में प्रस्तुत करना है और न ही यह अभिलाषा है कि इसमें किसी भी तरह का आदर्श तलाशा जाए। यह विशुद्ध रूप से हमारे अपने जीवन की वह कहानी है जो हमने बचपन से लेकर अभी तक देखी और महसूस की है। जीवन के सुखद और दुःखद पक्षों को देखा है, स्याह और उजले पक्षों को भोगा है। 'कुछ सच्ची कुछ झूठी' उनकी ही एक कथात्मक प्रस्तुति है।

इसके साथ ही एक बात विशेष रूप से ग़ौर करने वाली यह है कि अभी तक किसी परिदृश्य में हम उस स्थिति में स्थापित नहीं हो सके हैं जहाँ से हमारा जीवन आदर्श माना-समझा जाए। ऐसा कुछ भी विशेष नहीं किया है जिससे प्रेरित होकर लोग हमारा अनुसरण कर सकें। अपने पूर्वजों के बने-बनाये रास्तों, आदर्शों पर चलते हुए, स्वयं अपने लिए ही रास्तों, आदर्शों को खोजने की प्रक्रिया में लगे हुए हैं। इसलिए आप लोग यदि किसी आदर्शात्मक स्थिति, किसी अनुसरण करने वाली स्थिति के विचारार्थ हमारी कहानी को पढ़ने-सुनने की कोशिश करेंगे तो निराशा ही हाथ लगेगी। हाँ, विशुद्ध मनोरंजक रूप में ज़िन्दगी को एक कहानी समझ, हमारी कहानी में उतरने का प्रयास करेंगे तो

आनन्द अवश्य ही महसूस करेंगे। यहाँ जीवन से सम्बन्धित हमारा अपना ऐसा कुछ है जो समय-समय पर हमें गुदगुदाता है, हँसाता है, रुलाता है, परेशान करता है, दुःखी करता है। इसी सबमें से ख़ूब सारी गुदगुदी, ढेर सारी हँसी, बेलौस मस्ती, थोड़े से आँसू, ज़रा-सी परेशानी, हल्का सा दुःख आपके साथ बाँटने आ गये हैं।

अपने द्वारा, अपनी ही ज़िन्दगी को जितना जान-समझ-महसूस कर पाये हैं, उसे ही शब्द-रूप में प्रस्तुत कर रहे हैं। सरल शब्द, सहज अभिव्यक्ति, बोलचाल की भाषा में हमने तो कुछ सच्ची कुछ झूठी आपसे कह दी। अब आप हमारी ज़िन्दगी से कैसे जुड़ते हैं, यह आप पर है। हमारी ज़िन्दगी और हम तो आपस में जुड़े ही हैं, बहुत कुछ चाहने, बहुत कुछ न चाहने के बाद भी।

ये ज़िन्दगी न मिलेगी दोबारा

चालीस साल की ज़िन्दगी बहुत बड़ी नहीं कही जाती। इतनी बड़ी भी नहीं होती कि सारा अनुभव मिल सके तो इतनी छोटी भी नहीं होती कि कुछ सीखा भी न जा सके। समाज के बहुतेरे क्षेत्र ऐसे होते हैं जहाँ इस उम्र वालों को, इससे भी अधिक उम्र वालों को युवा कहा जाता है। हमने तो किसी भी समय अपने को उम्रदराज़ नहीं माना। हमारे साथ के अनेक मित्र आये दिन बातों-बातों में ख़ुद को बुज़ुर्गियत की तरफ बढ़ना बताने लगते हैं। उनके ऊपर हँसते हुए हम ख़ुद को आज के बीस-बाईस वर्ष के युवाओं से भी अधिक युवा समझते-मानते हैं। युवा होने में उम्र से अधिक दिल का महत्त्व होता है। दिल जवान तो हम भी जवान।

इतनी उम्र में अन्य दूसरे लोगों का पता नहीं पर हमने अपनी ज़िन्दगी से बहुत कुछ सीखा है। लोगों को साथ आते देखा है, लोगों को साथ छोड़ते देखा है। बहुतेरे लोगों से प्रेम मिलते देखा है तो बहुत से लोगों से नफ़रत भी स्वीकार की है। बहुतों को नंगा होते देखा है, बहुतों को आवरण में देखा है। बहुतों को धोखा देते देखा है, बहुतों को साथ देते देखा है। कई नौजवानों को अपने हाथों जीवन की अधूरी यात्रा करते देखा है तो कई बुज़ुर्गों को इन्हीं हाथों में अपना जीवन पूरा करते देखा है। इन हाथों ने जाने कितनों की अंतिम-यात्रा को अंतिम रूप दिया है तो इन्हीं हाथों ने अपने पिता को भी अग्नि की भेंट चढ़ाया है। न जाने कितना कुछ, बहुत कुछ कहा जाने योग्य, बहुत कुछ न बताये जाने लायक।

अपने इतने वर्षों का लेखा-जोखा सोचने लगते हैं तो लगता है कि जितना पाया है, उससे कहीं अधिक खोया है। जीवन के खाते को घाटे में जाते देखकर उत्पन्न होने वाली घबराहट वाली स्थिति में जब जीवन के पन्ने उलटते हैं तो बहुत कुछ ऐसा मिलता है, जिससे लगता है कि अपेक्षा से अधिक पाया है। अपना ही रूप कहे जा सकने वाले दोस्तों, परिजनों को पाया है। निपट अजनबियों को अपने पर जबरदस्त विश्वास करते पाया है। इसके बाद भी ऐसा अबूझ-सा भी कुछ बना हुआ है कि बहुत से लोगों के दिल में अपना विश्वास जगा न सके हैं। ऐसे लोगों में परिजन, दोस्त, रिश्तेदार, सहयोगी, सोशल मीडिया के मित्र, सामाजिक-क्षेत्र, राजनैतिक-क्षेत्र, साहित्यिक-क्षेत्र, कार्यक्षेत्र आदि के लोग

शामिल हैं। कभी उन सभी पर बहुत ग़ुस्सा आया करता था मगर दुनियादारी ने समझाया कि ये उनकी कमी नहीं, हमारी ख़ुद की कमी है। अब लगता भी है कि वाक़ई कुछ कमी हममें ही है।

बहरहाल, कोई इंसान सम्पूर्ण नहीं होता, कोई अपने में परिपूर्ण नहीं होता। खुद की कमियाँ जानकर, ख़ुद को सुधारने का प्रयास है। जिनके अन्दर अपने प्रति विश्वास पैदा न कर सके, उनको अपना बनाने का प्रयास है। जो अपने हैं उन्हें अपने से दूर न होने देने की कोशिश है। सब इसी ज़िन्दगी में करना है क्योंकि ये ज़िन्दगी न मिलेगी दोबारा।

कुछ सवाल प्रेम-कहानी के

बात आत्मकथा की हो और वो भी इतनी जल्दी तो बहुत से लोगों में किसी और विषय की अपेक्षा यह जानने की इच्छा होती है कि क्या प्रेम कहानी/कहानियों के बारे में लिखा जायेगा? लोगों को विश्वास रहता है कि हम जैसे लोगों की एक प्रेम-कहानी नहीं, कई प्रेम-कहानियाँ होंगी। जिसे-जिसे भी पता चला कि हम आत्मकथा लिख रहे हैं तो उनमें से बहुतों ने एक-दो सवाल निश्चित ही किये। अपनी प्रेम-कहानियाँ लिखोगे? किस-किस के बारे में लिखोगे? समझ नहीं आता कि यहाँ तो लोगों की एक प्रेम-कहानी में ही लाखों सवाल खड़े हो जाते हैं और लोग हैं कि हमसे अपेक्षा कर रहे हैं प्रेम-कहानियों की। लोगों को आख़िर इतना विश्वास कैसे है कि हमारी कोई प्रेम-कहानी होगी ही या फिर प्रेम-कहानियाँ होंगी ही। क्या सिर्फ चेहरे के आधार पर? फिर विचार किया लोगों की बातों पर तो लगा कि क्या वाक़ई सभी लोगों को कभी न कभी, किसी न किसी से प्यार होता होगा? क्या सभी ने अपने जीवन में किसी न किसी से प्रेम किया होगा? जी हाँ, वही प्रेम, वही प्यार जो आप लोग समझ रहे हैं। विषमलिंगियों वाला प्रेम, प्रेमी-प्रेमिकाओं वाला प्रेम, साथ जीने-मरने की क़समें खाने वाला प्रेम, दिलों की धड़कनें बढ़ाने वाला प्रेम, दिन-रात जगाने वाला प्रेम।

फ़िलहाल औरों की बात औरों पर छोड़ देते हैं पर कुछ बिन्दु तो चर्चा के लिए उछाल ही देते हैं सबके बीच। क्या किसी व्यक्ति को किसी एक व्यक्ति से प्रेम हो जाने के बाद, किसी दूसरे से प्यार नहीं होता? क्या प्रेमी-प्रेमिका के आपस में विवाह करने के बाद उन्हें किसी और से प्यार नहीं होता? क्या एक से अधिक लोगों से प्यार करना असामाजिक है? क्या प्यार की परिणति विवाह होना चाहिए? यदि विवाह न हो सके तो क्या रो-रोकर मर जाना चाहिए? आख़िर प्यार का रूप-स्वरूप क्या है?

वैसे इतना यक़ीन है कि इतने सारे प्रश्नवाचक चिह्न देखकर आप लोगों को हमारी प्रेम कहानी/कहानियाँ सुनने-पढ़ने की इच्छा तो मरने-सी लगी होगी; ये सोचकर कि पता नहीं आने वाले क़िस्सों में और कितने प्रश्नवाचक हों। खैर, वैसे सही बात यह है कि हमने भी प्रेम किया, खूब किया, जी भरकर किया। बचपन से लेकर अभी तक प्रेम ही प्रेम, प्यार ही प्यार। जी हाँ, जी हाँ, लड़कियों से भी किया। अब आप कहोगे कि इतना सारा प्यार! इतनी सारी लड़कियों से

प्यार! तो इसका जवाब भी हाँ ही है हमारी तरफ़ से क्योंकि हमारी नजर में प्रेम वो पवित्र अवधारणा है जो तन से नहीं मन से संचालित होती है। हमारे लिए प्यार शारीरिकता का नहीं वरन् आत्मिकता की आधारभूमि का निर्माण करता है। हमारे लिए प्यार का अर्थ विश्वास है, अविश्वास नहीं। हमारे लिए प्रेम पहली नज़र का नहीं वरन् गंभीरता का भावबोध है। हमारी नजर में प्रेम का उत्कर्ष वैवाहिक बंधन नहीं वरन् सम्बन्ध निर्वहन की ज़िम्मेवारी है।

अक्सर ऐसी अवधारणा ने बहुत-सी नज़रों में हमें अपराधी बनाया है। बहुतेरे लोगों के लिए आज भी प्रेम एक ऐसा विषय है जो बस एक से होकर समाप्त हो जाता है। यह समाप्ति या तो उनके मिलन पर होती है अथवा उनके बिछड़ने पर। संभवतः यह प्रेम का एकाकी स्वरूप है। आखिर प्रेम को किसी एक बिंदु पर ही कैसे बाँधा जा सकता है? आख़िर कैसे संभव है कि प्रेम से ओतप्रोत एक दिल प्रेम की बारिश न करे, एक के अलावा किसी और को प्रेम-रस से सराबोर न करे? असल में समाज में बहुतेरे लोगों को अभी भी प्रेम, सौन्दर्य, आकर्षण जैसे शब्दों के वास्तविक सन्दर्भ ही ज्ञात नहीं हैं। उनके लिए प्रेम पहली नज़र से शुरू होकर, देह के मिलन पर ठहर जाने की प्रक्रिया मात्र है। ऐसे लोगों के लिए प्रेम एकाकी भाव को उत्पन्न करता है। यहाँ समझना होगा कि प्रेम और विश्वास का अपना अंतर्संबंध है। प्रेम के साथ विश्वास का होना प्रेम की गंभीरता को, उसके एहसास को और विराट बना देता है। आख़िर इसी देश में राधा-कृष्ण का, मीरा-कृष्ण का प्रेम ऐसे ही पावन-पूज्य नहीं है।

अच्छा, ये बहुत दार्शनिक-सा नहीं लगने लगा? ऐसा लग रहा होगा आपमें से बहुत से लोगों को क्योंकि आज प्रेम क्षणिक आवेग का नाम बनता जा रहा है। आज प्यार का अर्थ पहली नज़र से लगाया जाने लगा है। आज प्यार को दैहिक आकर्षण के आसपास केन्द्रित कर दिया गया है। प्रेम की पावन-पूज्य अवधारणा के आधार पर हमारे प्रेम के क़िस्से भी हैं, सिर्फ दर्शन नहीं है मगर उसके लिए इंतज़ार करिए। समूची प्रेम-कहानियों के लिए एक संकलन अलग से तैयार करना होगा। यहाँ अभी तो इक्का-दुक्का, इखरी-बिखरी ही। हाँ, उन लड़कियों को डरने-घबराने की ज़रूरत नहीं जिनको हमसे प्यार हुआ या जिनसे हमें प्रेम हुआ या फिर हम-उनको जिन्हें आपस में प्यार हुआ। आखिर कलह से बचने-बचाने का ही तो नाम है, कुछ सच्ची कुछ झूठी।

उस प्यारे से बचपन में

बचपन की ढेर सारी यादें आज भी साथ हैं। बचपन के दोस्त याद हैं। बचपन की शरारतें याद हैं। बचपन में मिलता प्यार-दुलार याद है। कुछ भी तो ऐसा नहीं जिसे भूला जाए और आख़िर क्यों भूला जाए? यही एक ऐसी सम्पदा है जो ताउम्र साथ रहती है और कोई चाहकर भी न इसे भूल पाता है, न ही भुला पाता है। मासूम-सा, निश्छल-सा, प्यारा-सा, शरारती-सा, हँसता-सा, उड़ता-सा बचपन। बहुत कुछ ऐसा है जो हमें आज भी याद है, स्वतः की गयी अनुभूति के कारण याद है। इसके साथ ही बहुत कुछ ऐसा है जो घर-परिवार के सदस्यों के द्वारा सुनते रहने के कारण याद है।

याद रखना, याद रखे रहना भी बड़ी ग़ज़ब स्थिति है। क्या याद रखते-रखते क्या भूल जाएँ कह नहीं सकते। व्यक्ति अपने जीवन-भर बहुत कुछ याद रखता है, बहुत कुछ भूलता भी है। इस याद रखने और भूलने के बीच वह अपने बचपन को क़तई नहीं भूल पाता। इसी कारण वह बच्चों के साथ घुल-मिलकर अपने बचपन के दिनों को याद करने लगता है। हम भी इससे बच नहीं सके हैं। आज भी अपना वो पुराना घर, वो बरगद का विशाल पेड़, जिसके मैदान में हम बच्चे खूब धमाचौकड़ी मचाया करते थे, वो स्कूल, वे साथी और न जाने कितनी-कितनी कहानियाँ इधर लेखन के दौरान उभरती रहीं, मन में घुमड़ती रहीं। हर बार कोई कहानी याद आती, हर बार क़लम रुककर फिर उसी बचपन में ले जाती। नवरात्रि का रात्रि-जागरण, टेसू-झिंझिया का विवाह, मामुलिया का लोकोत्सव, रामलीला का आयोजन, निर्मित मकानों के बालू के ढेरों पर कूदना, पत्थर मार-मारकर बेर-इमली का गिराना, होली का हुल्लड़, दीपावली का धमाल जाने कितना-कितना है जो बार-बार बचपन में खींच ले जाता है।

बचपन के वे दिन बहुत शिद्दत से याद आते हैं, जब सभी चाचा-चाची, सभी भाई-बहिन, होली-दीपावली में उरई इकट्ठा हुआ करते थे। उस हंगामी मस्ती में न दिन समझ आता था, न रात। न सुबह, न शाम। न खाने की सुध, न सोने की चिंता बस चौबीस घंटे मस्ती ही मस्ती। ऐसा नहीं कि इसमें सिर्फ हम भाई-बहिन ही शामिल रहते थे, चाचा लोग भी एकदम से बच्चे बने हम सबके साथ उसी बेलौस अंदाज में मस्त रहते थे। घर का खुला हुआ लॉन, पास में बनी

पुलिस चौकी का या फिर कॉलेज का ग्राउंड हम सबकी मस्ती का गवाह बनता। कभी पुराने कपड़ों पर साइकिल के ट्यूब को काटकर बनाये छल्लों के सहारे गेंद बनायी जाती तो कभी पॉलीथीन को जला-जलाकर।

घर के बाहर की मस्ती से अलग घर के अन्दर की धमाचौकड़ी भी कुछ अलग तरह की होती। कभी सैनिक बनकर देश की रक्षा की जाती, कभी अधिकारी बन कर जनता के काम किये जाते, कभी पुलिस वाला बनकर चोरियाँ रोकी जातीं तो कभी शिक्षक बनकर पढ़ाने का काम किया जाता, कभी वकील-जज बनकर मुक़दमे निपटाये जाते। पलंग, चारपाई, कुर्सियाँ कार में बदल जाया करती थीं। चम्मचें, कटोरियाँ, कंघे आदि घरेलू सामान सम्बंधित खेल के साजो-सामान के रूप में इस्तेमाल किये जाने लगते।

होली के मस्ती भरे माहौल में क्या घर के लोग, क्या सड़क चलते लोग सभी को रंग लगाया जाता। सभी के साथ उसकी उम्र के हिसाब से अभिवादन करते हुए मिला जाता। दीपावली आती तो देर रात पटाखे चलाने के बाद अलस्सुबह उठकर अधचले, चलने से बचे पटाखों को छत पर बीनने का काम शुरू हो जाता। लालजी की चाट, छुटकन की मटर, संपत की दूध की बोतल, लालमन की जलेबी, स्टेशन के रसगुल्ले, सड़क किनारे लगे पानी के बताशे आदि कितनी-कितनी संख्या में हम बच्चों के पेट के अन्दर चले जाते, कुछ अंदाज़ा न होता।

आज भी त्योहारों पर अथवा किन्हीं अन्य अवसरों पर सभी का मिलना, इकट्ठा होना होता है मगर अब वो धमाल नहीं होता। मस्ती-हुड़दंग आज भी होता है मगर कतिपय सामाजिक स्थितियों ने सब कुछ एक निश्चित दायरे में समेटकर रख दिया है। बदलते दौर के इस सामाजिक परिवेश में आज भी वही परिवेश लगातार याद आता है। एक हमें ही नहीं सभी को वह समय बखूबी याद है। घर में सबके इकट्ठा होने पर न सही व्यावहारिक रूप में मगर बातचीत में वही माहौल फिर जन्म ले लेता है। हँसी-मज़ाक़, यादें, स्मृतियाँ, पुराने क़िस्से फिर सबको उन्हीं दिनों में सैर कराने निकल पड़ते हैं। भूलकर भी वे दिन फिर-फिर याद आ जाते हैं। इसी याद रखने, भूल जाने, रह-रहकर याद आने का नाम है 'कुछ सच्ची कुछ झूठी।'

एक तमन्ना जीवन की

कोई भी प्राकृतिक-शक्ति जो जन्म-मृत्यु को संचालित-नियंत्रित करती होगी, उसने हमारा समय भी निर्धारित कर रखा होगा। मनुष्य कुछ स्थितियों, परिस्थितियों को स्वयं बनाता, प्राप्त करता है। कुछ की प्राप्ति उसको पारिवारिकता के चलते प्राप्त होती है। कुछ स्थितियों का निर्माण उसके लिए समाज करता है। कुछ का निर्माण वही अदृश्य ताकत कर रही होती है जो जन्म-मृत्यु को नियंत्रित-संचालित कर रही होती है। जन्म-मरण के इस पूर्व-निर्धारित अथवा किसी शक्ति-संपन्न के द्वारा निर्धारित किये जाने की समझ न बना पाने के कारण, उस रहस्यमयी सत्ता की अनेक परतों को न सुलझा पाने के कारण ही मनुष्य उसे सर्वशक्तिमान समझता है।

हाँ तो, उसी सर्वशक्तिमान, रहस्यमयी सत्ता की पूर्व-निर्धारित योजना के अनुसार हमको धरती पर अवतरित होना था, सो हो गये। हाहाहा! आपको अवतरित शब्द पढ़कर आश्चर्य लगा होगा, कहिए हँसी भी आयी हो। भले ही आयी हो पर यह हमारा अवतरण ही कहा जाएगा क्योंकि समूचे परिवार की विशेष माँग पर हमारा जन्म हुआ। किसी समय जमींदारी-व्यवस्था से संपन्न क्षत्रिय परिवार के वर्तमान शैक्षणिक, सामाजिक, सांस्कृतिक, स्नेहिल परिवेश में उस परिवार के असमय अदृश्य हो गये एक चमकते सितारे के उत्तराधिकारी के रूप में हमको हाथों-हाथ लिया गया। हाथों-हाथ क्या, सभी ने अपनी पलकों पर बिठाया, अपनी साँसों में बसाया, अपनी धड़कनों में महसूस किया। हमारी एक-एक साँस समूचे परिवार की साँस बनी। हमारा आँख खोलना उनकी सुबह बनी तो पलक झपकाना उनकी हँसी बनी। हमारी रोने की कोशिश मात्र ही समूचे परिवार के लिए किसी प्रलय से कम नहीं होती थी।

परिवार का स्नेह, लाड़-प्यार 19 सितम्बर 1973 से जो मिलना शुरू हुआ, वह आजतक कम न हुआ। अपनत्व, ममत्व का सूखा कभी सोचने को भी नहीं मिला। छोटे भाइयों-बहिनों के लिए बड़े भाईजी के रूप में हम भले ही उनको संबल दिखाई पड़ते हों मगर अपने से हर बड़े के लिए वो नन्हा चिंटू हमेशा उतना ही छोटा रहा। यह सौभाग्य हर किसी को नहीं मिलता कि उम्र के चार दशक बीत जाने के बाद भी पारिवारिक-स्नेह का ग्राफ कम होने के बजाय

बढ़ता ही रहे। इस ग्राफ के बढ़ने का कारण साल-दर-साल नये-नये रिश्तों का बनते-जुड़ते जाना भी रहा। परिवार में नये-नये सदस्यों का शामिल होना होता रहा; कभी दामादों के रूप में, कभी बहुओं के रूप में, तो कभी भावी पीढ़ी के रूप में।

कामना उस रहस्यमयी सत्ता से, जिसने इस जन्म का निर्धारण इस परिवार में किया कि यदि जन्म-मरण का चक्र सतत प्रक्रिया है तो वह सदैव इसी परिवार में जन्म को अनिवार्य रूप से निर्धारित कर दे; श्रीमती किशोरी देवी-श्री महेन्द्र सिंह सेंगर की संतान के रूप में ही हमारा जन्म अनिवार्य कर दे।

उस राह फिर जाना न हुआ

किसी भी व्यक्ति के जीवन में जन्मने के बाद महत्त्वपूर्ण दिन होता है उसका पहले दिन स्कूल जाना। लगभग सभी के लिए पहला स्कूली दिन बहुत ही ख़ास होता है। एक जैसी होते हुए भी सबकी अलग-अलग सी कहानी रहती है। वैसे देखा जाए तो स्कूल भी अपने आपमें एक अजब-सा स्थान होता है, बच्चों के लिए। किसी के लिए दहशत भरा, किसी के लिए कौतुहल भरा, किसी के लिए खेल का स्थान, किसी के लिए बोझिल-सा। हमारे लिए स्कूल कभी भी दहशत भरा नहीं रहा। प्राथमिक स्तर से लेकर उच्च-शिक्षा तक शैक्षिक संस्थान को बहुत सहजता से आत्मसात करते रहे। बहरहाल हम भी स्कूल गये, गये क्या, भेजे गये। समय से ही स्कूल भेजे गये।

हमारा पहला स्कूली दिन बहुत ही रोचक स्थिति में गुजरा। स्कूल का नाम ठीक-ठीक तो याद नहीं पर शायद राधा कृष्ण जूनियर हाईस्कूल या फिर कुछ इसी तरह का नाम था। स्कूल, घर से काफी दूर था। स्कूल में प्रवेश कैसे हुआ, किसने करवाया, कब हुआ, याद नहीं। हाँ इतना याद है कि पहले दिन स्कूल जाना हुआ एक आया माँ के साथ। स्कूल पहुँचने के कुछ समय बाद हमें स्कूल में अच्छा नहीं लगा। बंद-बंद सा माहौल, छोटे-छोटे से कमरे। आज के भव्य स्कूलों, सजावटी इमारतों से इतर साधारण-सा, किसी पुराने मकान में चलता स्कूल। जब तक वे आया माँ दिखती रहीं, तब तक तो हम स्कूल में जमे रहने की कोशिश करते रहे। कुछ देर बाद उनके न दिखने की स्थिति में हमने घर जाने की ज़िद मचायी तो बताया गया कि आया माँ किसी काम से स्कूल से चली गयी हैं, उनके आते ही घर भिजवा दिया जायेगा। ये पता लगते ही कि आया माँ स्कूल में नहीं हैं, घर जाने की ज़िद और तेज़ हो गयी।

हद से भी ज्यादा जिद्दी होने का स्वभाव बचपन से ही रहा है, आज भी है। शायद उसी ज़िद के साथ-साथ रोना-चिल्लाना बहुत ज़्यादा ही रहा होगा, तभी स्कूल प्रबंधन ने एक शिक्षक के साथ हमें घर वापसी की राह दिखायी। घर का पता किसी को मालूम नहीं था। आया माँ स्कूल में नहीं। हमने पूरे विश्वास के साथ कहा कि हमें घर का रास्ता पता है। बस फिर क्या था, हमारे विश्वास के भरोसे एक शिक्षक हमारे साथ घर को चल दिये। हम अपने पहले ही दिन अपनी

याददाश्त, अपने विश्वास के सहारे वापस घर तक लौट आये। उस स्कूल में हमारा पहला दिन, उस स्कूल में हमारा आख़िरी दिन भी साबित हुआ।

आज भी अम्मा जी उस दिन को याद कर बताती हैं कि वे शिक्षक और हमारे घर वाले हैरान थे कि उस अत्यंत छोटी-सी उम्र में हमें स्कूल से घर तक का रास्ता कैसे याद रहा। हैरानी आपको भी हो रही होगी मगर सच ये है कि आज भी ये प्राकृतिक शक्ति हममें विद्यमान है कि किसी रास्ते से एक बार गुजर जाएँ, किसी भी व्यक्ति से एक बार मिल लें फिर वह हमारे दिमाग़ में हमेशा को बस जाता है।

वो आज भी दिल में बसा है

पहले स्कूल से पहले ही दिन वापसी के कितने दिनों तक हम घर में बैठे, ये याद नहीं। ऐसी कोई चर्चा भी नहीं की गयी हमसे; हाँ, इसकी चर्चा अवश्य हुई कि हमें स्कूल में भेजे जाने को लेकर घर में उच्च-स्तरीय शिखर वार्ताएँ शुरू हो गयी थीं। ऐसा अम्मा जी अक्सर अपनी बातों में ज़िक्र किया करती हैं। उन दिनों उरई में गिने-चुने स्कूल हुआ करते थे। उस समय का एकमात्र अंग्रेजी माध्यम का मिशन स्कूल आज भी है। घर से बहुत दूर होने के कारण उस स्कूल में हमारे एडमीशन को लेकर आम राय पारिवारिक वार्ताओं में न बन सकी। घर के पास एक स्कूल था पर घर और स्कूल के बीच पड़ता एक विकट नाला उस स्कूल में हमारे प्रवेश में बाधक बना। इसी विचार-विमर्श के बीच हमारे मोहल्ले में ही एक नये स्कूल का उदय हुआ। घर के सभी सदस्यों को लगा जैसे इस स्कूल का खुलना सिर्फ हमारे लिए ही हुआ था। घर से बहुत दूर नहीं, बीच में नदी-नाला, सड़क, यातायात जैसा कुछ नहीं। सो एक दिन निश्चित करके हमारा प्रवेश उस नवोन्मेषी स्कूल में करवा दिया गया।

पं0 उमादत्त मिश्र बालिका विद्यालय के नाम से आरम्भ वह स्कूल वर्तमान में भी पं0 उमादत्त मिश्र जूनियर हाईस्कूल के नाम से संचालित है। उस समय छोटा-सा वह स्कूल, अपने आसपास खेलने का मैदान समेटे हुआ था जो अब कुछ हद तक सिकुड़-सा गया है। शिक्षिकाएँ, जिन्हें हम दीदी कहकर पुकारते थे और प्रधानाचार्या को बड़ी दीदी। सभी का स्नेह, प्यार-दुलार, आशीर्वाद तब भी मिला, आज भी मिल रहा है। बड़ी दीदी के रूप में मधु दीदी के साथ आशा दीदी, शीला दीदी, सुमन दीदी, सरोजनी दीदी, रेखा दीदी, स्नेहलता दीदी और इनके साथ-साथ शुक्ला आचार्य जी और प्रह्लाद आचार्य जी आदि ने हमारी नींव को भली-भाँति तैयार किया। इस नींव की सुरक्षा का दायित्व बहुत दिनों तक लक्ष्मी आया माँ ने उठाया। बाद में हमारे दोनों छोटे भाइयों का प्रवेश भी उसी स्कूल में करवाया गया, जिनकी सुरक्षा का दायित्व हीरा आया माँ के जिम्मे किया गया।

उस समय विशेष बात यह थी कि स्कूल में विद्यार्थियों की संख्या कम थी। नया-नया स्कूल होने और बच्चों की संख्या कम होने के कारण सभी बच्चों पर

विशेष ध्यान दिया जाता था। ऐसे में वे सभी बच्चे जो पढ़ने-लिखने के साथ-साथ अन्य गतिविधियों में आगे रहते थे, अपने आप ही शिक्षिकाओं और अन्य बच्चों की निगाह में आ जाते थे। अपनी कक्षा सम्बन्धी गतिविधियों के अलावा अन्य दूसरी गतिविधियों में भी हम बराबर सहभागिता करते, आगे रहने का प्रयास करते। इसके चलते न केवल अध्यापकों के, वरन समूचे स्कूल के बच्चों के चहेते बने रहते थे। ये तो नहीं कहेंगे कि आज के बच्चों की तरह हीरो टाइप रहन-सहन रहा हो, वेशभूषा रही हो पर अघोषित हीरो तो बने ही थे। हमारी इस हीरोगीरी को हमारे प्यारे-प्यारे से दोस्त और हवा दिये रहते थे। बचपन के उन दोस्तों में से बहुत से आज भी एक-दूसरे से जुड़े हुए हैं। कुछ इसी दुनिया में बहुत दूर-दूर हैं जो बराबर याद आते रहते हैं। कुछ तो रूठकर हमेशा को दूसरी दुनिया में चले गये, उन्हें विनम्र श्रद्धांजलि।

आज भी उस स्कूल के प्रति आकर्षण बना हुआ है। उस स्कूल के शिक्षक, आया माँ, साथी बराबर याद आते हैं, स्मृति में बसे हुए हैं। उस समय के कुछ लोग आज भी साथ हैं। आये दिन उनसे मुलाकात होती रहती है। उस समय को याद करते हैं तो घर-परिवार जैसी अनुभूति होती है जो आज के स्कूलों में देखने को नहीं मिल रही है।

दिल है छोटा-सा, छोटी-सी आशा

पहले स्कूल का पहला दिन तो जाने और आने के साथ ही समाप्त हो गया था। उसके बाद तो ये भी याद नहीं कि दूसरे स्कूल में जाना कितने दिन बाद हुआ था। उम्र का एक लम्बा समय गुज़रने के कारण उपजी स्मृति-दोष वाली इस स्थिति के बाद भी पहले स्कूल का पहला दिन अभी तक याद है तो दूसरे नये स्कूल का पहला दिन भी अभी तक बहुत अच्छे से याद है। तैयार होकर, तेल-फुलेल लगाकर अपने बच्चा चाचा के साथ स्कूल पहुँचे। चाचाओं में दूसरे नंबर के बच्चा चाचा जो सामाजिक प्रस्थिति में श्री सुरेन्द्र सिंह सेंगर के नाम से जाने जाते हैं, हम सभी बच्चों के अत्यंत प्रिय चाचा हैं। भारतीय स्टेट बैंक में अनेक उच्च पदों पर अपनी निष्ठापूर्ण सेवाएँ देने के बाद वर्तमान में सेवानिवृत्ति पश्चात् भोपाल में निवास कर रहे हैं। बच्चा चाचा के स्नेहिल और एकसमान व्यवहार, स्वभाव को बचपन से अद्यतन ज्यों का त्यों, बिना किसी परिवर्तन के महसूस करते रहे हैं। हाँ तो, अपने नए स्कूल के पहले दिन हम अपने इन्हीं बच्चा चाचा के साथ स्कूल के लिए चल पड़े। स्कूल पहुँचे तो हम सारे जरूरी साजो-सामान से सुसज्जित थे, बस कमी थी तो हमारे लंच बॉक्स की। सो चाचा जी हमें स्कूल में छोड़कर बाजार को निकल गये, आखिर हमारे लिए लंच बॉक्स जो सजाया जाना था।

स्कूल में हमारा समय सही से बीत रहा था। पहले वाले स्कूल के मुक़ाबले खूब खुला-खुला। प्यार-दुलार देती दीदियाँ। कक्षा के गिने-चुने विद्यार्थियों के बीच पहले ही दिन छा जाना आज भी याद है। कुछ देर बाद स्कूल की लक्ष्मी आया माँ ने कक्षा में आकर हमारा नाम पुकारा। उनकी तरफ़ देखा तो आया माँ अपने हाथ में एक नया टिफिन बॉक्स लिए खड़ी हैं और स्कूल के बाहर चाचा जी हमारी कक्षा की तरफ निहारते खड़े हुए थे। लाल-सफ़ेद रंग का गोल टिफिन जो कई वर्षों तक हमारे लिए अपनी सेवाएँ देने के बाद घर के अन्य कामों में प्रयोग होने लगा।

भोजनावकाश के समय अपने लंच बॉक्स को खोला तो उसमें दालमोंठ, बिस्किट, टॉफी हमारे स्वागत में तत्पर थे। घर के सभी लोगों से, अम्मा से सुना है कि हमने भोजन बहुत देर से, लगभग छह-सात वर्ष की उम्र से, करना शुरू

किया था। तब तक दूध, बिस्किट, दालमोंठ और बाक़ी चट्टा-मिट्ठा से काम चलाया जाता था, हमारी भूख मिटाने को। लंच बॉक्स में अपना मनपसंद भोजन देख मन प्रसन्न हो गया और हम स्कूल का पहला दिन पूरा समय बिताकर खुशी-खुशी घर लौट आये। यही स्कूल कक्षा पाँच तक हमारी नींव को मज़बूत करता रहा।

छाता लगाकर बस यात्रा

यात्राएँ छोटे से ही करते रहने का मौका मिलता रहा है। बचपन में भले ही यात्राएँ बहुत दूर-दूर की न की गयी हों, भले ही बहुत सारे दर्शनीय-स्थल न घूमे हों पर लगभग सभी यात्राओं में कुछ न कुछ ऐसा घटित होता रहा है जो हमेशा यादों में बना रहा। चाचा लोगों के पास जाना, गाँव जाना, ननिहाल जाना होता रहता था। इन यात्राओं की मज़ेदार घटनाएँ आज भी मन को गुदगुदा जाती हैं।

अच्छी तरह से याद है कि हम अपने छोटे भाई और अम्मा जी के साथ रोडवेज बस से अपने चाचा-चाची के पास कालपी जा रहे थे। कालपी, उरई से लगभग पैंतीस किलोमीटर दूर है, जहाँ उस समय हमारे मन्ना चाचा, जो सबसे बड़े चाचा हैं, रहा करते थे। हम बच्चों के मन्ना चाचा, भारतीय स्टेट बैंक में अपनी सेवाएँ देकर सेवानिवृत्त हुए और सामाजिक प्रस्थिति में श्री नरेन्द्र सिंह सेंगर के रूप में जाने-पहचाने जाते हैं। बरसात का मौसम था। तब पानी भी आज के जैसे छिटपुट नहीं बल्कि खूब जमकर बरसता था। इधर बस ने उरई छोड़ा ही है कि बादलों ने अपनी छटा बिखेरी। खूब झमाझम पानी। बस की खिड़कियाँ बंद कर दी गयीं। मौसम सुहाना, झमाझम बारिश, हम दोनों भाई चलती बस से मौसम का भरपूर आनंद ले रहे थे।

तेज़ बारिश के चलते कुछ बूँदें अन्दर घुस आने में सफल हो जा रही थीं। उनके चलते अपनी तरह का ही आनंद आ रहा था। तभी ये आनंद ऊपर से आता मालूम हुआ। ऊपर देखा तो बस की छत से एक-दो बूँदें टपक रही हैं। उन टपकती बूँदों में बड़ा अच्छा लग रहा था मगर कुछ देर में उनके गिरने की गति बढ़ गयी। हम और हमारा छोटा भाई उस समय चार-पाँच साल वाली अवस्था में होंगे। उन टपकती बूँदों से भीगने लगे तो हमको वहाँ से उठाकर दूसरी सीट पर बिठा दिया गया। कुछ देर में वहाँ से भी पानी टपकने लगा।

बाहर पानी लगातार तेज़ होता जा रहा था। बस की जंग लगी छत में पानी का भरना बराबर हो रहा था, जिसका परिणाम ये हुआ कि जगह-जगह से पानी बुरी तरह से अन्दर टपकने लगा। कुछ लोग जो इस मौसम की मार को समझते थे, वे अपने साथ छाता लेकर चल रहे थे। आनन-फानन उन दो-चार लोगों ने अपने-अपने छाते खोलकर बस के बच्चों को भीगने से बचाया। अब आप

कल्पना करिए उस हास्यास्पद नज़ारे की कि बाहर तेज़ बरसता पानी, चलती बस, बस में कई जगह से तेज़ी से टपकता पानी और बस के भीतर छाता खोले पानी से बचते लोग।

आज भी खूब तेज़ बारिश होने पर या फिर बारिश के समय होने वाली यात्रा में वो छाता लगाकर की गयी बस-यात्रा ज़रूर याद आ जाती है।

छोटे मन की बड़ी उड़ान

किसी भी बच्चे का व्यक्तित्व निखारने में शिक्षा के साथ-साथ उसके अभिभावकों, शिक्षकों की महती भूमिका होती है। यह हमारा सौभाग्य रहा कि प्राथमिक-स्तर पर हमें स्कूल भले ही छोटा मिला हो किन्तु सभी दीदियों, आचार्यों ने ज़िम्मेवारी के भाव से हम बच्चों को सँवारने-निखारने का कार्य किया था। स्कूल में प्रति शनिवार होने वाली बालसभा के कारण विभिन्न प्रकार की गतिविधियों में सक्रिय सहभागिता बनी रहती थी।

यह संभवतः कक्षा तीन या चार की बात होगी, गणतंत्र दिवस पर ध्वजारोहण होना था। स्कूल में तैयारियाँ ज़ोरों से चल रही थीं। गीत-संगीत वालों का रियाज़ अलग चल रहा था। भाषण देने वालों को अलग से तैयार किया जा रहा था। मैदान पर खेलकूद में भाग लेने वालों की तैयारियाँ अलग चल रही थीं। बच्चों की खेलकूद सम्बन्धी गतिविधियों के लिए मैदान को साफ़ किया जा रहा था। इन सबके बीच स्कूल के वातावरण में हम बच्चों के बीच एक और बात तैर रही थी कि इस बार के कार्यक्रम में कोई बाहर से आ रहा है, जिसे मुख्य अतिथि कहते हैं। हम बच्चों की छोटी-सी बुद्धि में ये समझ से परे था कि ये क्या बला आने वाली है, जिसे मुख्य अतिथि कहते हैं। बस इतना समझ आ रहा था कि उन्हीं मुख्य अतिथि के आने के कारण दीदियाँ समय-समय पर हम सबको समझातीं कि उस दिन ड्रेस एकदम साफ़-सुथरी हो, गीत अच्छे से गाना है, अच्छे से भाषण देना है, सबको अनुशासन से एक लाइन में रहना है, हर प्रस्तुति के बाद ताली किस ढंग से बजानी है। और तो सब ठीक था, किसी तरह की कोई समस्या नहीं थी पर हमारे लिए अपनी परेशानी का एक कारण ये था कि ध्वजारोहण के ठीक बाद सबसे पहले भाषण हमारा ही होना था। परेशानी ये भी नहीं थी कि सबसे पहले हमें बोलना है, आखिर प्रति शनिवार बालसभा के कारण कोई शर्म, डर, झिझक किसी से नहीं थी। सबसे बड़ी परेशानी थी तो वो अनजाना शब्द मुख्य अतिथि। पता नहीं ये कौन होगा? ये कैसा होगा? फिर सोचा, है तो कोई व्यक्ति ही, देखा जायेगा उसी समय।

आखिरकार तैयारियों के जोश के बीच गणतंत्र-दिवस भी आ गया। हम सभी बच्चे, सभी अध्यापक-अध्यापिकाएँ, सजे-सँवरे, अनुशासन के साथ

अपनी-अपनी जगह खड़े हुए मुख्य अतिथि का इंतज़ार कर रहे थे। कुछ देर बाद हमारे स्कूल के प्रबंधक जी के साथ कुछ लोगों का आना हुआ। मुख्य अतिथि के रूप में एक बुज़ुर्ग सज्जन से हम सभी का परिचय करवाया गया। वे शहर के प्रतिष्ठित व्यक्ति थे, जिनके बारे में फिर बहुत बाद में विस्तार से पता चला। उनके आने के बाद ध्वजारोहण हुआ, तिरंगे को सलामी दी गयी, तालियाँ बजीं, राष्ट्रगान हुआ। इन सबके तुरंत बाद हमारा नाम पुकारा गया। एक किनारे कुर्सियों पर बैठे मुख्य अतिथि, अपने स्कूल के प्रबंधक जी, बड़ी दीदी और अन्य लोगों को नमस्कार करते हुए बतायी गयी जगह पर आकर खड़े हुए। माइक के सामने खड़े होकर बोलने का ये पहला अनुभव था। मुख्य अतिथि भी अपने आचार्यों जैसे, अपने मोहल्ले के उन बुज़ुर्गों जैसे लगे, जिन्हें हम बाबा कहते थे तो पिछले कई दिनों से चली आ रही एक अनजानी-सी घबराहट अपने आप ग़ायब हो गयी। माइक के सामने पूरे आत्मविश्वास, संयम, जोश के साथ भाषण शुरू किया और उसी लयबद्धता के साथ समाप्त भी किया। खूब तालियाँ बजीं, देर तक बजती रहीं। सबने खूब तारीफ़ की।

उसके बाद से आज तक अनगिनत बार माइक का सामना हुआ, अनगिनत बार बिना माइक के भाषण देना पड़ा, दस-बीस लोगों के सामने बोलना हुआ, सैकड़ों की भीड़ को भी सम्बोधित करने का मौका मिला, छोटे से गाँव में जाकर बोलने का अवसर मिला तो देश की राजधानी में वक्तव्य हुआ पर वो पहला भाषण चिरस्थायी रहा। इसलिए भी क्योंकि भाषण समाप्त होते ही मुख्य अतिथि उठकर हमारे पास आये, पीठ ठोंककर उन्होंने हमें अपनी गोद में उठा लिया। एक लड्डू हमारी छोटी-सी हथेली में रखकर 'खूब तरक़्क़ी करो, नाम कमाओ' का आशीर्वाद दिया। हमारे लिए यह अभी तक का सबसे बड़ा सम्मान और पुरस्कार है।

महाअजूबा बुद्धू बक्सा

बचपन का वो दौर सिर्फ मौज-मस्ती का दौर, शरारतों का दौर, शैतानियों का दौर था। आज की तरह न घुटन भरा माहौल, न आज की तरह पढ़ाई का अनावश्यक बोझ। बचपन का अर्थ तब विशुद्ध बचपन ही होता था। मासूमियत, भोलापन, नादानी से सजा-सँवरा बचपन। आज के बच्चों की तरह गैजेट्स से सुसज्जित नहीं था, सो आज के बच्चों की तरह बुज़ुर्गियत भी नहीं थी। तब कोई भी नई चीज़ कौतूहल का केंद्र हुआ करती थी। घर की साइकिल कौतूहल थी तो वकील बाबा की एम्बेसडर कार भी आश्चर्य थी। घर में जालीदार एंटीना लगा रेडियो अचरज की विषय-वस्तु थी तो टीवी महाअजूबा के रूप में प्रकट हो गया।

घर में रेडियो था जो किंचित आरम्भिक आश्चर्यबोध के पश्चात् गर्व की अनुभूति करवाने लगा। इसके पीछे कारण ये था कि तब मोहल्ले में आसपास रेडियो न के बराबर थे। एक ऐसे डिब्बे के बीच, जिसमें बोलने-गाने वाला दिखाई नहीं दे रहा हो, कोई ऐसा बड़ा डिब्बा देखने को मिल जाए जिसमें गाने वाले, बातचीत करने वाले सामने दिख रहे हों तो उसे दुनिया का अजूबा ही समझा जायेगा। इतने छोटे-से डिब्बे में कैसे घुसे होंगे ये लोग? इतने छोटे से डिब्बे में इतने सारे लोग आये कैसे होंगे? जो लोग दिख रहे, उनके अलावा बाक़ी लोग कहाँ छिपे हैं? जिस दिन पहली बार टीवी देखा, ऐसे न जाने कितने सवाल दिमाग़ में आते रहे और दिमाग़ को चकराते रहे। ख़ुद से ही सवाल करते रहे, ख़ुद को ही जवाब देते रहे। ये शायद 1977-78 की बात होगी। हमारे सबसे बड़े चाचा श्री नरेन्द्र सिंह सेंगर, हम लोगों के मन्ना चाचा, तब कालपी में भारतीय स्टेट बैंक में सेवारत थे। हमारा बहुत सारा समय मन्ना चाचा के साथ गुज़रा। उरई से बहुत पास होने के कारण या तो चाचा परिवार सहित उरई आ जाते या फिर हम लोग चाचा के पास पहुँच जाते।

चाचा के पास कालपी जाने पर वहीं इस बुद्धू बक्से से परिचय हुआ। चाचा जी के मकान-मालिक अपने समय के धनाढ्य व्यक्तियों में माने जाते थे। उनको हम बच्चे ताऊजी-ताईजी से संबोधित करते थे। सरल, स्नेहिल स्वभाव के धनी ताऊजी-ताईजी एक ब्लैक-व्हाइट टीवी के मालिक भी हुआ करते थे। हम लोगों के कालपी पहुँचते ही उस टीवी से उनका और उनके बच्चों का मालिकाना हक़

समाप्त हो जाता और वह बोलता-बतियाता डिब्बा हमारी संपत्ति हो जाया करता। नमस्कार के साथ शुरू होने वाला टीवी, शुभ रात्रि के साथ ही बंद होता। एकमात्र दूरदर्शन चैनल होने के कारण सीमित समयावधि में चलने वाले कार्यक्रमों से हम बच्चों का कोई लेना-देना नहीं होता। बस टीवी देखना होता था सो देखते रहते थे। कृषि सम्बन्धी चर्चा हो, स्वास्थ्य सम्बन्धी चर्चा हो, सामाजिक विमर्श हो, समाचार हों, गाने हों बस देखना था सो देखना था। लम्बे-लम्बे एंटीना की सहायता से नेटवर्क पकड़ने का प्रयास किया जाता था। बहुधा कार्यक्रमों में झिलमिलाहट रहती, आवाज़ आती-जाती रहती, चित्र बनते-बिगड़ते रहते इसके बाद भी उन तीन-चार घंटों के टीवी दर्शन से अत्यंत सुखद अनुभूति मिलती। न विषय की समझ, न विमर्श की पहचान, न ख़बरों से वास्ता मगर इसके बाद भी सबकुछ बहुत अच्छा-अच्छा सा लगता था। हम बच्चों के टीवी दर्शन के साथ-साथ ताईजी का घरेलू पकवान खिलवाते रहने का प्यार-दुलार भी चलता रहता।

आज जबकि तब के बड़े-बड़े एंटीनों की जगह छोटी-छोटी छतरियों ने ले ली है; आज जबकि तब के सामान्य से प्रसारण के मुक़ाबले फुल एचडी फॉर्मेट में प्रसारण होने लगा है; आज जबकि तब के चंद घंटों के प्रसारण के मुक़ाबले चौबीस घंटे प्रसारण होने लगा है; आज जबकि तब के एक चैनल के मुकाबले सैकड़ों चैनल कार्यक्रम परोसने में लगे हों तब भी टीवी एक पल को वो सुख-आनंद नहीं दे पाता है जो उस समय मिलता था। चित्रहार के लिए दिन गिनना, सीरियल के लिए पूरे सप्ताह इंतज़ार करना, नये वर्ष के मनमोहक कार्यक्रमों का वर्ष भर इंतज़ार रहना, प्रातःकालीन प्रसारण शुरू होने के बाद रंगोली को चारपाई में दुबके-दुबके देखना आदि-आदि अपने आपमें स्वर्गिक अनुभूति देने वाला रोमांच था, जिसकी याद आज भी आनंद के सागर में ग़ोते लगवाती है।

लरिकाई कौ प्रेम कहौ अलि कैसे छूटत

प्यार, इश्क़, प्रेम, दीवानगी, आकर्षण आदि शब्दों का बचपने से कोई तारतम्य नहीं होता है। इन कोमल शब्दों को भारी-भरकम बनाने में समाज के उन लोगों की मुख्य भूमिका होती है जो ख़ुद को बुद्धिजीवी घोषित किये रहते हैं। बचपन तो इन शब्दों की सांसारिक, बौद्धिक परिभाषाओं से इतर अपनी बालसुलभ चंचलता-चपलता से इन्हें सँवारता रहता है। उस उम्र में न शारीरिक आकर्षण, न वैचारिक तालमेल, न बौद्धिक विमर्श का भाव रहता है बस सहगामी क्रियाओं में अपने दोस्तों का साथ ही प्यार, इश्क़, दीवानगी माना-समझा जा सकता है। इसमें तब न समलिंगी का प्रभावी होना होता था न ही विपरीतलिंगी का। हमारे साथ भी, हमारी कक्षा में भी ऐसा कुछ था।

छोटे क़द की, दुबली-पतली सी लड़की, रंग साफ़, गोल चेहरा, पढ़ने में तेज़, दोस्ती करने में आगे। कक्षा में बच्चों की कम संख्या होने के कारण सभी बच्चे शिक्षिकाओं की निगाह में बने रहते थे। इसमें भी कुछेक अपनी सक्रियता से कुछ ज़्यादा ही निगाह में बने हुए थे। ऐसे ही चंद बच्चों में वो लड़की भी शामिल थी। परीक्षाओं में, कक्षा में होते टेस्ट में हम दोनों में दौड़ चलती रहती, कभी वो आगे, कभी हम। किसी विषय में वो तेज़, किसी में हम। वो सुरीली आवाज़ में गीत गाने में माहिर तो हम जोशीले भाषण देने में पारंगत। कुल मिलाकर एक स्वस्थ प्रतियोगिता होने के साथ-साथ गहरी दोस्ती। कक्षा मॉनिटर से लेकर कई-कई कार्यों में हम दोनों का साथ रहता। मौज-मस्ती, शरारतें-शैतानियाँ एक साथ स्कूल प्रांगण में टहलती-घूमती दिखतीं।

दोस्ती का वो छोटा-सा सफ़र स्कूल से निकलने के बाद बहुत आगे तक नहीं चला। स्कूल अलग हुआ, विषय बदल गये और उसी के साथ रास्ते भी अलग-अलग हो गये। इसके साथ ही तब के उरई जैसे छोटे शहर की सोच को भी आज बख़ूबी समझा जा सकता है। कभी-कभार रास्ते चलते, स्कूल से आते-जाते मुलाक़ात हो जाती तो हाय-हैलो हो जाती, मुस्कान का आदान-प्रदान हो जाता, बस। उसका लड़की होना, माता-पिता का सख़्त अनुशासन उसे भयभीत किये रहता। हमारी अंतिम मुलाक़ात हमारे स्नातक अध्ययन के दौरान हुई। चूँकि आपस में कभी प्रेम, इश्क़ जैसी भावना पली नहीं, सो कभी पत्रों का आदान-

प्रदान न हुआ। मोबाइल का जन्म उस ज़माने में हुआ भी नहीं था सो न सोशल मीडिया, न कोई मैसेज। वेलेंटाइन डे का पारा भी बहुत बाद में चढ़ना शुरू हुआ सो न गिफ्ट-उपहारों का लेना-देना हुआ।

पता नहीं ऐसी कोई बात बनती भी! पता नहीं दोस्ती का सफ़र किसी और रूप में आगे बढ़ता भी! पता नहीं के अनिश्चय के साथ वो हमेशा को शहर छोड़ गयी। कहाँ? पता नहीं। किसी से पूछा भी नहीं। आखिर पूछते भी किससे? आखिर पूछते भी क्या? बस याद अब भी है। छवि अब भी बसी है और यदि यही प्रेम है तो कह सकते हैं कि लरिकाई कौ प्रेम कहौ अलि कैसे छूटत!

साइकिल बेचकर कार ख़रीदना

बचपन के आरम्भिक दिन किराये के मकान में गुज़रे। मकान, मकान-मालिक, मोहल्ला, मोहल्लावासी इतने अच्छे और भले थे कि जब तक हम लोग वहाँ रहे, महसूस ही नहीं हुआ कि हम लोग किरायेदार हैं। वैसे भी तब हमारी समझ में थी ही नहीं मकान-मालिक और किरायेदार की अवधारणा। हमें तब भी वह मकान अपना-सा लगता था। आज भी उस मकान को छोड़े तीन दशक होने को आये पर अपना-सा ही लगता है। और लगे भी क्यों न; एक हमने ही नहीं, हमारे परिवार के बहुत से लोगों ने अपना बचपन, जवानी उसमें गुज़ारी है। हम भाई-बहिनों ने उसी आँगन में, उसी छत पर दौड़ना, चलना, गिरना सीखा।

हमारे मकान-मालिक अपने समय के जाने-माने अधिवक्ता थे। पैतृक संपत्ति की कोई कमी नहीं थी, गाँव भी पास में था। अच्छी-खासी खेतीबाड़ी थी। उरई स्थित उनका बड़ा मकान इसका उदाहरण भी था। इसके साथ ही उनकी सम्पन्नता को इस रूप में समझा जा सकता है कि उस समय वे एम्बेसडर कार के मालिक भी हुआ करते थे। उनका अपने स्वभाव के विपरीत अदालत जाना, गाँव जाना, बाज़ार जाना आदि कार से ही हुआ करता था। स्वभाव के बारे में आमधारणा यह बनी थी कि वे कंजूस प्रवृत्ति के हैं। न सिर्फ उनके लिए बल्कि उनकी पत्नी के लिए भी मोहल्ले में ऐसी धारणा बनी हुई थी। उम्रदराज़ होने के कारण वे दोनों लोग मोहल्ले में बहुतों के चाचा-चाची थे और हम बच्चों के बाबा-दादी हुआ करते थे। हम उनको वकील बाबा कहकर पुकारते थे।

परिवार के नाम पर उनके दो भाई थे और इनका भरा-पूरा परिवार उरई में ही आमने-सामने निवास करता था। वे दोनों जन परिवार के नाम पर दो ही प्राणी थे। उनकी उम्र का तक़ाज़ा था या फिर उनकी प्रवृत्ति की वास्तविकता, एक दिन पता चला कि वकील बाबा ने अपनी सफ़ेद एम्बेसडर बेच दी। अब उनका स्थानीय यातायात का साधन साइकिल हो गया। यदा-कदा उनकी कार में घूमने के कारण उनकी कार का न रहना बुरा लगा। ये भी बुरा लगा कि अब कार में घूमना नहीं हो पायेगा। बालमन जो आर्थिक ताने-बाने को समझता न था, एक दिन हमने घर आकर अम्मा से कहा, वकील बाबा ने अपनी कार बेचकर साइकिल ख़रीद ली है। पिताजी से कहो कि अपनी साइकिल बेचकर कार ख़रीद

लें। अम्मा ने उस समय हँसकर बहुत लाड़ से सिर पर हाथ फिरा दिया। बाद में जिस-जिसने हमारी बात को सुना, खूब हँसा। अम्मा के साथ-साथ बाक़ी लोगों के हँसने का कारण तब तो समझ नहीं आया मगर जब कार-साइकिल का अर्थ हमें खुद समझ आया तो अपने उस बालमन के समीकरण पर ख़ुद भी हँसे बिना न रहा गया।

बाल-सभा ने सजाया-सँवारा

हो सकता है कि आज की पीढ़ी को ये शब्द 'बाल-सभा' कुछ अजूबा-सा लगे। ऐसा इसलिए क्योंकि अब किसी विद्यालय में ऐसा कोई आयोजन होते दिखता नहीं है। विद्यालयों में आजकल बच्चों की प्रतिभा को निखारने के स्थान पर मँहगे-मँहगे प्रकाशकों की मँहगी-मँहगी किताबों को रटवाना एकमात्र काम रह गया है। कभी-कभार अभिभावकों को दिखाने के नाम पर, समाचार-पत्रों में सुर्ख़ियाँ बटोरने के नाम पर कहीं-कहीं प्रोजेक्ट, विज्ञान-मेला, बाल-मेला जैसे आयोजन करवा लिए जाते हैं। ये आयोजन भी बच्चों से ज़्यादा अभिभावकों की प्रतिभा, उनकी जेब की परीक्षा लेते हैं।

बाल-सभा शब्द बहुतेरे लोगों के लिए उतना ही अजूबा है जितना कि उसे पता चले कि आज भी कुछ लोग फाउंटेन पेन से लिख रहे हैं। आज कॉलेज में जब हमारे विद्यार्थियों, सहकर्मियों, साथियों को पता चलता है कि हम आज भी फाउंटेन पेन से लिखते हैं तो वे आश्चर्य से भर जाते हैं। हालाँकि अभी उरई जैसे शहर में पठन-पाठन पूरी तरह से ई-सामग्री पर, कम्प्यूटर पर निर्भर नहीं हो सका है, इस कारण यहाँ के विद्यार्थी पेन-कागज़ से अपना परिचय बनाये हुए हैं। इसके बाद भी फाउंटेन पेन की उपलब्धता, उपयोग न के बराबर देखने को मिल रहा है। बहरहाल, बात हो रही थी बाल-सभा की। बाल-सभा को हम अपनी सांस्कृतिक गतिविधियों का आधार कह सकते हैं। यही वो गतिविधि है जिसने हमारे भीतर की झिझक, संकोच को दूर करके भाषण देने की शक्ति, सञ्चालन करने की क्षमता, नाट्य-कार्यक्रमों में सहभागिता करने को विकसित किया। आज यह सब विद्यालयों से नदारद दिखता है।

नर्सरी से लेकर कक्षा पाँच तक की मात्र छह वर्ष की अवधि को अल्पावधि भले ही कहा जाए मगर इन छह वर्षों में प्रति शनिवार भोजनावकाश के बाद सभी बच्चों को एक बड़े-से बरामदे में एकत्र होना पड़ता था। यह सभी विद्यार्थियों के लिए अनिवार्य था। बाल-सभा में लगभग सभी बच्चों को किसी न किसी रूप में अपनी सहभागिता करनी पड़ती थी। किसी को सञ्चालन, किसी को भाषण, किसी को गीत, किसी को अभिनय, किसी को कविता। सभी हँसी-हँसी पूरे उत्साह के साथ अपनी भूमिकाओं का निर्वहन करते। स्कूल की शिक्षिकाएँ,

जिन्हें हम बच्चे दीदी कहा करते थे, अपने कुशल, स्नेहिल निर्देशन में न केवल हमारी वरन् अन्य विद्यार्थियों की प्रतिभा को निखारती थीं। प्रति शनिवार निश्चित रूप से होने वाली बाल-सभा ने हमारे व्यक्तित्व विकास में भी बहुत बड़ी भूमिका का निर्वाह किया। भाषण, सञ्चालन, लेखन, अभिनय, निर्देशन आदि के विकास का आधार उसी बाल-सभा में बख़ूबी हुआ, बस गायन-वादन में अपने को आगे न ला सके। आने वाले समय में इस पर भी हाथ आज़माया जायेगा।

समोसों के लिए ख़ुराफ़ात

शैतानियाँ, शरारतें कहीं से भी सीखनी नहीं पड़ती हैं, कोई सिखाता भी नहीं है; यह तो बालपन की स्वाभाविक प्रकृति होती है जो किसी भी बच्चे की नैसर्गिक सक्रियता के बीच उभरती रहती है। स्कूल में हम कुछ मित्रों की बड़ी पक्की, जिसे दाँतकाटी रोटी कह सकते हैं, दोस्ती थी। कक्षा में एक साथ बैठना। भोजनावकाश के समय एक साथ बैठकर भोजन करना। आपस में मिल-बाँटकर भोजन करना। हमारी मंडली में एक मित्र मनोज के पिताजी घरेलू सामानों की एक दुकान अपने घर के पास ही चलाया करते थे। लगभग रोज़ ही मनोज भी शाम को दुकान पहुँच जाता था। जैसा कि बालसुलभ स्थितियों में होता है, उसके पिता लाड़-प्यार में यह कहते हुए कि शाम को दुकान के मालिक तुम हो, कुछ पैसे उसे दे दिया करते थे। हम मित्र भी दस-पाँच पैसे लेकर आया करते थे। आश्चर्य लगेगा आज की पीढ़ी को जिसको हज़ारों रुपये जेब ख़र्च मिलता हो, कि उस समय हम लोगों को पाँच-दस पैसे भी कभी-कभी मिलते थे। ये आज आश्चर्य भले हो मगर उस समय किसी अमीर से कम स्थिति नहीं होती थी, हम दोस्तों की। ऐसा रोज़ तो नहीं होता था पर जिस दिन ऐसा संयोग बनता था कि ठीक-ठाक मुद्रा जेब में आ गयी तो सुबह की प्रार्थना के समय ही योजना बनाकर कक्षा में सबसे पीछे बैठा जाता था।

कक्षा में पीछे बैठने के अपने ही विशेष कारण हुआ करते थे। असल में स्कूल-परिसर में या उसके आसपास किसी बाहरी व्यक्ति को किसी तरह का खाने-पीने का सामान बेचने की अनुमति नहीं थी। स्कूल समय में किसी बच्चे को बाहर जाने की अनुमति नहीं थी ताकि स्कूल का कोई विद्यार्थी बाहर का कोई सामान न खा ले। इसको सख़्ती से पालन करवाने के लिए भोजनावकाश के समय स्कूल का कोई न कोई शिक्षक मुख्य द्वार पर मुस्तैद हो जाया करता था। ऐसे में हम दोस्त अपने ख़ुराफ़ाती दिमाग़ की मदद से कक्षा के पीछे वाले दरवाज़े का उपयोग भागने के लिये किया करते थे।

स्कूल के एकदम पास में एक छोटा-सा होटल हुआ करता था, जिसे सभी 'अन्नू का होटल' के नाम से जानते थे। उसके समोसे बहुत ही स्वादिष्ट होते थे। चूँकि भोजनावकाश में अध्यापकों की मुस्तैदी के कारण उन समोसों का स्वाद

लिया जाना संभव नहीं हो सकता था इसलिए कक्षा में सबसे पीछे बैठना समोसों तक पहुँच बनाने में सहायक हो जाता था। हम दोस्त आपस में पैसे इकट्ठे करके एक दोस्त को ज़िम्मेवारी देते समोसे लाने की। ज़्यादातर इसके लिए रॉबिन्स को ही चुना जाता। वह कभी पानी पीने की, कभी बाथरूम जाने की अनुमति लेकर अन्नू के होटल तक अपनी पहुँच बनाता। कभी-कभी बिना अनुमति के कक्षा के पीछे वाले दरवाज़े का उपयोग किया जाता था। स्कूल का मुख्य द्वार लोहे की अनेक रॉड से मिलकर बना हुआ था, जिसमें से थोड़े से प्रयास के बाद हम बच्चे लोग आसानी से निकल जाया करते थे।

कक्षा चलते समय उस फाटक से निकलना इसलिए भी आसान होता था क्योंकि सभी अध्यापक अपनी-अपनी कक्षाओं में हुआ करते थे और कभी-कभी आया माँ भी किसी काम में लगी होने के कारण दरवाज़े के आसपास नज़र नहीं रख पाती थीं। अन्नू के होटल तक झटपट जाने और फटाफट वापस आने की कला में माहिर रॉबिन्स अपनी नेकर की दोनों जेबों में कुछ समोसे भरकर कक्षा में दिखाई देने लगता। कक्षा में सबसे पीछे बैठी पूरी मित्र-मंडली अगले ही पल स्वादिष्ट समोसों का स्वाद ले रही होती थी। कक्षा में सबसे पीछे बैठने का मूल कारण स्कूल के मुख्य द्वार पर नजर रखना और फिर अपनी रणनीति में कामयाब होने के तत्काल बाद कक्षा में ही समोसे का स्वाद लेना रहता था।

आज जब कभी रॉबिन्स के मिलने पर स्कूल की घटनाएँ, स्कूल के दोस्तों की चर्चा होती है तो वह बिना कहे नहीं चूकता है कि तुम लोगों ने हमें खूब दौड़ाया, हमारी जेबों में खूब तेल लगवाया। रॉबिन्स को इस कारण भी ये घटना और भी अच्छे से याद है क्योंकि आये दिन घर में उसकी इसी बात पर कुटाई हो जाया करती थी कि नेकर की जेबें तेल से गन्दी कैसे हो जाती हैं।

शिक्षा की संपत्ति मिली विरासत में

घर में पढ़ाई का माहौल था। बाबाजी ने तो अंग्रेजी शासन में अपने पारिवारिक विरोध के बाद भी अपनी पढ़ाई को जारी रखा था। बाबाजी बताया करते थे कि घर में ज़मींदारी होने के कारण उनके बड़े भाई नहीं चाहते थे कि वे पढ़ें। उनका सोचना था कि गाँव आकर ज़मींदारी के कामों में उनका सहयोग करें। ऐसे में बाबाजी की पढ़ने की ज़िद को उनके पिताजी ने माना और पढ़ने के लिये कानपुर भेजा। बड़े बाबाजी (बाबाजी के बड़े भाई श्री भोला सिंह) अक्सर बाक़ी ज़रूरी सामानों को तो भेज देते मगर पैसे नहीं भिजवाते थे। ऐसे में ख़ुद को आर्थिक तंगी से उबारने के लिये बाबाजी अपने एक मित्र की ट्रांसपोर्ट कंपनी में बिठूर से उन्नाव ट्रक भी चलाया करते थे। उस समय बनवाया गया लाइसेंस बाबाजी के पास अंतिम समय तक सुरक्षित रहा, जिसे वे कभी-कभी हम लोगों को दिखाकर अपने आत्मविश्वास और अपनी कर्मठता को बताया करते थे। बहरहाल उन्होंने अपने संघर्षों के द्वारा क़ानून की पढ़ाई पूरी की। बाद में वे सरकारी मुलाज़िम बने। उनके चारों बेटों ने भी उनकी प्रेरणा से उच्च-शिक्षा प्राप्त की। हमारी दादी भी शिक्षित थीं और अम्मा जी को भी बाबा से उच्च-शिक्षा ग्रहण करने की प्रेरणा मिली।

शिक्षा के प्रति यह लगाव सांस्कारिक रूप से हमारे भीतर भी विरासतन आ गया। स्कूल में अपने सभी दोस्तों के बीच पढ़ाई-लिखाई में अव्वल होने के साथ-साथ अन्य गतिविधियों में भी पर्याप्त सक्रियता के साथ आगे-आगे बने रहते थे। यद्यपि घर-परिवार में माना जाता है और ख़ुद हमें भी इस बात का एहसास होता है कि हमारे स्वभाव में एक प्रकार का संकोचीपन, एक तरह की अन्तर्मुखी भावना परिलक्षित होती है। बचपन में इसकी अधिकता होने के बाद भी स्कूल में प्रति शनिवार भोजनावकाश के बाद होने वाली बालसभा में बढ़-चढ़कर हिस्सा लिया जाता। कभी सञ्चालन करने, कभी भाषण देने, कभी कविता सुनाने, कभी गीत गाने आदि में बहुत उत्साह से भाग लिया जाता। इसके अलावा खेलकूद में भाग लेना, प्रातःकालीन प्रार्थना के बाद संपन्न होने वाले कुछ नियमित कार्यों में तत्पर रहना, कक्षा में मॉनिटर बनने में आगे रहना, स्कूल में होने वाले छोटे-छोटे कार्यों में छात्र-छात्राओं का नेतृत्व करना भी बखूबी होता रहता। बचपन में जैसे-जैसे संकोची भावना में कमी आती रही, अन्तर्मुखी

व्यक्तित्व को निखरने में कुछ सहायता मिली, वैसे-वैसे पढ़ाई के प्रति रुझान और बढ़ता गया।

उस स्कूल के बाद भी पढ़ाई का क्रम बना रहा। बाबाजी ने पढ़ाई के महत्त्व को अपनी युवावस्था में ही जान-समझ लिया था। गाँव की बातें बताते समय वे अक्सर कहा करते थे कि तुम्हारे पिताजी और चाचा लोगों को गाँव से इसीलिए बाहर निकाला कि वे पढ़-लिखकर कुछ बन सकें। वे हम सबको बहुत छोटे से ही समझाते रहे थे कि पढ़ाई खूब करना क्योंकि यही दौलत कोई नहीं छीन सकता। वे यह भी समझाते रहते थे कि कभी भी ज़मीन-जायदाद के लिए लड़ने की, रंजिश लेने की आवश्यकता नहीं। पढ़ने-लिखने के बाद उससे कहीं अधिक संपत्ति अर्जित की जा सकती है। शिक्षा के प्रति उनका अनुशासनात्मक भाव ही कहा जायेगा कि हमने पढ़ाई से कभी मुँह नहीं चुराया। शिक्षा के प्रति उनके द्वारा जगायी गयी ललक ने ही हमें दो विषयों, हिन्दी साहित्य और अर्थशास्त्र, में पी-एच0डी0 डिग्री प्रदान करवा दी।

वीडियो के अवतार ने मचाया धमाल

बड़ा-सा टीवी जो लकड़ी के बक्से में बंद। काले-सफ़ेद, झिलमिल करते चित्र, एक जगह स्टैंड पर रखा, छत पर लगे हवाई जहाज़-नुमा एंटीना के तार से बँधा। अभी इस आश्चर्य से पूरी तरह मुक्ति भी न पा सके थे कि वीडियो के अवतार ने रोमांचित कर दिया। काले-सफ़ेद की जगह रंगीन चित्र। बड़े से भारी-भरकम एंटीना का कोई चक्कर नहीं। किसी एक घर की जागीर नहीं, आज इसके घर तो कल उसके घर।

पूरे मोहल्ले में जोश भर जाता था। आज कोई व्यक्ति वीडियो चलवा रहा है तो कल कोई दूसरा व्यक्ति। आज बरगदिया तरे (नीचे) तो कल पीली कोठी पर पाखर के पेड़ के नीचे। बरगदिया हमारे पाठकपुरा मोहल्ले में वो प्रसिद्ध जगह थी जहाँ एक विशालकाय बरगद का पेड़ लगा हुआ था। ये वृक्ष आज भी उसी तरह मौजूद है। उसके किनारे एक मंदिर और आसपास मकान बने हुए हैं। ये जगह हम बच्चों के खेलने-कूदने की जगह हुआ करती थी तो बड़ों के विमर्श का मंच। सभी लोग उस जगह को 'बरगदिया तरे' अर्थात बरगद के पेड़ के नीचे से ही जानते-पहचानते-संबोधित करते थे। हाँ, तो बात हो रही थी वीडियो की। किसी दिन सामूहिक चंदा करके वीडियो चलता तो किसी दिन कोई अपनी रईसी दिखाते हुए सारा ख़र्चा ख़ुद ही करता।

मोहल्ले में लगभग रोज़ ही वीडियो पर फिल्मों का चलना होता किन्तु हम भाइयों को किसी-किसी दिन ही विशेष परिस्थितियों में, कुछ शर्तों के अनुपालन के बाद, किसी बड़े के संरक्षण में फिल्म देखने को मिल पाती। ऐसी सुविधा भी हमें दिखायी जाने वाली फिल्मों के चरित्र के आधार पर उपलब्ध करवायी जाती थी। ऐसी अनुशासनात्मक बंदिशों के बाद भी कई बार चोरी से फ़िल्मों का दिख जाना हो जाता था। ऐसा गर्मियों की रातों में ही हो पाता था जबकि रात में छत पर सोने के दौरान आसपास के घरों की छतों पर चलते वीडियो हमें भी लाभान्वित कर जाते। चारपाई को अपने छत की छोटी सी चहारदीवारी के सहारे टिकाकर उसी पर बैठकर वीडियो क्रांति का चोरी-चोरी लाभ उठा लेते।

वीडियो के उस क्रांतिकारी प्रदर्शन के दौर में मोहल्ले के बच्चों में फ़िल्म देखने की प्रतियोगिता-सी चल पड़ी। कौन सी फिल्म कितनी बार देखी गयी,

इस बात को लेकर आपस में होड़ लग जाती। शहंशाह, नगीना, शराबी, संतोषी माता, प्रेम रोग जैसी फ़िल्मों को कुछ बच्चों द्वारा पंद्रह-बीस बार देखने का ऐलान-सा कर दिया गया। उधर मोहल्ले के बच्चों की फ़िल्म देखने की संख्या में लगातार बढ़ोत्तरी हो रही थी और इधर हमारे खाते में सीमित संख्या बनी हुई थी। पारिवारिक अनुशासन और माहौल का नुक़सान भले ही ये रहा हो कि मोहल्ले के बच्चों के साथ फिल्मों की संख्यात्मक प्रतियोगिता में हम फिसड्डी बने रहे पर गुणात्मक रूप में अपने समय की बेहतरीन फ़िल्में देखने का अवसर हमको बचपन में ही मिल गया था। फिल्म जगत् के तमाम नामचीन कलाकारों द्वारा अभिनीत बेहतरीन फ़िल्मों को देखने का मौक़ा मिला। उनमें से बहुत-सी फ़िल्में तो समझ आ जातीं और बहुत-सी ऐसी होतीं जिन्हें बस देखते ही रहते, देखते ही रह जाते। तब देखते रह जाने वाली ऐसी फ़िल्मों का अर्थ, उनके कथ्य को अब जाकर समझा।

बहुतई नाच नचायो साइकिल ने

किसी भी व्यक्ति के लिए पहली बार कोई नया काम करना कितना कठिन होगा, कह नहीं सकते किन्तु हमारे लिए पहली बार साइकिल चलाना तो ऐसा था मानो हवाई जहाज़ चला रहे हों। उस समय कक्षा पाँच में पढ़ा करते थे। साइकिल चलाने का शौक चढ़ा। घर में उस समय पिताजी की साइकिल थी। पिताजी चले जाते थे कचहरी और शाम को आते; तब तक हम भी अपने स्कूल से लौट आते थे। कई बार की हिम्मत भरी कोशिशों के बाद पिताजी से साइकिल चलाने की मंज़ूरी ले ली।

उस समय तक हमने साफ़ करने की दृष्टि से या फिर अपने बड़े लोगों के साथ बाज़ार, स्कूल आदि जाने के समय ही साइकिल को हाथ लगाया था। अब साइकिल चलानी तो आती ही नहीं थी तो बस उसे पकड़े-पकड़े लुढ़काते ही रहे। कई दिनों के बाद साइकिल पर इतना नियंत्रण बना पाये कि वह गिरे नहीं या फिर इधर-उधर झुके नहीं। एक दिन हमारे स्कूल में किसी संस्था या फिर किसी और स्कूल के द्वारा (यह ठीक से याद नहीं) एक टेस्ट का आयोजन किया गया। इस पूरे टेस्ट में हमारे सबसे ज़्यादा नम्बर आये थे। हम भी बहुत ख़ुश थे और इसी ख़ुशी में हमने पिताजी से साइकिल चलाने की अनुमति माँग ली।

अब क्या था, कई सप्ताह हो गये थे साइकिल को खाली लुढ़काते-लुढ़काते, सोचा कि पिताजी भी ख़ुश हैं हमारे रिजल्ट से, हो सकता है कि कुछ न कहें। बस आव देखा न ताव, कोशिश करके चढ़ गये साइकिल पर। दो-चार पैडल ही मारे होंगे कि साइकिल एक ओर को झुकने लगी। यदि साइकिल चलानी आती होती तो चला पाते; पर नहीं। अब हमारी समझ में नहीं आया कि क्या करें, न तो हैंडल छोड़ा जा रहा था और न ही पैडल चलाना रोका जा रहा था। साइकिल झुकती भी जा रही थी और गति भी पकड़ती जा रही थी। गति थोड़ी रुकती, पैडल ज़रा थमते, हैंडल और सँभलता उससे पहले वही हुआ जो होना था। हम साइकिल समेत धरती माता की गोद में आ गिरे। तुरन्त खड़े हुए कि कहीं किसी ने देख न लिया हो। कपड़े झाड़कर घर आये और चुपचाप साइकिल यथास्थान खड़ी कर दी। शाम को बाज़ार जाते समय पिताजी को उसकी कुछ बिगड़ी हालत देखकर पता चल ही गया। परिणाम में पिटाई तो नहीं

हुई क्योंकि पहली बार ऐसा हुआ था किन्तु साइकिल चलाने पर प्रतिबन्ध लगा दिया गया।

देखा! ऐसी रही हमारी पहली साइकिल सवारी।

इसके बाद साइकिल का एक काण्ड और हुआ। कुछ दिनों की मेहनत और लगन के चलते साइकिल को नियंत्रित करना सीख गये। पिताजी की बड़ी साइकिल को उस छोटे से क़द में सीट पर बैठकर चलाना तो संभव नहीं था सो जिसे आम बोलचाल की भाषा में कैंची चलाना कहते हैं, हम भी चलाने लगे। एक दिन अपने दोस्तों के बीच बैठे सभी अपनी साइकिल कलाकारियाँ बताने में लगे थे। उसी में मिलकर विचार किया कि स्कूल के पास किराये की साइकिल देने वाले से एक साइकिल ली जाए और उसका मज़ा लिया जाए। वो साइकिल वाला छोटे बच्चों की साइकिल किराये पर देता था। उस समय वह कुछ घंटों का पच्चीस पैसे लिया करता था।

हम तीन मित्रों ने पैसे जोड़कर चवन्नी बनायी और एक लाल रंग की छोटी साइकिल लाकर रामलीला मैदान से बरगदिया तरे तक दौड़ाना शुरू किया। साइकिल की मौज-मस्ती में समय का ध्यान ही नहीं रहा। किराये के निर्धारित समय से बहुत अधिक समय हो चुका था। अब डर लगा कि यदि साइकिल जमा करने जायेंगे तो साइकिल वाला और पैसे माँगेगा तब पैसे कहाँ से देंगे उसे। कुछ देर के बाद छुटपन समाधान निकाला गया कि साइकिल जमा करने के बजाय कोई अपने घर ले जाए, जब साइकिल वाला घर से लेने आयेगा तो घरवाले अपने आप उसे पैसे दे देंगे। राबिन्स और मनोज ने अपनी-अपनी पिटाई का डर दिखाकर साइकिल ले जाने से मना कर दिया। हम भी इसी बात से घबरा रहे थे। पिटाई के डर से हम तीनों में से कोई भी साइकिल ले जाने को तैयार न हुआ और उसे रामलीला मैदान में पाखर के पेड़ के नीचे खड़ा कर दिया गया।

ऐसा करके भी डर लगा कि साइकिल कोई और चुरा ले गया और साइकिल वाला घर आ गया, तब तो बहुत ज्यादा मार पड़ेगी। अभी हो सकता है कि सिर्फ डाँट ही पड़े। ऐसा विचार दिमाग़ में आते ही हमने साइकिल उठायी और घर ले आये। राबिन्स और मनोज दूसरे मोहल्ले में रहते थे, वे लोग अपने घर चले गये। मोहल्ले के बच्चों ने भी कुछ घंटे साइकिल का मज़ा लिया। बाद में पिताजी की नज़रों से बचाने के लिए उसे मोहल्ले के बच्चों की मदद से अपने घर की छत पर चढ़ा लिया। इसके बाद जैसा कि सोचा था, वही हुआ। साइकिल

वाला जानकारी करते हुए घर आ गया। चूँकि सुबह से मोहल्ले के सभी लोग साइकिल चलाते हुए देख रहे थे इसलिए उस साइकिल वाले को घर पहुँचने में परेशानी नहीं हुई। छत से उतरवाकर उसकी साइकिल और शेष किराया उसको दिया गया। मार तो नहीं पड़ी क्योंकि सब सच-सच बता दिया था हमने। हाँ, डाँट पड़ी कुछ-कुछ इसी साइकिल से गिरने के कारण लगी चोटों को लेकर। उसके बाद बस पिताजी की बड़ी साइकिल पर हाथ-पैर मारे जाते रहे, गिरते रहे, चोट खाते रहे।

अपनों की छवि-खुशबू का एहसास

हमारा प्राथमिक विद्यालय यद्यपि कक्षा आठ तक था किन्तु घर में सभी का निर्णय हुआ कि कक्षा छह से आगे की पढ़ाई के लिए हमारा एडमीशन राजकीय इंटर कॉलेज में करवाया जाए। पुराना चिरपरिचित स्कूल, दोस्त, शिक्षक छूटने का बुरा लग रहा था साथ ही नए स्कूल में जाने की खुशी भी हो रही थी। इसके बीच जीआईसी में एडमीशन को लेकर गर्व-मिश्रित खुशी का एहसास भी हो रहा था। ऐसा इसलिए महसूस हो रहा था क्योंकि जीआईसी के आरम्भिक स्वरूप में संचालित स्कूल में हमारे बाबाजी (श्री गिरीन्द्र सिंह सेंगर) ने भी अध्ययन किया था। उनके समय यह इंटरमीडिएट तक न होकर मिडिल तक ही संचालित होता था। बाबाजी के बाद उसी जीआईसी में हमारे सबसे छोटे भैया चाचा (श्री धर्मेन्द्र सिंह सेंगर) और हमारे बैंगलोर वाले मामा (श्री सुन्दर सिंह क्षत्रिय) ने भी पढ़ाई की थी। ऐसे विद्यालय में अपने पढ़ने का सोचकर ही प्रसन्नता हो रही थी, जहाँ हमारे पूर्वज अध्ययन कर चुके थे। उस समय जीआईसी में प्रवेश-परीक्षा के आधार पर एडमीशन मिला करता था।

प्रवेश-परीक्षा देने जाने पर पहली बार जीआईसी की भव्य इमारत को देखा। अंग्रेजी वास्तुकला का प्रतीक वह बुलंद इमारत अपनी भव्यता के साथ सबको एक नज़र में सम्मोहित कर जाती थी। हमें भी उसका सम्मोहन अपनी तरफ खींच रहा था मगर एक गौरव के साथ, एक आशीर्वाद के साथ, अपनत्व की भावना के साथ। इमारत में घुसते हुए अपने ही घर में पहुँचने जैसा गौरवान्वित करने वाला एहसास हुआ। ऐसा लगा था जैसे यहाँ से शिक्षित हुए हमारे परिवार के लोग हमें अपना आशीर्वाद दे रहे हों।

प्रवेश-परीक्षा देने के बाद, जब तक पिताजी लेने नहीं आये, तब तक पूरी इमारत का एक चक्कर लगाकर, उसकी दीवारें छू-छूकर अपने बुज़ुर्गों की उपस्थिति को महसूस करने का प्रयास किया। बड़े-बड़े कमरे, बड़ा-सा हॉल, ख़ूब लम्बा-चौड़ा मैदान, हरी-भरी बगिया, घने छायादार वृक्ष आदि सब मन मोहने में लगे थे। उस छोटी-सी अवस्था में सबको छू-छूकर उनमें महसूस होती अपनों की छवि-खुशबू से एकरूप होने का प्रयास किया।

प्रवेश-परीक्षा का परिणाम आया और हम वहाँ के लिए चयनित हो गये।

हमारी ख़ुशी की सीमा न रही। कक्षा छह से इंटरमीडिएट तक जीआईसी हमारी शिक्षा का केंद्र रहा। वहाँ चयनित होने, प्रवेश लेने की ख़ुशी उस समय और बढ़ गयी जब पुराने स्कूल के कुछ मित्रों ने भी वहाँ प्रवेश पा लिया। समय के साथ जीआईसी ने भी बहुत से दोस्त दिये। कुछ पढ़ाई तक साथ रहने के बाद दूर हो गये, कुछ आज तक साथ हैं और कुछ तो परिवार का हिस्सा ही बन गये हैं। समय के साथ आगे बढ़ते रहने, दोस्तों के साथ आगे बढ़ते रहने ने हमारी ज़िन्दगी को और जीवंत बनाया है।

चवन्नी की जागीर

जीवन में हर व्यक्ति अपने भविष्य को लेकर निरंतर सजग रहता है, लगातार आगे बढ़ने का प्रयास करता है और इस यात्रा में, अपनी सजगता में वो अपने अतीत को विस्मृत नहीं कर पाता है। ये और बात है कि ज़िन्दगी की आपाधापी में इंसान ने अपने अतीत को स्वतः याद करना बंद-सा कर दिया है किन्तु बहुत सी घटनाएँ ऐसी होती हैं जो अक्सर मन-मस्तिष्क में उभरकर बीते दिनों की सैर कराने लगती हैं। ऐसा ही कुछ उस समय हुआ था जबकि एक समाचार पढ़ने को मिला था कि सरकार ने स्टील की मँहगाई और अन्य कारणों से पच्चीस पैसे के सिक्के को बनाना बंद कर दिया है। इस बंदी के साथ-साथ इसके चलन को भी समाप्त कर दिया गया। हालाँकि सरकारी आदेश के बहुत पहले से पच्चीस पैसे और पचास पैसे का चलन समाज ने स्वतः ही बंद कर रखा था। अब भले ही ये सिक्के लेन-देन के दौरान चलन में न दिखते हों मगर शौक़िया तौर पर बनाये गये संग्रह में से कभी-कभार ये सिक्के और अन्य पुराने सिक्के सामने आकर बचपन में ले जाते हैं। कुछ ऐसा ही अपने संग्रह का अवलोकन करते समय पच्चीस पैसे के सिक्के को देखकर हुआ और बचपन की वो खुशी आँखों के सामने चमक उठी जो एक पच्चीस पैसे के सिक्के के द्वारा मिल जाया करती थी।

ये बात सन् 83-84 की है, जब हम राजकीय इंटर कालेज, उरई के छात्र थे। उस समय हमको स्कूल जाने पर नित्य जेबख़र्च के रूप में पच्चीस पैसे मिला करते थे। चार आने का मूल्य होने के कारण आम बोलचाल की भाषा में पच्चीस पैसे के सिक्के को चवन्नी कहकर पुकारा जाता था। आज के बच्चों को यह बहुत ही आश्चर्य भरा लगेगा कि रोज का जेबख़र्च मात्र पच्चीस पैसे अर्थात चवन्नी पर हमारे लिए उस समय यह किसी करोड़पति के ख़ज़ाने से कम नहीं होता था। उस समय इस एक छोटे से सिक्के के साथ एक छोटी-सी पार्टी भी हो जाया करती थी। इसके अलावा हम दो-तीन दोस्त हमेशा एक-साथ रहा करते थे और सभी के ऐसे छोटे-छोटे सिक्के मिल-मिलाकर एक ग्रांड पार्टी का आधार तैयार कर दिया करते थे।

विशेष बात तो यह होती थी कि घर से स्कूल जाते समय अम्मा ही चवन्नी

दिया करती थीं। कभी-कभार ऐसा होता था कि थोड़ी बहुत देर होने के कारण अथवा किसी और वजह से हमें स्कूल छोड़ने के लिए पिताजी साइकिल से जाया करते थे। उनकी हमेशा से एक आदत रही थी कि स्कूल के गेट पर हमें साइकिल से उतारने के बाद हमसे पूछा करते थे कि पैसे मिले? झूठ बोलने की हिम्मत तो जुटा ही नहीं पाते थे तो ऐसे समय में हम या तो चुप रह जाते या फिर कह देते कि हाँ हैं। इसके बाद भी पिताजी अपनी जेब से पच्चीस पैसे का उपहार हमें दे ही देते। पिताजी कभी-कभी ही छोड़ने आते थे और जिस दिन उनका आना होता, उस दिन हमारा जेबख़र्च पच्चीस से बढ़कर पचास हो जाया करता था। समझिए कि उस दिन तो बस चाँदी ही चाँदी होती थी। क्या कुछ ले लिया जाये और क्या कुछ छोड़ा जाये समझ में ही नहीं आता था। चूँकि उस समय स्कूल-परिसर में ऐसी कोई सामग्री बेचने भी नहीं दी जाती थी, जो हम बच्चों के लिए हानिकारक हो इसलिए घरवाले भी निश्चिन्त रहते थे।

हमारी पच्चीस पैसे की नवाबी उस समय और तेज़ी से बढ़ गयी जब हमारे साथ पढ़ने के लिए हमारा छोटा भाई पिंटू (डॉ0 हर्षेन्द्र सिंह सेंगर) भी साथ जाने लगा। अब हम दो जनों के बीच पचास पैसे की ज़मींदारी हो गयी जो हमारी मित्र-मंडली में किसी के पास नहीं होती थी। हम दो भाइयों के बीच एक-साथ आये पचास पैसे के मालिकाना हक़ से हम अपनी मित्र-मंडली पर रोब भी जमा लेते थे पर भोजनावकाश में सारी हेकड़ी आपस में खान-पान को लेकर छूमंतर हो जाती थी। सबके सब अपने-अपने छोटे से करोड़पतित्व को आपस में मिलाकर हर सामग्री का मज़ा उठा लेते थे।

आज जब भी अपने सिक्कों के संग्रह को देखते हैं तो बरबस ही उस चवन्नी की याद तो आती ही है साथ में उन बीस पैसे के, दस पैसे के, पाँच पैसे के सिक्कों की भी याद आ गयी जो न जाने कब अपने आप ही चलन से बाहर हो गये।

वाह री चवन्नी! तुम्हारी याद तो हमेशा मन में रहेगी जिसने उस छोटी-सी उम्र में ही नवाबी का एहसास करा दिया था, धन की अहमियत को समझा दिया था।

बचपने का साहित्यकार

पहली कविता, जो दैनिक भास्कर, स्वतंत्र भारत में प्रकाशित हुई थी। कब, कैसे कविता लिखने का शौक़ चर्राया, पता नहीं। इतना याद आता है वो अक्टूबर या नवम्बर का महीना था। सर्दी की हलकी कँपकपी और सूरज की मोहक गर्माहट मन को भा रही थी। इसी में कुछ शब्द निकले, लयबद्ध, एक साथ गुँथे और पहली कविता इस रूप में सामने आ गयी। पिताजी को भी पढ़ने-लिखने का शौक़ था। उन्होंने इसे दो-तीन समाचार-पत्रों में प्रकाशनार्थ प्रेषित कर दिया। परिणामतः यह कविता दैनिक भास्कर और स्वतंत्र भारत में प्रकाशित हुई। बहुत समय तक दोनों समाचार-पत्र पिताजी के संग्रह में रहे। अब पिताजी भी नहीं और उनका संग्रह भी नहीं पर कविता आज भी पास है, अब आपके सामने है। सन् 1983 में प्रकाशित उस कविता के समय उम्र थी महज दस वर्ष। लीजिये, कविता पढ़िए-

रोज सबेरे आता सूरज,
हमको रोज जगाता सूरज।
पर्वत के पीछे से आकर,
अँधियारा दूर भगाता सूरज।
पंछी चहक-चहक कर गाते,
सुबह-सुबह जब आता सूरज।
ठंडी-ठंडी पवन चले और
फूलों को महकाता सूरज।
गर्मी में आँख दिखाता हमको,
सर्दी में कितना भाता सूरज।
पूरब से पश्चिम तक देखो,
कितनी दौड़ लगाता सूरज।
चंदा तारे लगें चमकने,
शाम को जब छिप जाता सूरज।
काम करें हम अच्छे-अच्छे,
हमको यह सिखलाता सूरज।

वो भयानक, डरावने दिन

31 अक्टूबर की रात होने से पहले ही हवाओं में इंदिरा गाँधी की हत्या की दुःखद ख़बर तैरने लगी थी। पुष्ट-अपुष्ट ख़बरों के बीच लोगों में इस ख़बर को लेकर संशय बना हुआ था। संशय के साथ-साथ लोगों में एक अनजाना-सा भय भी दिख रहा था। शाम को अपनी माँ के साथ सब्ज़ी व अन्य घरेलू सामान की ख़रीददारी करते समय दुकानदारों के चेहरे पर, उनकी बातचीत में डर का दर्शन किया जा सकता था। सब्ज़ी मंडी के छोटे-छोटे दुकानदार अपने सामान को लगभग समेटने के अंदाज़ में ग्राहकों को अधिक से अधिक सामान लेने की हिदायत देते जा रहे थे। इंदिरा गाँधी की हत्या हो गयी है, अब कुछ न कुछ होगा जैसा भाव उनकी बातचीत में झलक रहा था। उस समय 11 वर्ष की उम्र यह समझने के लिए बहुत थी कि 'अब कुछ न कुछ होगा' का अर्थ क्या हो सकता है। बाज़ार से घर वापसी के दौरान बाज़ार में एक तरह का हड़कंप-सा मचा हुआ था।

पिताजी के अधिवक्ता होने और राजनैतिक रूप से सक्रिय व्यक्ति होने के कारण देर रात घर में आसपास वालों का आना-जाना लगा रहा। आने वालों की बातचीत, लोगों की खुसुर-पुसुर से ऐसा समझ आ रहा था कि इंदिरा गाँधी के किसी सिख अंगरक्षक ने उनकी हत्या की है और उरई से भी कुछ सिख भाग चुके हैं। आने वाले हर व्यक्ति को किसी अनहोनी का डर सता रहा था। शहर के मुख्य बाज़ार से कुछ दूर होने के कारण रात को किसी अनहोनी जैसी घटना सुनाई भी नहीं दी किन्तु सुबह के उजाले में कुछ और ही देखने को मिला। लगभग 10-11 बजे के आसपास, घर के सामने से गुज़रने वाली गली में रोज़ की तुलना में बहुत अधिक संख्या में लोगों की एक ही दिशा को भागमभाग मची हुई थी। हर व्यक्ति अपने हाथों में कुछ न कुछ उठाये भागा चला जा रहा था, कुछ तो अपनी शारीरिक सामर्थ्य से अधिक सामान अपने ऊपर लादे, गिरते-भागते चले जा रहे थे। पूछने पर एक ही जवाब मिल रहा था कि दंगा हो गया है। पिताजी आसपास के अन्य प्रतिष्ठित लोगों के साथ बाहर निकले हुए थे, उनके वापस आने पर ही सही जानकारी मिल सकती थी। इसके बाद भी एक बात स्पष्ट दिख रही थी कि उरई में कुछ गड़बड़ हो गयी है, जिस कारण से यहाँ लूटपाट जैसे हालात बन

गये हैं।

पिताजी के वापस आने पर पता चला कि कुलदीप नाम का एक धनाढ्य व्यापारी सिख उरई छोड़कर भाग गया है तथा लोगों में इस बात की आशंका है क़ि उसका भी किसी न किसी रूप में इंदिरा गाँधी हत्याकाण्ड में हाथ रहा है। 'अभी छोटे हो', 'नहीं समझोगे', 'अपना काम करो', 'जाकर खेलो' जैसे शब्दों के बीच कर्फ़्यू, दंगा, लूटपाट जैसे शब्द समझ से परे थे पर इतना तो समझ आ रहा था कि उरई में कुछ गड़बड़ हो गयी है। उरई में रह रहे सिख समुदाय की इंदिरा गाँधी हत्याकांड में भागीदारी की सत्यता जो भी रही हो, सिख समुदाय की इस घटना पर प्रतिक्रिया जो भी रही हो पर उग्र भीड़ ने कुलदीप की दुकान और घर को निशाना बनाने के साथ-साथ सिख समुदाय की दुकानों को, घरों को, लोगों को अपना निशाना बनाना शुरू कर दिया। कुछ दुकानों, मकानों में आग भी लगा दी गयी किन्तु किसी सिख की हत्या का, उसकी जान लेने का मामला सामने नहीं आया। सिखों को, उनके परिवार वालों को प्रशासन की तथा कुछ जागरूक नागरिकों की मदद से सुरक्षा प्रदान की गयी। इक्का-दुक्का मारपीट की घटनाओं को छोड़कर यहाँ लूटपाट की घटना अधिक सामने आई।

जैसा कि याद है, उरई में लोगों ने हालात को बिगाड़ने के स्थान पर सँभालने की कोशिश की थी किन्तु चंद राजनैतिक मौक़ापरस्त लोगों और हालात का फ़ायदा उठाने वालों ने अपनी कुत्सित मानसिकता दिखा ही दी थी। हालात बेक़ाबू न हों इसके लिए प्रशासन द्वारा कर्फ़्यू भी लगाया गया। जैसा कि बाद में समाचार-पत्रों में, रेडियो के समाचारों में जो कुछ, जैसा पढ़ने-सुनने को मिला उसने उस उम्र में भी रोंगटे खड़े कर दिये। कालांतर में कानपुर के उस मकान को देखने का अवसर मिला जिसमें एक परिवार के कई सदस्य ज़िन्दा जला दिए गये थे। कुछ और जगहों पर जाने पर उस समय के नरसंहार-स्थलों को देखकर मन विह्वल हो उठा था। अपने कुछ परिवारीजनों से इसी समयावधि में उनकी आँखों-देखी सुनने के बाद तत्कालीन स्थिति की, हालात की गंभीरता को आज तक महसूस करते हैं।

संघ की शाखा से परिचय

पहली बार जब शब्द सुना था 'शाखा' तो कुछ समझ नहीं आया था। घर के पास के पुलिस चौकी वाले मैदान में खेलते समय मोहल्ले के पुराने बच्चों ने शाखा चलने के लिए कहा। मोहल्ले में आये अभी महीना भर हुआ था और उस पर ये शाखा चलना। घर से पूछकर आने की कहकर उस दिन शाखा जाना टाल दिया। घर आकर अम्मा से बताया और बात पिताजी तक पहुँची। घर में अनुशासन था मगर बेबात रोकटोक नहीं, सो पिताजी ने बिना अनुमति दिए कहा कि पहले उनको घर बुलाओ। अगले दिन हमने बात ज्यों की त्यों कह दी। शाखा लगाने वाले भाईसाहब मोहल्ले के ही थे और हमारे घर से परिचित, पिताजी से मिलने आये। पिताजी की अपनी सामाजिक, राजनैतिक सक्रियता के चलते सभी लोग उनसे परिचित थे। मोहल्ले के नाते पिताजी भी उन भाईसाहब लोगों के नाम से परिचित थे। आज भी याद है, कीर्ति दीक्षित भाईसाहब, दिगम्बर भाईसाहब, स्वतंत्रदेव भाईसाहब (जो कांग्रेस सिंह के नाम से भी जाने जाते हैं) अजय भाईसाहब, कमलेश भाईसाहब, कौशल किशोर भाईसाहब के साथ और भी तीन-चार लोगों का घर आना हुआ।

अगले दिन से सायं शाखा में जो घर के पास बने पाठक के बगीचा में लगती थी, हम तीनों भाइयों का जाना शुरू हो गया। भगवा ध्वज को देखकर तब भी दिल में हिलोरें उठती थीं, आज भी उठती हैं। शुरू में वंदना याद करने में दिक्कत आयी मगर एक बार याद वंदना अब भी भली-भाँति याद है। एक बात जो वहाँ विशेष लगी जिसे आज के माहौल में बार-बार याद करने की आवश्यकता है कि शाखा में किसी एक दिन भी ऐसी कोई बात नहीं सुनाई दी जिससे विभेद दिखाई दे, जिससे प्रेम-सौहार्द्र में तनाव दिखाई दे, जिससे कटुता फैले। शाखा में समय-समय पर बड़े भाइयों द्वारा बौद्धिक कार्य भी दिया जाता; उसमें भी किसी रूप में किसी धर्म, मज़हब, जाति के विरुद्ध किसी तरह की कोई बात नहीं की जाती। इसके उलट समय-समय पर सामाजिक कार्यों में सहभागिता करवायी जाती रही। सामाजिक विद्वेष को दूर करने सम्बन्धी क़दम उठाये जाने की सीख दी जाती। कैसे समाज में लोगों की मदद की जा सकती है, इसके बारे में बताया-समझाया जाता।

बहरहाल, तब से शाखा के संस्कार उसी तरह चले आ रहे हैं। समाज में स्वयंसेवक कहलाना आज भी गर्व का विषय है। कतिपय राजनीति के चलते लोगों ने संघ को बदनाम करने में कोई कोर-कसर नहीं छोड़ी, ये उनका चरित्र है; हमने अपनी सामाजिकता नहीं छोड़ी, ये हमारा चरित्र है।

पथ-संचलन में शामिल होने पर गुणा-भाग किया कि पहली बार शाखा जाना अप्रैल में ही हुआ था, वर्ष 1985 में। इस दृष्टि से संघ आयु 28 वर्ष और हम बढ़ रहे 40 वर्ष की तरफ़।

बाबा आदम के ज़माने का स्कूटर

हमारी पूरी गैंग के घर लगभग एक ही दिशा में थे। जीआईसी से छुट्टी के बाद हम सब एक साथ ही घर वापसी करते थे। पूरे रास्ते हुल्लड़, मस्ती, शरारतें होती रहतीं। तब आज की तरह न तो बहुत ज़्यादा ट्रैफिक हुआ करता था और न ही बाइक के स्टंट। साइकिलों, रिक्शों की ही आवाजाही अधिक रहती थी। इक्का-दुक्का स्कूटर और कभी-कभी कोई मोटरसाइकिल, जिन्हें हम बच्चे फटफटिया कहते थे, दिख जाया करती थीं। लेम्ब्रेटा स्कूटर अपने अजब से हावभाव के कारण आसानी से पहचान में आता। इसके साथ ही बजाज, प्रिया, सूर्या के स्कूटर भी अपनी उपस्थिति बनाये हुए थे। इन स्कूटरों के बीच बुलेट, येज़दी और राजदूत फटफटिया अपनी दमदार आवाज़ के कारण दिल-दिमाग़ में बसी थीं। इन सबके बाद भी शहर की सड़कें ख़ाली-ख़ाली ही रहती थीं। इसके अलावा तब शहर के नागरिक भी हम बच्चों को सड़क पर पूरा स्पेस देते थे, अपनी शरारतों को संपन्न करने का।

निश्चित-सी दिनचर्या के बीच हम मित्रों की कॉलेज से घर वापसी हो रही थी। हा-हा, ही-ही अपने निर्धारित रूप में चल रही थी। आसपास के लोग, दुकान वाले, रिक्शे वाले हम बच्चों के मज़ाक़ का निशाना बनते थे, उस दिन भी बन रहे थे। तभी हम लोगों के बग़ल से एक स्कूटर बिना आवाज़ के निकला। हल्का आसमानी-सफ़ेद रंग का, नयी अलग-सी डिजाइन का स्कूटर देख हम सब चौंक गये। चौंकने के कई कारण थे। एक तो अभी तक के चिरपरिचित एकरंग के स्कूटरों से इतर यह स्कूटर दो रंग का था। दूसरे, तेज़ फट-फट आवाज़ के स्कूटरों से बिलकुल अलग लगभग ख़ामोश आवाज़ वाला स्कूटर भी अपने आपमें चौंका रहा था। तीसरे, तब के स्कूटरों में पीछे लगी स्टेपनी से इतर इसमें एक तरह का ख़ालीपन भी आश्चर्य में डाले थे। जिस धीमी रफ़्तार से वह स्कूटर बग़ल से निकला, उससे कई गुना तीव्र गति में ये सब आश्चर्य आँखों के सामने से घूम गये। इस आश्चर्यजनक अकबकाहट में हमारे मुँह से निकल पड़ा, निकल क्या पड़ा, चिल्लाहट-सी गूँज उठी – ''देखो, बाबा आदम के ज़माने का स्कूटर।''

इसके बाद स्कूटर उतनी ही तेज़ी से रुका, जितनी तेजी से हमारे शब्द

निकले थे। स्कूटर चलाने वाले युवा सज्जन, जिनके बारे में मालूम चला कि बड़े सेठ जी हैं, उतरकर, बड़े ही रोब-दाब के साथ हम बच्चों को हड़काने लगे। हम सब पूरी मौज के साथ उन सेठ जी की मौज लेने लगे। बात बढ़ते-बढ़ते हाथापाई, पत्थरबाजी जैसी स्थिति तक आने की आशंका दिखाई देने लगी तो आसपास के दुकानदारों ने उनको समझाने की कोशिश की। इस कोशिश में वे पूरी हनक के साथ उस स्कूटर की क़ीमत बताते हुए ऐसा एहसास दिलाने लगे मानो हम लोगों ने उनके विशिष्ट स्कूटर की घनघोर बेइज़्ज़ती कर दी हो।

बहरहाल, वे सज्जन खिसियाहट के साथ अपने स्कूटर पर बैठे और सेल्फ़ बटन के द्वारा उसे स्टार्ट कर वहाँ से निकल लिये। रंग, आकार, आवाज़ से अभी तक आश्चर्य में ग़ोते खा रहे हम बच्चों के लिए ये एक और अचम्भा था कि स्कूटर बटन से स्टार्ट होता है, झुकाकर किक मारने से नहीं। ये आगे बढ़ता है तो खटर-पटर किये गियर बदले बिना। आँखों में विस्मय की चमक लिए हम बच्चों के मुँह से अबकी एक साथ फिर वही शब्द 'बाबा आदम के ज़माने का स्कूटर' गूँजा मगर इस बार पिछली बार के मुक़ाबले और ज़ोर की आवाज़ से।

आटा-पानी, आटा-पानी और बन गयी रबड़ी

बात उन दिनों की है जब हम कक्षा आठ में या नौ में पढ़ रहे होंगे। गरमी के दिन थे और परीक्षाओं के प्रेत से भी मुक्ति मिल चुकी थी, मई या जून की बात होगी। गरमी के कारण या फिर किसी और कारण से अम्मा जी की तबियत कुछ बिगड़ गयी। अपनी क्षमता के अनुसार उन्होंने उस दशा में भी हम तीनों भाइयों का और घर का सारा काम सम्पन्न किया। लगातार काम करते रहने और कम से कम आराम करने के कारण अम्मा की तबियत ज़्यादा ही ख़राब हो गयी।

अम्मा तो पड़ गयीं बिस्तर पर और मुसीबत आ गयी हम भाइयों की। खाने की समस्या, सुबह नाश्ते की दिक़्क़त। पड़ोसी हम लोगों को बहुत ही अच्छे मिले हुए थे, इस कारण समस्या अपना भयावह स्वरूप नहीं दिखा पाती थी। बग़ल के घर की दीदी आकर मदद करतीं और हम तीनों भाई दौड़-दौड़कर उनका हाथ बँटाते रहते।

दो-तीन दिनों के बाद एक शाम हमने अम्मा से कहा कि आज हम आटा गूँथते हैं। अम्मा ने मना किया कि अभी तुमसे ऐसा हो नहीं पायेगा पर हमने भी ऐसा करने की ठान ली। अपने नियत समय पर दीदी को भी आना था तो यह भी पता था कि उनके आते ही हमारा यह विचार खटाई में पड़ जायेगा। हमने अपने कार्य को करने के लिए पूरा मन बना लिया था। इससे पहले कभी भी आटा गूँथा नहीं था सो मन में कुछ ज़्यादा ही उत्साह था। यह भी विचार आ रहा था कि हम अम्मा का एक काम तो कर ही सकते हैं। अम्मा आँगन में चारपाई पर लेटी थीं और हम ज़मीन पर आटा, परात, पानी का जग लेकर बैठ गये। अम्मा ने जितना बताया, उतना आटा परात में डालकर उसमें पानी मिलाया।

अब शुरू हुई हमारी आटा कहानी। पानी डरते-डरते डाला तो कम तो होना ही था। अम्मा के निर्देश पर थोड़ा-सा और पानी डालकर गूँथना शुरू किया। आटे का स्वरूप कुछ-कुछ सही आने लगा पर अभी पानी की कमी लग रही थी। अम्मा के कहने पर फिर पानी डाला और हाथ चलाने शुरू किये। अब लगा कि पानी कुछ ज़्यादा हो गया है। जब पानी ज़्यादा हुआ तो थोड़ा-सा आटा मिला दिया। हाथ चलाये तो लगा कि आटा ज्यादा है फिर पानी की धार।

ऐसा तीन-बार करना पड़ गया। आटा, पानी, पानी आटा होते-होते आटा अन्ततः गुँथ तो गया किन्तु बजाय हम चार-पाँच लोगों के, कम से कम आठ-नौ लोगों के लिए हो गया। अब क्या हो? याद आये फिर भले पड़ोसी। दीदी को आवाज दी। जितना आटा हम लोगों के काम आ सकता था उतना तो निकाला, शेष दीदी के हवाले कर दिया। दीदी ने मुस्कुराते हुए शाबासी भी दी और अम्मा ने भी हौसला बढ़ाया। इसका परिणाम यह निकला कि अगले दो-चार दिन आटा-वृद्धि के बाद हमने आटा भली-भाँति गूँथना सीख लिया। इस सीख का सुखद फल हमें तब मिला जब हम पढ़ने के लिए ग्वालियर साइंस कॉलेज के हॉस्टल में रहे। मेस के लगातार बन्द रहने के कारण पेट भरने में इस आटा-कहानी ने बड़ी मदद की।

लोकल, फ़ोन से एस०टी०डी० कॉल

आज के बच्चे पैदा होते ही फ़ोन, मोबाइल का इस्तेमाल करना शुरू कर देते हैं। हमें अच्छी तरह याद है कि उस समय हम कक्षा आठ में पढ़ा करते थे। हमारे मन्ना चाचा तब कानपुर में भारतीय स्टेट बैंक में सेवारत थे। एक बार घर आने पर उन्होंने अपने बैंक का फ़ोन नम्बर पिताजी को यह कहते हुए दिया कि यह, फ़ोन हमारी टेबिल पर ही है, अब सीधे बात हो जाया करेगी। हमने और हमारे छोटे भाई ने भी चाचा से उनका फ़ोन नम्बर ले लिया।

हमने कक्षा छह से इंटरमीडिएट तक की शिक्षा राजकीय इंटर कॉलेज से प्राप्त की है। इसके पास ही जिला चिकित्सालय है, जहाँ हमारी मामी श्रीमती पुष्पा राजे उन दिनों नौकरी किया करती थीं। मामा-मामी चिकित्सालय के कैम्पस में ही रहा करते थे। हम अपने दोस्तों सहित लगभग रोज ही मामा-मामी के घर जाया करते थे। इसी आवागमन के दौरान हमने एक दिन देखा कि चिकित्सालय के इमरजेंसी वार्ड में एक फ़ोन लगाया जा रहा है। हम लोगों के लिए बड़ी ही आश्चर्य की चीज़ थी वह फ़ोन। अब मौक़ा लगते ही हम लोग फ़ोन को छूकर देख आते थे। अभी तक तो फ़ोन अपने प्रधानाचार्य के कमरे में ही लगा देखा था या फिर मामी के ऑफिस में पर यहाँ कभी छूने को तो मिला नहीं था।

एक दिन मन में आया कि चाचा से बात की जाए। मामा डॉ0 जुगराज सिंह क्षत्रिय, जिन्हें हम बच्चे आज तक डॉक्टर मामा के नाम से बुलाते हैं, से पूछा कि जो फ़ोन यहाँ लगा है उससे बात कैसे होती है? मामा ने बताया कि उसमें नम्बर लिखे हैं, जिस फ़ोन नम्बर पर बात करनी हो, उसको घुमाओ और जब एक ट्रिन-ट्रिन जैसी आवाज़ सुनाई दे तो उसमें एक रुपये का सिक्का डाल दो। उन्होंने हमसे पूछा कि कहाँ बात करनी है तो हमने कहा बस ऐसे ही जानकारी कर रहे थे।

अब समझ में आ गया था कि फ़ोन कैसे करना है। वहाँ जाकर एक-दो नम्बर को घुमाकर ट्रिन-ट्रिन की आवाज़ भी सुन आये थे और अपनी छोटी-सी जेब ख़र्च की राशि में से एक रुपया गँवाकर आवाज़ भी सुन आये थे। लगा कि अब चाचा से बात करनी आसान हो जायेगी। एक रुपये में जब चाहो चाचा से बात कर लो। ख़ुशी तो बहुत थी पर ये मालूम नहीं था कि ये पब्लिक टेलीफ़ोन है

जो मात्र लोकल ही काम करेगा।

एक दिन चुपचाप हम और छोटा भाई फ़ोन के पास पहुँचे। एक हथेली में चाचा के बैंक का नम्बर और दूसरी में एक का सिक्का दबाये। नम्बर घुमाया और इन्तज़ार कि अब ट्रिन-ट्रिन की आवाज सुनाई दे, नहीं सुनाई दी। एक बार दो बार, तीन बार... फिर न जाने कितनी बार नम्बर घुमाया पर आवाज सुनाई नहीं दी। पहले लगा कि शायद फ़ोन ख़राब है। तभी एक आदमी ने आकर बात की तो लगा कि हम लोग ही गड़बड़ कर रहे हैं। अब हताश, हारे हुए खिलाड़ी की तरह से वापस लौटे। दुःख था चाचा से बात न हो पाने का। फिर लगा कि कहीं ग़लत नम्बर तो नहीं लिख लिया। दिमाग दौड़ाते हुए घर आये, नम्बर देखा, एकदम सही।

घर में पिताजी से पूछने की हिम्मत नहीं हुई। अगले दिन कॉलेज से मामा के पास गये और अपनी समस्या बताई। मामा ने समझाया कि इस फ़ोन से बस लोकल ही बात हो सकती है, एस0टी0डी0 नहीं। तब अपनी मूर्खता पर बहुत हँसी आयी जो गाहेबगाहे आज भी फ़ोन करने की बात सोच-सोचकर आ ही जाती है। नादानी भले ही रही हो पर फ़ोन करने का एहसास, फ़ोन छूने का एहसास आज भी याद है।

क्रिकेट के चक्कर में बने चकरघिन्नी

नया स्कूल नये दोस्तों को भी लेकर आया। कक्षा छह से साथ चल रहे कई मित्रों की एक मण्डली बन गई थी। पढ़ाई एक साथ, लड़ाई एक साथ, खेलकूद एक साथ, शरारतें एक साथ। घरवालों की नज़र में, अध्यापकों की नज़र में हम सब बड़े होते जा रहे थे तो इसके साथ ही हमारी शरारतें, हरकतें अपनी जगह नया विस्तार पाती जा रही थीं। उस दौर में हम मित्रों को भी शेष भारत की तरह क्रिकेट का शौक़ चढ़ा हुआ था। कॉलेज में, कॉलेज से आने के बाद, छुट्टियों में, घर की छत पर, मैदान में, गली में, कमरे में, कॉलेज के हॉल में, बाड़े में जहाँ-जहाँ मौक़ा मिला वहीं शुरू हो जाती क्रिकेट, दे दनादन।

इसी जूनून, मस्ती में उतराते-डूबते हाईस्कूल में आ गये। उस दिन बोर्ड की प्रयोगात्मक परीक्षा थी, जीवविज्ञान विषय की। फाइल साथ में, डिसेक्शन बॉक्स का सामान साथ में, पेन-पेन्सिल सहित प्रयोगात्मक परीक्षा सम्बन्धी बाक़ी हथियार तो साथ में थे ही। इन सब आवश्यक सामानों के साथ एक और अनिवार्य सामान साथ में था जी हाँ, जी हाँ, आप लोग सही समझे, वो सामान था क्रिकेट का सामान। ऐसा लगता था जैसे एकबारगी पढ़ाई का सामान भले ही छूट जाए पर क्रिकेट का सामान नहीं छूटना चाहिए। प्रैक्टिकल देने का जोश, उस पर भी बोर्ड परीक्षा का प्रैक्टिकल देना था, सो जोश के ऊपर भी जोश। बचपन से लेकर अभी तक कभी भी किसी इंटरव्यू, वायवा, परीक्षा जैसी स्थितियों से डर नहीं लगा। जाने कितने अवसरों पर अपने मित्रों, अपने छोटों को, अपने विद्यार्थियों को समझाया भी है कि यदि कुछ भी न बताने पर परीक्षक जेल जाने की सज़ा दे देगा तो डरा भी जाए इसलिए बिना डरे, बेधड़क जो आये वो बताओ, जो न आये साफ़ मना कर दो। इसलिए हमारे साथ ये समस्या, डर वाली बात नहीं थी कि प्रैक्टिकल में पूछा क्या जायेगा।

समय से कॉलेज पहुँचे और सीधे प्रयोगशाला में जाकर प्रैक्टिकल के बारे में जानकारी ली। पता चला कि अभी परीक्षक नहीं आये हैं। स्पष्ट सन्देश था कि प्रैक्टिकल देर से शुरू होगा। समय का सदुपयोग करने की सोच, हमारी मित्र-मण्डली, जिसमें हमारे अलावा अभिनव, संतोष, राजीव, देवेन्द्र सहित कुछ और मित्र भी शामिल थे, बाहर मैदान में आकर क्रिकेट में जम गयी। थोड़ी-थोड़ी देर

में निगाहें कॉलेज की तरफ़ भी डाल लेते। वहाँ की चहल-पहल और छात्रों की भीड़ बताने को काफ़ी थी कि प्रैक्टिकल अभी शुरू नहीं हुआ। दो-चार बार की ताकाझाँकी के बाद क्रिकेट का सुरूर इस क़दर चढ़ा कि कब मैदान की छात्रों की भीड़, कॉलेज के आसपास की चहल-पहल ख़ामोशी में बदल गयी, पता ही नहीं चला। जैसे ही सन्नाटे की तरफ निगाह गयी, हाथ-पैर फूल गये। सब कुछ भूल, सामान समेटा और दौड़ पड़े उस हॉल की तरफ़ जहाँ प्रैक्टिकल होना था। देखा क्या कि सारे छात्र तल्लीनता से प्रैक्टिकल देने में लगे हुए हैं।

"मे आई कम इन सर?" डरती-डरती आवाज़ बड़ी मुश्किल से बाहर निकली।

"हाँ, आओ, कहाँ रह गए थे कुमारेन्द्र?" सर का शांत, आत्मीय स्वर भी डर भगा नहीं पाया। हमारी पूरी गैंग चुपचाप हॉल के अन्दर आयी। हम सबके हाथों में क्रिकेटिया हथियार देख सर और परीक्षक महोदय सब कुछ समझ रहे थे।

"इन्हें एक कोने में टिका दो और अपनी-अपनी कॉपी ले जाओ।" सर के आदेश पर हम सब यंत्रवत् काम करने लगे। दो-चार आवश्यक निर्देश देकर, प्रैक्टिकल सम्बन्धी कुछ बातों को समझाकर सर ने हम लोगों को एक लाइन में बिठा दिया।

प्रैक्टिकल समाप्त हुआ। वायवा भी अच्छे से निपटा। परीक्षक ने हँसते-हँसते कुछ सवाल विषय पर और कुछ सवाल क्रिकेट पर पूछे। हम सब बड़े आश्चर्य में थे कि न तो सर हम लोगों से नाराज हुए और न ही परीक्षक ने देर से आने के सम्बन्ध में कुछ कहा। यह बात हमें बाद में पता चली कि जीव-विज्ञान विषय के अध्यापक श्री अनिल कुमार सिंह सेंगर रिश्ते में हमारे मामा जी हैं, हालाँकि वे इस रिश्ते को पहले से जानते थे। शायद सर ने परीक्षक महोदय को यह बात बता दी होगी।

आज भी किसी परीक्षा की चर्चा होने पर, आज के बच्चों की परीक्षा सम्बन्धी गंभीरता देखकर अपने मनमौजी समय को याद किये बिना नहीं रहा जाता। न परीक्षा की चिंता, न कैरियर की परवाह बस अपनी धुन, अपनी मस्ती।

वो तीन लड़कियाँ

वो दिन न केवल हमारी कक्षा के लिए बल्कि पूरे कॉलेज के लिए कौतूहल भरा था। ऐसा होना भी था क्योंकि लड़कों से भरे जीआईसी में उस दिन तीन लड़कियों ने एडमीशन लिया। ऐसा माहौल पूरे कॉलेज के छात्रों में दिखायी देने लगा जैसे बंजर ज़मीन पर कोई फूल निकल आया हो। इसके साथ ही ऐसा लग रहा था जैसे हमारी कक्षा में कोई अजूबे आ गये हों। उन तीनों लड़कियों ने इंटरमीडिएट में जीव विज्ञान की जगह गणित वर्ग को चुना था, इस कारण उनको जीआईसी में प्रवेश लेना पड़ा था। राजकीय इंटर कॉलेज के अलावा उरई में उस समय राजकीय बालिका इंटर कॉलेज भी संचालित हुआ करता था किन्तु वहाँ गणित वर्ग न होने के कारण उन तीनों लड़कियों को राजकीय इंटर कॉलेज में प्रवेश दिया गया था।

कक्षा में बैठने-बिठाने को लेकर किसी तरह की अव्यवस्था उत्पन्न न हो इसके चलते उन तीनों लड़कियों के बैठने की जगह आगे की पंक्ति में अलग से निर्धारित कर दी गयी। पूरी कक्षा उन तीन के आने से पगलायी तो थी ही, अब आगे बैठने के लिए बौराने लगी। वे लड़के जो अध्यापकों के सवालों और निगाहों से बचने के लिये सबसे पीछे या बीच में बैठना पसंद करते थे, वे भी अब आगे बैठने को उतावले दिखने लगे। आगे बैठने के लिए कई बार कक्षा में विश्वयुद्ध जैसी स्थिति बन जाती। उस समय तक उरई में कोई भी विद्यालय सह-शिक्षा के रूप में चर्चा में नहीं था। या तो सिर्फ लड़कों के अध्ययन के लिए विद्यालय संचालित थे या कि लड़कियों के लिए। ऐसे में सह-शिक्षा का आरम्भ दिखायी देने पर वह स्थिति भी अपने आपमें चर्चा का विषय बनी हुई थी।

चर्चाएँ कुछ दिनों तक ही सीमित न रहीं। वे लड़कियाँ दो साल हम लोगों के साथ पढ़ीं। दोनों ही साल आये दिन कोई न कोई कहानी बनती रही। कभी लड़कियों से बात करने के सम्बन्ध में, कभी लड़कियों को गिफ्ट देने के सम्बन्ध में, कभी लड़कियों के साथ ट्यूशन में पढ़ने को लेकर। उन तमाम तैरती कहानियों के बीच कई बार वे लड़के भी सवालों के घेरे में ले लिये जाते जो किसी न किसी रूप में उन लड़कियों के संपर्क में थे। एक लड़की से पूर्व-परिचित होने के कारण कई बार ऐसी स्थिति से हमें भी गुजरना पड़ा। आज उरई में तमाम

विद्यालय सह-शिक्षा रूप में संचालित हैं। लड़के-लड़कियाँ एक साथ न केवल पढ़ रहे हैं बल्कि एक साथ उठ-बैठ रहे हैं, एक साथ आ-जा रहे हैं। ऐसी स्थिति में बदलाव के कई-कई आयाम देखने को मिले, कहानियों के बदलने के दौर दिखे, चर्चाओं के बदलते स्तर दिखे।

खोया-खोया सा वो नाना-नानी का गाँव

शाम का धुँधलका होते ही घर के पास बने कुँए से पानी खींचना और घर के सामने की जगह पर छिड़ककर जमीन की गर्मी, धूल को दबाने का काम शुरू हो जाता। कई-कई बाल्टी पानी खींचना, कई-कई बार का चक्कर लगाना। ज़मीन की दिन भर की गर्मी को शांत करने की सफल कोशिश के बाद मिट्टी की सोंधी-सोंधी महक से मन झूम जाता। चारपाई बिछाने का काम भी होने लगता। कोई अपनी चटाई बिछाकर पहले से अपनी जगह को घेरने लगता। फैलते अँधियारे में कभी चाँद की चाँदनी तो कभी लालटेन की रौशनी फैलती दिखती। इसी रौशनी के सहारे आसपास के बुज़ुर्ग, युवा, बच्चे, पुरुष, महिलाएँ अपने-अपने झुण्ड बनाकर विस्तार में फैली जगह में चहचहाहट भर रहे होते। घर के सामने बने विशाल चबूतरे पर हमारे सबसे बड़े मामा, नन्ना मामा (श्री जनक सिंह क्षत्रिय) जो प्रधानाध्यापक रहे थे, के द्वारा रामचरित मानस का नियमित पाठ होता। उसे नियमित सुनने वाले भी अपनी-अपनी जगह पर बैठे होते। बच्चों की शरारतों, युवाओं के ठहाकों, महिलाओं की रुनझुन करती हँसी के साथ-साथ मानस की चौपाइयों की स्वर-लहरी भक्तिमय रूप में घुलती रहती।

शाम का धुँधलका गहराते-गहराते रात में बदलता जाता। गली भर में, चबूतरों पर, नीम के पेड़ों के नीचे पाये जाते झुण्ड भी परिवर्तित होते रहते। लोगों की जगह बदलती रहती, बैठने का स्थान बदलता रहता, आपसी वार्तालाप का विषय बदलता रहता। कभी एकदम से चिल्ला-चोट, कभी संशय भरी खुसफुसाहट, कभी ठहाके तो कभी नितांत ख़ामोशी-सी।

रात के अँधेरे में सिमटती जाती अपनी-अपनी दुनिया में निमग्न ये छोटे-छोटे समूह चलायमान भी बने रहते। कुछ के घर से भोजन कर लेने की पुकार उठती। कुछ भोजन करके ऐसी गतिविधियों का हिस्सा बनते। कुछ समूह का हिस्सा बने लोगों को अपने साथ ले जाकर भोजन का आनंद उठाते। कुछ ज़्यादा ही मनमौजी टाइप के लोग अपनी थाली सहित सबके बीच ही प्रकट हो जाते। एक थाली, कई-कई हाथ, न जाति का पूछा जाना, न बड़े-छोटे का भान। छोटे-छोटे कौर परमानन्द की प्राप्ति कराते हुए थाली के भोजन को समाप्त करते जाते। थाली ख़ाली होने के पहले ही भर जाती। कभी इस घर से सूखी सब्ज़ी आ जाती तो कभी उस घर की रसीली सब्ज़ी का स्वाद मिलता। कहीं से दाल आकर लोगों

को ललचाती तो कहीं से तीखा अचार आकर स्वाद बढ़ा देता। अनौपचारिक रूप से सब एक-दूसरे से हिले-मिले कहानी, क़िस्सों, लोकगीतों के हिंडोले पर कब नींद के आग़ोश में खो जाते, पता ही नहीं चलता।

ऐसा नहीं कि रातें ही ऐसी ख़ुशगवार गुजरतीं वरन् सुबह से लेकर शाम आने तक ज़िन्दगी ऐसे ही ख़ुशगवार तरीक़े से गुज़रती। दिन भर धूप की, गर्मी की चिंता से मुक्त कभी खलिहान, कभी बगिया की सैर। कभी नीम के झोंके पकड़ने की होड़ में झूलों की पेंग, कभी तालाब की गहराई नापने की होड़ तो कभी बम्बा की धार को पीछे छोड़ने की सनक। आम, अमिया पर निशाना साधने को फेंके जाते पत्थर; तरबूज़-ख़रबूज़ को एक मुक्के से तोड़ने की प्रतियोगिता दिन-दिन भर बच्चों के बीच चलती रहती।

गर्मी हो या सर्दी, सभी मौसम में बुज़ुर्गों से लेकर बच्चों तक की एकसमान गतिविधियाँ, सभी की सहयोगात्मक स्थिति, सभी के बीच प्रेम, स्नेह, सौहार्द्र का गुलशन लगातार महकता रहता। बच्चों से लेकर बड़ों तक अपनापन दिखायी देता। किसी के बीच किसी तरह का भेदभाव समझ नहीं आता। घर की चौखटों पर कोई प्रतिबन्ध न दिखाई देता। गलियाँ चहकती-महकती रहतीं।

समय ने बहुत कुछ बदल दिया। इंसानों को भी बदला। गाँव की संस्कृति को भी बदला। खेतों, खलिहानों, बगीचों, गलियों की मिट्टी की सुगंध को बदला। नीम के पेड़ों पर पड़े झूलों को बदला। तालाबों, नदियों, बम्बों के पानी को बदला। चबूतरे वीरान हैं, नीम तनहा खड़े हैं, झूले ख़ामोश लटके हैं। एक थाली में भोजन की परम्परा की जगह घर के आँगन में दीवार खिंची है। अपनेपन की जगह स्वार्थ दिखाई देने लगा है। प्रेम-स्नेह की जगह वैमनस्यता ने ले ली है। अब न दिन चहकते दिखते हैं और न ही रातें गुलज़ार दिखती हैं। कुँओं की जगत पर खिलखिलाहट नहीं सुनायी देती।

कभी चहकता-महकता दिखता गाँव तनहा है, ख़ामोश है। अपने में सिसकता है, अपने में रोता है किन्तु अब उसके आँसू देखने वाला कोई नहीं, उसके आँसू पोंछने वाला कोई नहीं, उसके हालचाल जानने वाला कोई नहीं।

चले विदेश पढ़ने

पढ़ना भी अपने आपमें एक समस्या होती है। क्या पढ़ना है, कहाँ पढ़ना है, क्यों पढ़ना है आदि-आदि सहित और भी न जाने कितने सवाल। अब धरती पर आये, पढ़े-लिखे परिवार में आये तो यक़ीनन पढ़ना हमारी भी ज़िम्मेवारी बनती थी। सो पढ़े, मन लगाकर पढ़े और पास हो गये इंटरमीडिएट। पहले तो हाईस्कूल के बाद समस्या उठी थी कि क्या पढ़ना है, अब इंटरमीडिएट पास कर लिया तो फिर वही समस्या खड़ी हो गयी कि क्या पढ़ना है, कहाँ पढ़ना है। अब आगे क्या पढ़ा जाए, कहाँ पढ़ा जाए, क्यों पढ़ा जाए जैसे सवालों से जूझते हुए हमने ऐलान-सा कर दिया कि उरई के डी0वी0 कॉलेज में नहीं पढ़ेंगे। इसका कारण था उस समय वहाँ बेहिसाब नक़ल का होना। यहाँ हमारा ऐलान हुआ, उधर पिताजी ने भी लौटती डाक की तरह से निर्णय सुना दिया कि उरई नहीं पढ़ना तो क्या विदेश जाओगे पढ़ने। इस सम्पुट के कुछ अन्तराल बाद सुखद संदेशा फिर सुनाई दिया, ग्वालियर करवा देते हैं एडमीशन।

कुछ आवश्यक भागदौड़ के बाद हमारा एडमीशन ग्वालियर में हो गया। अरे जी! ग्वालियर किसी संस्था का नाम नहीं है, ग्वालियर शहर के साइंस कॉलेज में हमारा एडमीशन हो गया, बी0एस-सी0 में। पढ़ने का बन्दोबस्त किया गया तो रहने की व्यवस्था भी की गयी। हमारे सबसे छोटे चाचा अर्थात् हम सबके भैया चाचा जो उनके भारतीय स्टेट बैंक वालों के लिए श्री धर्मेन्द्र सिंह सेंगर हैं, उस समय ग्वालियर में ही रह रहे थे। उनके यहाँ रहने की व्यवस्था के बजाय कॉलेज के हॉस्टल को वरीयता दी गयी। कॉलेज में एडमीशन होते ही हॉस्टल में भी प्रवेश मिल गया।

कॉलेज, हॉस्टल, रैगिंग, सीनियर्स आदि के डर को अपने में समेटे, पहले दिन हमने पिताजी और चाचाजी की छत्रछाया में हॉस्टल की उस देहरी का स्पर्श किया जो आने वाले सालों में हमारी अत्यंत प्रिय जगह बन गयी। हॉस्टल प्रवेश-द्वार पर सबसे पहली मुलाक़ात हुई बी0एस-सी0 प्रथम वर्ष के छात्र अनुराग से। फलों के स्वाद के साथ मित्रता की मिठास का शुभारम्भ हुआ। जो आज तक अपना मीठापन बनाये हुए है। अनुराग ने हमसे कुछ दिन पहले ही हॉस्टल में प्रवेश लिया था। उसकी रैगिंग भी हो चुकी थी। जब उसने अपनी रैगिंग के

क़िस्सों की, हॉस्टल के सीनियर्स के व्यवहार की चर्चा की तो हमारी जान में जान आयी। जहाँ एक तरफ हमारे भीतर का डर दूर जाता दिखा वहीं दूसरी तरफ़ पिताजी-चाचाजी भी संतुष्ट दिखे।

हॉस्टल का वह पहला दिन अत्यंत ख़ुशनुमा बीता। पहले दिन ही सीनियर्स से बड़े भाइयों जैसा स्नेह मिलना इतना शुभ रहा कि पूरे तीन वर्ष निःसंकोच, निर्द्वन्द्व, बेफ़िक्र होकर कब बीत गए पता ही नहीं चला। अपने सीनियर्स, सहपाठी तथा जूनियर्स भाइयों का इतना सहयोग, स्नेह, प्यार रहा कि आज भी उस हॉस्टल लाइफ़ में वापस जाने का मन करता है।

हाय रैगिंग, तू बहुत याद आये

इंटरमीडिएट पास करने के बाद हमें साइंस कॉलेज, ग्वालियर में बी0एस-सी0 में अध्ययन के लिए प्रवेश दिलवाया गया। हॉस्टल में हमारे रहने की व्यवस्था की गयी थी। हॉस्टल के नाम से उस समय पूरे शरीर में सिरहन दौड़ जाती थी। डर लगा रहता था रैगिंग का। घर में किसी से यह कहने का साहस नहीं हो पा रहा था कि हम हॉस्टल में नहीं रहेंगे। मरता क्या न करता की स्थिति में हमने हॉस्टल में प्रवेश किया। पहले दिन हमें छोड़ने हमारे पिताजी और चाचाजी आये। पिताजी और चाचाजी ने हमारे आने से पहले ही सीनियर्स से मुलाक़ात कर ली थी क्योंकि शायद घर के लोग भी रैगिंग के नाम से परेशान हो रहे थे। सीनियर्स ने उनको आश्वस्त किया कि यहाँ रैगिंग के नाम पर ऐसा-वैसा कुछ भी नहीं होता है।

हॉस्टल में दो-तीन दिन बड़ी ही अच्छी तरह से कटे। लगभग हर शाम को सभी लोग छत पर या बाहर लॉन में एकत्र होते और हँसी-मज़ाक़ चलता रहता। इसी बीच थोड़ी बहुत रैगिंग भी होती रहती पर मारपीट से कोसों दूर। हाँ, उन दो-चार लोगों को अवश्य ही दो-चार हाथ पड़े जिन्होंने सीनियर्स के साथ बदतमीज़ी की।

एक रात लगभग दस साढ़े दस बजे होंगे, हॉस्टल के गेट पर दो-तीन मोटरसाइकिल और स्कूटर रुकने की आवाज़ें सुनायी दीं। थोड़ी देर की शांति के बाद हमारे हॉस्टल चौकीदार, जिन्हें हम लोग उनकी उम्र के कारण बाबा कहते थे, ने आकर मेस में पहुँचने को कहा। अब तो डर के मारे हालत ख़राब क्योंकि ऐसा सुन रखा था कि किसी दिन पुराने सीनियर छात्र रात को आते हैं और उसी समय जबरदस्त रैगिंग होती है, यहाँ तक कि मारपीट भी। डरते-डरते डाइनिंग हॉल में पहुँचे। वहाँ सीनियर्स पहले से ही मौजूद थे। जिन्होंने हॉस्टल में पहली बार प्रवेश लिया था, उन्हें दीवार से टिककर खड़े होने को कहा गया। ऐसे छात्रों में बी0एस-सी0 प्रथम वर्ष के अलावा दूसरे और तीसरे वर्ष के छात्र तो थे ही साथ में कुछ एम0एस-सी0 के छात्र भी थे। हॉल के बीचों-बीच पड़ी मेज के एक ओर सीनियर्स भाई बैठे हुए थे उन्हीं के साथ वे पुराने सीनियर भाई भी बैठे हुए थे जो कुछ देर पहले आये थे।

सबसे पहले हम सबका परिचय उन लोगों से करवाया गया। कोई राजनीति कर रहा था तो कोई ठेकेदारी। कोई कहीं नौकरी में था तो कोई अपना कारोबार कर रहा था। सबका परिचय जानने के बाद हम लोगों का परिचय शुरू हुआ। सभी का परिचय हो जाने के बाद शुरू हुआ रैगिंग का सिलसिला। रैगिंग के नाम पर सभी को कुछ न कुछ करके दिखाना था। किसी को नाचना पड़ा तो किसी को गाना था। किसी को लड़की बनके किसी लड़के के सामने प्यार का इज़हार करना था तो किसी को पंखे को अपना दुश्मन मानकर गालियाँ सुनानी थीं।

उसी बातचीत, पूछताछ में एक भाई ने अपना शौक़ फलाँ नेता को गोली मारना बताया। इस पर सभी सीनियर्स भाई खूब हँसे और बोले इसे शौक़ नहीं कहते। इसके बाद भी वो भाई अपनी बात पे अडिग रहे और बार-बार इसे ही अपना शौक़ बताते रहे। इस तरह की हँसी-मजाक़ जैसी स्थिति के कारण, किसी दूसरे को कुछ उल्टा-पुल्टा करते देख मज़ा आता, हँसी भी आती किन्तु हँस नहीं सकते थे क्योंकि हँसे तो बना दिए जाते मुर्गा।

ऐसी रैगिंग के बीच जिसका भय था वह नहीं हुआ यानि कि मारपीट। हाँ, खड़े-खड़े पैरों की हालत ख़स्ता हुई जा रही थी। किसी लड़के के कुछ न कर पाने पर, किसी के द्वारा कुछ न बता पाने पर पता चला कि सभी को हाथ उठाकर खड़ा करने की सजा मिली। अब खड़े हैं आधा घंटे तक हाथ ऊपर किये। इस बीच सभी सीनियर्स उठकर चाय पीने चले गये और कह भी गये कि हम चाय पीने जा रहे हैं, तब तक हाथ ऊपर उठाये रहना। बाकियों को भी अपनी सजा पूरी करने का निर्देश दिया गया। कोई मुर्ग़ा बना था, कोई एक पैर पर खड़ा था, किसी को हाथ उठाने की सज़ा तो कोई किसी और रूप में सज़ा काट रहा था। समय गुज़रता जा रहा था और सीनियर्स थे कि आने का नाम ही नहीं ले रहे थे। लगभग डेढ घंटे के बाद उन लोगों का आना हुआ।

आने के बाद सभी की सज़ा समाप्त हुई। सीनियर्स ने हम सभी को कुछ टिप्स दिये कि कैसे मिलजुल कर रहना है। बताया कि प्रत्येक को अपने से बड़े का सम्मान करना है। सभी की मदद करनी है। यह भी बताया कि घर से दूर होने के कारण हम सभी को घर की तरह से रहना है। इन सबके बीच समय खिसकते-खिसकते सुबह के पाँच बजने तक पहुँच गया। सीनियर्स, जो सभी बाद में भाईसाहब ही पुकारे गये, चलने को हुए और अपने साथ हम सभी को चलने को कहा। हम सभी हँसी-मज़ाक़ के माहौल में उनके साथ रेलवे स्टेशन तक गये।

वहाँ पहुँच कर एक रेस्टोरेंट में हम सभी ने बढ़िया चाय-नाश्ता किया। रात भर की थकान, रैगिंग का डर तब तक निकल चुका था।

इसके बाद भी हॉस्टल में रैगिंग हुई मगर चुहल भरी। हाँ, मारपीट की घटना भी किसी दो-चार के साथ ही हुई, वो भी एक-दो झापड़ों तक की। ऐसा भी तभी हुआ जबकि अगले ने कोई बदतमीज़ी की। आज भी हॉस्टल की वो आत्मीयता भरी रैगिंग बहुत याद आती है। उस स्थिति में और भी याद आती है जबकि किसी शैक्षणिक संस्था में हुई जानलेवा, शारीरिक प्रताड़ना वाली रैगिंग की खबर सुनते-पढ़ते हैं। समझने वाली बात है कि रैगिंग शारीरिक यातना देने की नहीं बल्कि संकोच, झिझक को दूर करने की प्रक्रिया है।

आधी रात और खिड़की वाला भूत

रात गहरा चुकी थी और हम मित्रों द्वारा बातों के बताशे बनाने भी बन्द किये जा चुके थे सो नींद के आगोश में मजबूरीवश जाना ही था। सभी ने विदा ली और अपने-अपने कमरों की ओर चल दिये। ठण्ड का समय होने के कारण रजाई में घुसते ही नींद ने अपना असर दिखाना शुरू किया। लेटते ही नींद का आना तो होना नहीं था, दोस्त-यारों के साथ हुई बातों को सोच-सोच मन ही मन हँसते-मुस्कराते सोने का उपक्रम करने लगे। सोचते-विचारते, हँसते-मुस्कराते कब नींद लग गयी पता ही नहीं चला।

एकाएक खर्र-खर्र की आवाज ने चौंकाकर उठा दिया। हाथ बढ़ाकर मेज पर रखे टेबिल लैम्प को रोशन किया। आवाज़ बन्द। इधर-उधर, कमरे में निगाह मारी कि कहीं बिल्ली या फिर कोई चूहा आदि न घुस आया हो पर कहीं कुछ नहीं। सपना समझकर सिर को झटका और टेबिल लैम्प की लाइट को बुझाकर रजाई में फिर से घुस गये। खर्र-खर्र की आवाज़ आनी फिर शुरू। जैसे ही हाथ बढ़ाकर लाइट जलायी, आवाज़ आनी बन्द।

एक-दो मिनट लाइट को जलने दिया तो आवाज़ नहीं हुई। अबकी पलंग पर बैठे ही रहे और लाइट बन्द कर दी। जैसे ही रोशनी गयी, आवाज़ आनी शुरू हुई। वही डरावनी सी खर्र-खर्र। बिना टेबिल लैम्प को जलाये आवाज़ को सुनने का प्रयास किया कि आ कहाँ से रही है। अगले ही पल समझ में आ गया कि आवाज़ खिड़की की तरफ से आ रही है।

टेबिल लैम्प जलाया तो आवाज़ आनी बन्द हो गयी। लगा कि दोस्त लोग डराना चाह रहे हैं क्योंकि आज हमारा रूम-पार्टनर राजीव त्रिपाठी भी नहीं था। उसके होने पर होता भी क्या, हमारे साथ-साथ वो भी डरता। असल में हॉस्टल में किसी न किसी रूप में भूत-प्रेत-चुड़ैल आदि के क़िस्से सुनाये जाते थे। किसी कमरे को भुतहा बनाया जाता। किसी पेड़ पर भूत का निवास बताया जाता। इससे डर का माहौल बना ही रहता। यह सब लगभग रोज का नियम होता था। आज भी महफ़िल जमी थी, बातों-बातों में डरावने क़िस्से भी तैर चुके थे।

खिड़की की तरफ मुँह करके एक-दो आवाजें दीं पर कोई आहट भी नहीं मिली। लाइट जलता छोड़कर, रजाई ओढ़कर लेटे पर आवाज नहीं आयी।

लाइट बन्द की और आवाज़ आनी शुरू। हम चुपचाप बिना आहट के यह समझने और देखने की कोशिश करने लगे कि कहीं खिड़की पर कोई है तो नहीं। लगभग चार-पाँच मिनट की कोशिश के बाद भी कोई समझ न आया और कोई आहट भी नहीं समझ आयी। हाँ, खर्र-खर्र की आवाज़ लगातार होती रही।

अब थोड़ा-सा डर लगा। एक तो अकेले होने का डर और ऊपर से हॉस्टल के चर्चित भूतों का डर। हालाँकि हमें कभी भी भूत-प्रेत जैसी बातों से डर नहीं लगा किन्तु माहौल का नया-नया होना और फिर रोज़-रोज़ के क़िस्सों ने आज मन में डर पैदा कर दिया। बहुत हिम्मत करके लाइट जलायी और एकदम से कूदकर खिड़की पर आ गये। यह सोचा कि यदि भूतों के हाथों मरना लिखा होगा तो यही सही और यदि दोस्त लोग हैं तो उनको सीधे-सीधे पकड़ा जा सकता है।

खिड़की से जो देखा उसने डर तो दूर कर दिया पर चौकीदार बाबा के ऊपर गुस्सा ला दिया। चिल्लाकर बाबा को बुलाया। खर्र-खर्र की आवाज़ पैदा करने वाला कोई भूत नहीं और न ही हमारे कोई मित्र वग़ैरह थे। एक गाय हमारे कमरे के ठीक नीचे खड़े होकर वहाँ लगे पेड़ के तने से अपना सींग रगड़ती थी तो खर्र-खर्र की डरावनी-सी आवाज होने लगती थी। जैसे ही लाइट जलती वह सींग रगड़ना रोक देती और जैसे ही लाइट बन्द होती वैसे ही उसका सींग पेड़ के तने पर रगड़ना शुरू हो जाता। कारण, लाइट कमरे की खिड़की से निकल उस तक पहुँच रही थी।

चौकीदार बाबा ने आकर उस गाय को वहाँ से दूर भगाया और हम भी अपने मन में एक पल को बिठा चुके भूत को भगाकर फिर से रजाई में दुबक गये।

डरते-डरते किया पहली बार रक्तदान

जब भी रक्तदान करने की बात आती है तो सबसे पहली बार किया गया रक्तदान याद आ जाता है। समय रहा होगा कोई सन् 1990 का दिसम्बर महीने का या सन 1991 का जनवरी का। पहली बार रक्तदान करने जाना, मन ही मन एक डर। डर इस बात का क़तई नहीं था कि रक्तदान से कोई दिक़्क़त हो जायेगी या फिर रक्तदान करने से किसी तरह की कमज़ोरी आ जायेगी। इसके ठीक उलट डर लग रहा था अपनी पहचान सामने आ जाने का। भय था ख़ुद को पहचान लिए जाने का। डर था परिजनों को मालूम चलने पर पड़ने वाली डाँट की सम्भावना का।

घर से बाहर ग्वालियर में स्नातक की पढ़ाई हॉस्टल में रहकर कर रहे थे। ग्वालियर में चाचा, मामा रह रहे थे। ऐसे में लगा कि यदि समाचारों में निकल आया तो कहीं डाँट न पड़े। असल में हम लोगों को प्रोत्साहित करने को बताया गया था कि जो लोग रक्तदान करेंगे उनका नाम, फोटो अख़बार में निकलेगा। उस समय रक्तदान को लेकर जागरूकता आज की तरह नहीं थी। उस समय ऐसा लगता था जैसे रक्तदान करने के बाद महीनों की दिक़्क़त हो जायेगी। न जाने कितनी कमज़ोरी आ जायेगी। हमको ऐसी किसी भ्रान्ति की समस्या नहीं थी। थोड़ा बहुत पढ़ रखा था, थोड़ा बहुत समझ लिया था।

इतना समझ चुके थे कि समय-समय पर, नियमित अन्तराल पर रक्तदान करने से शरीर में रक्तकणों, प्लाज़्मा आदि के बनने की प्रक्रिया तेज़ हो जाती है। रक्त की रवानी, शुद्धता बढ़ जाती है। शरीर में ताकत, स्फूर्ति आ जाती है। आज की तरह रक्तदान-शिविरों का आयोजन तब नहीं हुआ करता था। तब शिक्षकों, चिकित्सकों आदि की तरफ़ से भी बहुत ज़्यादा कुछ बताया-समझाया नहीं जाता था। तकनीकी का दौर उस समय ऐसा नहीं था कि जानकारी सहजता से हर हाथ को मिल जाए।

बहरहाल दिमाग में कोई समस्या नहीं थी और मन भी बना लिया था सो जयारोग्य हॉस्पिटल में संचालित शिविर में पहुँचे। वहाँ आवश्यक कार्यवाही हेतु जानकारी माँगी गयी तो नाम, पता, उम्र, कॉलेज, क्लास आदि सब कुछ ग़लत भरवा दिया। ग़नीमत रही कि हमसे परिचय-पत्र नहीं माँगा गया। शरीर दुबला-

पतला था किन्तु उनके अपेक्षित वजन को पार कर लिया। अपने पहली बार रक्तदान में एक दिक़्क़त वज़न को लेकर भी लग रही थी। बाक़ी सब बातें दुरुस्त पायी गयीं और हमने जीवन में पहली बार रक्तदान किया। ख़ुद को छोड़कर बाक़ी सबकुछ फ़र्ज़ी ही था सो वहाँ से अपना कर्तव्य-निर्वहन करते ही जल्दी से भागे कि कहीं कोई परिचित का न मिल जाये। जिस काम के लिए गये थे, वो हो गया। आंतरिक ख़ुशी महसूस हुई साथ ही संतोष इसका हुआ कि किसी को पता भी नहीं चला। उस दिन उस बात से और भी संतोष मिला कि मीडिया के लोग वहाँ नहीं थे। उसी दिन नियमित रूप से वर्ष में दो-तीन बार रक्तदान करने का निश्चय कर लिया जो आज तक बना हुआ है। इस निश्चय को तब और बल मिला जब ख़बर पढ़ने को मिली कि विश्वस्तरीय एथलीट अपनी किसी प्रतिस्पर्द्धा में जाने के कुछ घंटे पहले अपना ही रक्त निकलवाकर पुनः चढ़वा लेते हैं। ऐसा करने से उनके शरीर में अतिरिक्त ऊर्जा का संचार उनमें सक्रियता भर देता है।

वर्ष 1991 से अभी तक मात्र दो वर्ष 2005 और 2006 ऐसे निकले जबकि हम अपनी शारीरिक दिक़्क़त के चलते रक्तदान नहीं कर सके। आश्चर्य की एक और बात आपको बतायें कि हमने अपनी मूल पहचान के साथ पहली बार सन् 1996 में रक्तदान किया था जब हम परास्नातक की शिक्षा पूरी कर चुके थे।

एक बार रक्तदान-शिविर में पंजीकरण फॉर्म भरवाते समय झाँसी से आयी टीम के सदस्य ने रक्तदाता की जानकारी भरने वाले फॉर्म को भरते समय पूछा कि कितनी बार रक्तदान कर चुके हैं? हमने उसे इंकार की मुद्रा दिखायी तो उसने संख्या भरना आवश्यक बताया। उसके ऐसा कहते ही हमने कहा कि यदि ऐसा है तो संख्या का अनुमान आप लगा लो, हम सन् 1991 से लगातार रक्तदान कर रहे हैं। हमारे ऐसा कहते ही उसने कहा क्या सौ बार? उसके इस वाक्य पर हमने मुस्कुराकर इतना ही कहा ऐसा न कहिए, बहुतों को समस्या हो जायेगी यहाँ। ऐसा जवाब सुनकर उसने मुस्कुराकर हमारी तरफ़ देखा और फॉर्म में अपेक्षित जगह कोई संख्या भरकर फॉर्म हमारे हस्ताक्षर के लिए सामने सरका दिया। हमने भी सिर्फ़ हस्ताक्षर करने पर ध्यान दिया और आगे बढ़ गये।

संख्या पर दिमाग़ जब इतने सालों में नहीं दौड़ाया तो यहाँ क्या दौड़ाना। दरअसल संख्याबल की मारामारी बहुत देखने को मिल रही है विगत कुछ समय से। पता नहीं कैसे याद रह जाती है गिनती? कुछ तो ऐसे भी मिले जिन्होंने

शायद ही कभी रक्तदान किया हो पर वे प्रशासनिक संबंधों के चलते सर्वाधिक रक्तदान का ईनाम तक हासिल कर चुके हैं। हाँ, एक बात अवश्य है कि ऐसे किसी कैम्प में हम रक्तदान करने से बचते हैं। इसके पीछे हमारा मानना है कि एक बार रक्तदान आपको कम से कम तीन माह के लिए प्रतिबंधित कर देता है। ऐसे में किसी ज़रूरतमंद को आवश्यकता पड़ने पर मजबूर होने के सिवाय कुछ हाथ नहीं रह जाता। ये और बात है कि कुछ मामलों में इस प्रतिबंध को नकारा भी गया।

फ़िलहाल तो अपनी रक्तदान करने की संख्या याद भी नहीं और न ही कोई मंशा है याद रखने की। इसके पीछे हमारा मानना है कि यदि दान किया जा रहा है तो गिनती करके उसके महत्त्व को कम नहीं करना चाहिए। वैसे भी हमारे लिए गिनती याद करना इसलिए भी उचित नहीं क्योंकि हम अपनी गिनती का पुराना हिसाब ख़ुद अपने ही ऊपर खर्च कर चुके हैं, सन् 2005 में।

खेल-खेल में बन गए एथलीट

कभी-कभी कोई घटना खेल-खेल में घट जाती है और व्यक्तित्व पर छा जाती है। हमारे साथ खेल के मैदान में खेल-खेल में ये घटना घटी जिसने हमें एथलेटिक्स का कप्तान बनवा दिया। इंटरमीडिएट तक तमाम सारे खेलों में हिस्सा लिया मगर कभी भी एथलेटिक्स की तरफ रुझान नहीं रहा था। कॉलेज पहुँचकर भी अन्य खेलों की तरफ़ निगाह जाती थी मगर एथलेटिक्स की तरफ उधर भी नहीं सोचा। हाँ, बाबा जी द्वारा सुबह टहलने की जो आदत डलवायी गयी थी वह हॉस्टल में भी मुन्ना भाईसाहब, पप्पू भाईसाहब के कारण बनी रही।

कॉलेज के वार्षिक खेलकूद के दिन आ गये। सभी खिलाड़ी मैदान पर अपने-अपने खेलों में व्यस्त हो जाते और हम जैसे कुछ दोस्त अपनी मस्ती तथा शरारत में हाथ आजमाते रहते।

हॉस्टल से कोई न कोई किसी न किसी खेल में अपनी सहभागिता कर रहा था। क्रिकेट, शतरंज, बैडमिंटन, कैरम, हॉकी, दौड़ आदि सबमें हॉस्टल की हिस्सेदारी बनी हुई थी। उस दिन पाँच हज़ार मीटर दौड़ की घोषणा हुई। मुन्ना-पप्पू भाईसाहब सौ मीटर से लेकर पंद्रह सौ मीटर दौड़ में भागीदारी किया करते थे सो उनको इसमें भाग नहीं लेना था। धावक ट्रैक पर जाने लगे मगर हॉस्टल से इसमें कोई सहभागिता नहीं दिखी। एकदम से लगा जैसे बिना खेले ही हॉस्टल की हार हो गयी। हमने कहा कि हम दौड़ेंगे पाँच हज़ार मीटर दौड़ में। पहले तो कुछ लोगों ने समझाया कि मैदान के एक-दो नहीं पूरे साढ़े बारह चक्कर लगाने होंगे मगर हमने ठान लिया था कि इसमें भाग लेना ही लेना है। हमें पता था कि हम शारीरिक रूप से भले ही मज़बूत न दिख रहे हों मगर मानसिक रूप से, आत्मविश्वास के रूप में कमजोर नहीं हैं।

हॉस्टल के बाक़ी भाइयों ने हमारी बात का ख़ूब चिल्ला-चिल्लाकर, शोर मचाकर समर्थन किया। हमारे स्पोर्ट्स टीचर ने भी हमको प्रोत्साहित करते हुए कहा कि तू बस दौड़ पूरी कर ले, हम ईनाम देंगे। दौड़ शुरू होने से पहले हमको इतनी लम्बी दौड़ दौड़ने के टिप्स बताये जाने लगे। कोई साथी हमारे पैरों की माँसपेशियों को मलने में लगा था, कोई चिल्ला-चिल्लाकर ताक़त भरने में लगा था।

सबकी हिम्मत लेकर, हॉस्टल की सहभागिता करने के लिये, महज़ खेल-खेल में ट्रैक पर उतर आये। उस स्पर्धा से जुड़े प्रोफ़ेसर हम हॉस्टलर्स का जोश देखकर अचंभित थे। लम्बी सीटी बजी और दौड़ना शुरू हुआ। मैदान के साढ़े बारह चक्कर लगाने थे सो शुरूआती चक्कर आराम से लगाने शुरू किये। हॉस्टल के हमारे साथी क्रम से चिल्लाते हुए हमारे साथ ट्रैक के किनारे दौड़ लगाते जाते। उनका साथ-साथ दौड़ना हममें और जोश भरता। कब एक-दो-तीन-चार चक्कर लगाते-लगाते अंतिम चक्करों तक पहुँचने लगे, पता ही नहीं चला। पैर, जाँघ, पिंडलियाँ ऐसे लगने लगीं मानो हमारे शरीर में ही नहीं हैं। मुँह सूखने की स्थिति में, साँस लम्बी-लम्बी चलने लगी मगर सबका चिल्लाते हुए हमारे साथ दौड़ना हमें थकने नहीं दे रहा था। कभी लगता कि अब गिरे कि तब गिरे मगर अपने साथियों, बड़े भाइयों, स्पोर्ट्स टीचर, कॉलेज के अन्य साथियों की तरफ़ से आती आवाज़ों के सहारे अगले चक्कर के लिए बढ़ जाते।

जिसको जीतना था वो जीत गया। हम छह लोगों में पाँचवें स्थान पर आये। आज भी बहुत अच्छे से याद है जैसे ही हमने फिनिश लाइन को छुआ, हमारे हॉस्टल के साथियों ने दौड़कर बाँहों में उठा लिया। किसी ने शरीर को चादर से ढँका, कोई पैरों की मालिश करने लगा। ऐसे में हमारे स्पोर्ट्स टीचर ने आकर पीठ थपथपायी और शाबासी देते हुए कहा कि पहली बार में ही इतनी लम्बी दौड़ पूरी करना अपने आपमें जीत है।

अगले दिन हमने दस हज़ार मीटर दौड़ में भाग लिया। स्थान वहाँ भी न मिला मगर तीनों साल लगातार सहभागिता करने के कारण अंतिम वर्ष में हमको एथलेटिक्स का कप्तान चुना गया। उन्हीं स्पोर्ट्स टीचर ने कप्तान की गरिमा, मर्यादा, ज़िम्मेवारी को समझाते हुए वार्षिक खेल प्रतियोगिताओं के आरम्भ में कॉलेज के ध्वज के साथ हमारे द्वारा सभी खिलाड़ियों को शपथ ग्रहण करवायी। हमारी अगुवाई में लगभग आधा सैकड़ा खिलाड़ियों ने शपथ लेते हुए अपनी प्रतिभा का प्रदर्शन किया। वो दिन आज भी याद है और गौरवान्वित कर जाता है।

CAPTAIN ATHLETICS लिखा वो बैज आज तक सुरक्षित है। उस समय न ब्लेज़र बनवा सके और न उसे सीने पर लगा सके। अब बस यादें शेष हैं उस दिन की। अपने एथलेटिक्स कप्तान होने की, खिलाड़ियों को शपथ दिलवाने की, अपने दौड़ने की।

एक दो नहीं, पूरे तीन फायर झोंक दिये

इसे जातिगत असर कहा जाए या फिर आसपास का वातावरण कि बचपन से ही हमें हथियारों ने बहुत ही लुभाया है। गाँव में भी पुरानी ज़मींदारी होने के कारण नक़्क़ाशीदार तलवारें और अन्य अस्त्र-शस्त्र देखने को मिलते रहते थे। इसके अलावा घर में रिवाल्वर, बन्दूक होने के कारण भी इनके प्रति एक प्रकार की रुचि बनी हुई थी। कभी-कभी बन्दूक और रिवाल्वर चलाने का मन भी होता था। घर में, विशेष रूप से दशहरे के पूजन के बाद रिवाल्वर और बन्दूक चलाने का काम पिताजी या चाचाजी के द्वारा होता था। छत पर जब भी दशहरे और दीपावली पर पूजन के बाद बन्दूक, रिवाल्वर चलाने का उपक्रम होता तो हम बस ललचाकर ही रह जाते। इन पर्वों के अलावा कभी ख़ुशी के अवसर पर भी धमाके कर लिए जाते थे पर इनको करने की ज़िम्मेवारी सिर्फ़ और सिर्फ़ पिताजी की होती। हाँ, यदि घर में उस समय चाचा वग़ैरह हुए तो वे भी इसमें हिस्सा ले लेते थे।

बात होगी कोई 1990 की जब हम स्नातक के प्रथम वर्ष में थे। ग्वालियर से छुट्टियों में घर आना हुआ। उसी समय हमारे एक पारिवारिक मित्र के घर नवजात शिशु का आगमन हुआ। अवसर हम सभी के लिए ख़ुशी का था। सभी लोग उन्हीं के घर पर उपस्थित थे। जैसा कि तय था, बन्दूक तो चलनी ही थी। हम चिरपरिचित अंदाज़ में शांत बैठे थे क्योंकि हमें मालूम था कि पिताजी की दृष्टि में हम अभी इतने बड़े नहीं हुए कि बन्दूक़ चलाने को मिले। मन तो बहुत कर रहा था किन्तु कहते कैसे। चुपचाप बैठे थे कि तभी पिताजी ने आवाज़ देकर हमें बुलाया।

आराम से उठकर उनके पास तक पहुँचे तो पिताजी ने बन्दूक हमें थमा दी और साथ में कारतूस की पेटी। दोनों चीज़ें एक साथ देकर पिताजी ने कहा कि तुम चाचा बन गये हो और अब बड़े भी हो गये हो, चलाओ। घर में बन्दूक की सफ़ाई का काम हमारे ज़िम्मे ही था, इस कारण बन्दूक़ के संचालन का तरीक़ा भी हमें ज्ञात था। अन्धा क्या चाहे, दो आँखें, हमने हाँ कही तो पिताजी ने इतना कहा कि आराम से, सुरक्षा के साथ चलाना।

मन ही मन प्रसन्नता का अनुभव भी हो रहा था साथ ही एक डर भी लग रहा

था कि कहीं कुछ गड़बड़ न हो जाए। बन्दूक के चलने पर पीछे लगने वाले धक्के के बारे में भी सुन रखा था, जिसका भी डर लग रहा था। मन ही मन ख़ुद को हिम्मत बँधायी और खुले में आकर बन्दूक में कारतूस लगा, ऊपर कर फायर कर दिया।

एक फायर हुआ, कैसे हुआ, यह समझ ही नहीं आया। सब कुछ सही-सही दिखा। बन्दूक का झटका भी उतना नहीं लगा जितना सुन रखा था, इससे भी हिम्मत बँधी। बन्दूक की नाल खोलकर चला हुआ कारतूस बाहर निकाला, दूसरा कारतूस लगाया और किया दूसरा फायर, फिर तीसरा कारतूस डाला और तीसरा फायर। एक के बाद एक तीन फायर करके लगा कि बहुत बड़ा क़िला जीत लिया हो। तीन फायर करने के बाद बन्दूक इस तरह थामकर बैठे मानो विश्व-विजय के बाद वापस आये हों।

उसके बाद कई मौक़े आये जब बन्दूक चलाने को मिली किन्तु जो रोमांच पहली बार चलाने में आया, वह आज भी भुलाये नहीं भूलता है।

हर बार रुला जाता है बुढ़वा मंगल

उस दिन बुढ़वा मंगल था। स्थानीय अवकाश होने के कारण विद्यालय, कार्यालय, कचहरी आदि में छुट्टी थी। पिताजी घर पर थे, छोटा भाई हर्षेन्द्र अपने कुछ मित्रों के साथ उरई के पास बने संकट मोचन मंदिर गया हुआ था। हम भी अपनी छुट्टी के चलते ग्वालियर नहीं गये थे। मंदिर वग़ैरह जाने का, बुढ़वा मंगल को होने वाला दंगल देखने का ऐसा कोई विशेष शौक़ न तो हमारा था और न ही हमारे मित्रों का। ऐसे में दोपहर को घर में ही आराम से पड़े थे। बात सन 1991 की है, तब हाथ में न तो मोबाइल होता था, न मेज़ पर कंप्यूटर और न ही इंटरनेट जैसा कुछ सो किताबों से अपनी दोस्ती को सहज रूप से आगे बढ़ा रहे थे।

तभी किसी ने दरवाज़े को बहुत ज़ोर-ज़ोर से पीटना शुरू किया। साथ में वो व्यक्ति पिताजी का नाम लेता जा रहा था। दरवाज़ा पीटने की स्थिति से लग रहा था कि उसे बहुत जल्दी है। हम शायद ज़ोर से चिल्ला बैठते मगर उसके द्वारा पिताजी का नाम बार-बार, चिल्ला-चिल्लाकर लेते जाने से लगा कि कोई ऐसा है जो उम्र में पिताजी से बड़ा है। जल्दी से उठकर दरवाज़ा खोला तो सामने गाँव के द्वारिका ददा हैरान-परेशान से खड़े थे। इतनी देर में अन्दर से पिताजी भी बाहर आ गये। ''चाचा की तबियत बहुत ख़राब है।'' ददा के मुँह से इतना ही निकला।

''कहाँ हैं?'' के सवाल पर उनका हाथ पास के क्लीनिक की तरफ़ उठा। हमने बिना कुछ आगे सुने, उस तरफ पूरी ताक़त से दौड़ लगा दी। बमुश्किल सौ मीटर की दूरी पर बने क्लीनिक के सामने एक जीप खड़ी थी और गाँव के कुछ लोग। हमने जल्दी से जीप के पीछे वाले हिस्से में चढ़कर देखा, बाबा चादर ओढ़े लेटे हुए थे।

''बाबा! बाबा!'' हमारी आवाज़ पर कोई हरकत नहीं हुई। तब तक पिताजी, अम्मा भी आ गये। डॉक्टर ने जीप में अन्दर जाकर बाबा को देखा और नकारात्मक मुद्रा में सिर हिला दिया।

अम्मा-पिताजी, हमारी और गाँव के बाक़ी लोगों की आँखों में पानी भर आया। फिर से देखने के आग्रह के बाद डॉक्टर ने दोबारा जाकर जाँच की और

जीप से उतरकर फिर वही जवाब दिया।

एक झटके में लगा जैसे समूचा परिवार ख़तम हो गया। अइया गाँव में ही थीं। रोने-बिलखने के बीच बाबा की पार्थिव देह को गाँव ले जाने की ही सलाह पिताजी को दी गयी। मोहल्ले के कुछ लोगों को खबर दी गयी। समझ ही नहीं आ रहा था कि क्या किया जाए। तब दूरसंचार सुविधा भी आज के जैसी अत्याधुनिक नहीं थी। तीनों चाचा लोग दूर थे, उनको कैसे खबर दी जाए, पिताजी इस सोच में थे। टेलीफोन से, तार से, जाकर, जैसे भी हो उनको खबर दी जाए, इसकी ज़िम्मेवारी मोहल्ले के लोगों ने ले ली।

17 सितम्बर 1991, दिन मंगलवार, बुढ़वा मंगल, हम लोग उसी जीप में बैठकर बाबा की देह को लेकर गाँव चल दिये। वे बाबा जो उसी सुबह तक लगभग 75-76 वर्ष की उम्र में पूरी तरह स्वस्थ, तंदुरुस्त, सक्रिय थे अचानक हम सबको छोड़कर चले गये। काम करने के दौरान सुबह दीवार से सिर टकरा जाने के बाद गाँव के नज़दीक के क़स्बे माधौगढ़ में प्राथमिक उपचार के बाद उरई लाया गया, जहाँ वे बिना किसी तरह की सेवा करवाये इस निस्सार संसार में हम सबको अकेला कर गये।

ज़मींदार परिवार से होने के बाद भी बाबाजी ने अपने समय में बहुत कठिनाइयों का सामना किया। पढ़ाई के समय भी संघर्ष किया। आज़ादी की लड़ाई में खुलकर भाग भले न लिया हो पर आन्दोलनों में भागीदारी की। एक बार स्वतंत्रता-संग्राम सेनानी का प्रमाण-पत्र बनवाने का मौक़ा आया तो ये कहकर मना कर दिया कि उन्होंने ऐसा कोई काम नहीं किया कि उन्हें सेनानी कहा जाए। बाबाजी से बहुत कुछ सीखने को मिला। मेहनत, आत्मविश्वास, कर्मठता, निर्भयता, जोश, जीवटता, सकारात्मक सोच आदि-आदि गुणों का जो अंश भी हममें मिलता है, वो उनकी ही देन है। आज कई वर्ष हो गये उनको हमसे दूर हुए मगर ऐसा लगता है जैसे वो बुरा वक्त कल की ही बात हो। बुढ़वा मंगल हर बार रुला जाता है।

रास्ते के सारे निर्णय ध्वस्त

घर से कॉलेज, हॉस्टल के लिए वापसी हुई एक दुःख भरे अध्याय के साथ। बाबाजी के निधन ने जैसे पूरे परिवार को हिलाकर रख दिया था। समस्त पारिवारिक संस्कारों की समाप्ति के बाद कॉलेज आना हुआ। रेलवे स्टेशन से बाहर निकले। रास्ते भर दिमाग़ तमाम सारे फैसले करते हुए हमसे उनकी स्वीकारोक्ति करवाता जा रहा था। कॉलेज का पहला साल मिश्रित रूप से बीता था। शैक्षणिक अंकों में गिरावट दिखी तो लड़ाई-झगड़ों के ग्राफ में बढ़ोत्तरी दिख रही थी। कुछ ग्राफ बनाये हुए और कुछ ग्राफ काल्पनिक।

ग्वालियर में क़दम रखते हुए सोचा कि अब लड़ाई-झगड़ा बंद, किसी से कोई दुर्व्यवहार नहीं। सोचते-विचारते, आगे की योजनाएँ बनाते चले जा रहे थे कि तभी कानों में किसी वृद्ध व्यक्ति का कातर स्वर पड़ा। पलटकर देखा तो एक ऑटो वाला एक वृद्ध से लड़ने में लगा हुआ था। क़दम एकबारगी उस तरफ़ बढ़ने को हुए कि रास्ते भर लिए गए तमाम निर्णयों में से एक निर्णय ने अपना सिर उठाया कि नहीं, लड़ना नहीं है। अपने बैग को कंधे पर लटका, हमें क्या करना है, जो हो रहा है होने दो, सोचकर टैम्पो पकड़ने की राह चल दिये। मुश्किल से दो-तीन क़दम ही चले होंगे कि ऐसा लगा जैसे वह बूढ़ा व्यक्ति रो रहा है। मन न माना और पलटकर देखा तो उस ऑटो वाले ने उस वृद्ध के दोनों झोले अपने क़ब्ज़े में ले रखे हैं और बूढ़ा व्यक्ति दोनों हाथ जोड़े वाक़ई रो रहा है। एकदम दिमाग़ में विचार कौंधा कि यदि कहीं हमारे बाबा कभी ऐसे अकेले परेशानी में पड़ जाते तो? बस, जैसे ही ये विचार उभरा, वैसे ही रास्ते भर लिये गए तमाम सारे निर्णयों पर परदा पड़ गया।

बूढ़े व्यक्ति की तरफ़ तेज़ी से बढ़े क़दम रुकते-रुकते तीन-चार तेज़ तमाचे ऑटो वाले के चेहरे को लाल कर चुके थे और दोनों झोले बूढ़े बाबा के हाथ में थे। आनन-फ़ानन हुई इस ठुकाई कार्यवाही से ऑटो वाला हड़बड़ा गया। इससे पहले कि हम उन बूढ़े बाबा को प्लेटफॉर्म की तरफ़ ले जा पाते, आसपास खड़े चार-पाँच ऑटो वालों ने हमें घेर लिया और चिल्लाने लगे। हमारे कुछ बोलने-कहने से पहले ही एक सैन्य वर्दीधारी व्यक्ति ने पीछे से आकर तेज़ आवाज़ में उस चिल्लाहट का कारण जानना चाहा। हमारे पूरी बात बताते ही उसने क़हा,

"बेटा, तू बाबा को छोड़कर आ, इसे मैं देखता हूँ।" उस वृद्ध व्यक्ति को प्लेटफॉर्म की तरफ़ पहुँचाते हुए पलटकर देखा तो ऑटो वाला उस सैन्य वर्दीधारी से दो-तीन तमाचे और खाता नज़र आया।

कूड़े के ढेर से मिटती भूख

इंसान की ज़िन्दगी में बहुत-सी स्थितियाँ ऐसी होतीं हैं जब वह एकदम असहाय स्थिति में होता है और इस तरह की स्थितियों से बाहर आने के लिए वह कुछ भी कर बैठता है। ऐसी विषम स्थिति किसी भी व्यक्ति के जीवन में आने के कई कारण होते हैं, भूख उनमें से एक कारण होती है। कहा भी जाता है कि पेट जो न कराये वो कम है। भूख में आदमी को दम तोड़ते भी सुना है, किसी भी स्थिति तक गिरते देखा है, चोरी करते सुना है, अपना जिस्म बेचते भी सुना है। भूख और ग़रीबी की विकट स्थिति से लड़ने-जूझने की, ज़िन्दा रहने की मारामारी में कुछ भी कर गुज़रने के लिए उठाये गये क़दमों में प्रसिद्ध साहित्यकार शैलेश मटियानी के बारे में पढ़ रखा है कि वे किसी न किसी बहाने से पुलिस की पकड़ में आने की कोशिश करते थे। इससे उनके खाने और रहने की समस्या कुछ हद तक निपट जाया करती थी।

यह एक दशा है जो हमने पढ़ रखी है। कुछ इसी तरह की दशा से हमें रूबरू होने का कुअवसर उस समय मिला जब हम अपनी स्नातक की पढ़ाई के लिए सन् 1990 में ग्वालियर गये। हमारा रहना हॉस्टल में होता था और ग्वालियर में ही हमारे सबसे छोटे चाचाजी के रहने के कारण हफ़्ते में एक-दो बार घर भी जाना होता था। उरई जैसे छोटे शहर से निकलकर ग्वालियर जैसे शहर में आने पर घूमने का अपना अलग ही मज़ा आता था। इसी कारण से चाचा के घर पर हमेशा रास्ते बदल-बदलकर जाया करते थे।

एक दिन अपनी साइकिल-यात्रा रेलवे स्टेशन की ओर से करने का फैसला किया। रेलवे स्टेशन के पास के ओवरब्रिज पर चढ़ते समय रेलवे स्टेशन का नज़ारा और सामने खड़े क़िले का दृश्य बहुत ही मज़ेदार लगता था। विशालकाय क़िला लगातार पास आते दिखता और फिर उसके नीचे से गुज़रना अद्भुत एहसास कराता था। इसी रास्ते पर रानी लक्ष्मीबाई का समाधि स्थल होना और भी गौरवान्वित कर जाता था।

उस दिन जैसे ही ओवरब्रिज पर चढ़ने के लिए अपनी साइकिल को मोड़ा तो उसी मोड़ पर लगे कूड़े के ढेर में एक बारह-तेरह साल के लड़के को बैठे देखा। ऐसे दृश्य हमेशा ही किसी न किसी कूड़े के ढेर पर दिखायी देते थे कि छोटे-छोटे लड़के-लड़कियाँ कुछ न कुछ बीनते नज़र आते। उस दिन भी कुछ

ऐसा ही लगना था किन्तु ऐसा लगा नहीं। वह लड़का बजाय कूड़ा-करकट बीनने के कुछ और ही करता नजर आया। वह कूड़े के ढेर में पड़े केले के छिलकों को खा रहा था। आँखों का धोखा समझकर दिमाग़ को झटका दिया और अपनी साइकिल की रफ़्तार बढ़ाने के लिए पैडल पर ज़ोर लगाया। मुश्किल से तीन या चार क़दम ही साइकिल चल पायी होगी कि मन में उथल-पुथल मचने लगी। ब्रेक लगाया और वहीं खड़े हो गये। अब न तो समझ में आये कि आगे बढ़ें या फिर उस लड़के की तरफ जाएँ। जो देखने का भ्रम हुआ था, कहीं सच तो नहीं? जैसे ही यह विचार कौंधा, अगले ही पल मन में कुछ विचार किया और साइकिल को घुमाकर उस लड़के के पास खड़ा कर दिया। दिमाग़ भन्ना गया कि वह अभी भी निर्विकार भाव से केले के छिलके को खुरच-खुरच कर खाने में लगा है।

'क्यों, क्या कर रहे हो?' की आवाज सुनकर उस लड़के के हाथ से केले का छिलका छूट गया। उसको लगा कि कहीं यह भी अपराध न कर रहा हो। आँखों ने जो देखा था, वह सच था। उसके मुँह से कोई आवाज़ नहीं निकली, बस वह चुपचाप खड़ा हो गया। हमने उससे खाना खाने के लिए पूछा तो उसने सिर हाँ की स्थिति में हिला दिया।

उसको अपने साथ लेकर स्टेशन के बाहर की तरफ़ बने होटलों की तरफ चल दिये। अब समस्या यह थी कि उसको होटल में बिठाकर तो खिलाने को कोई भी तैयार नहीं था। एक होटल में सोलह रुपये में भोजन की एक थाली मिलती थी। उससे एक थाली देने को कहा तो उसने बाहर देने से मना कर दिया। इधर-उधर निगाह दौड़ाकर कुछ समाचार-पत्र और कुछ पॉलीथीन इकट्ठा किये और उस भूखे बच्चे के लिए भोजन प्राप्त किया। सड़क के दूसरी तरफ़ एक जगह बिठाकर उसे अपने सामने खाना खिलवाया। सामने इसलिए ताकि कोई और उसे परेशान न कर सके।

जीवन में तब से लेकर आज तक बहुत-सी अच्छी-बुरी घटनाओं को प्रत्यक्ष-अप्रत्यक्ष रूप से देखा-सुना है किन्तु आज भी वह घटना दिमाग़ से निकाले नहीं निकलती है। तब से लेकर आज तक एक नियम-सा बना लिया है कि कभी भी माँगने वालों को, स्टेशन पर, ट्रेन में भीख माँगने वाले को, कूड़ा बीनने वाले बच्चों को रुपये देने के बजाय उनको खाना खिला देते हैं।

हॉस्टल का वो मूँछकटवा

पिछले दिनों मुँहनुचवा, चोटी कटवा जैसी घटनाओं की अफ़वाह चारों तरफ़ फैली पड़ी थी। कोई अपने नुचे मुँह के साथ ख़बर बना हुआ था तो कोई महिला अपनी कटी चोटी के साथ टीवी पर दिखायी दे रही थी। इन ख़बरों के बीच उन महिलाओं को आसानी हो गयी जो बॉब कट बाल रखना चाहती थीं मगर कतिपय पारिवारिक स्थिति के चलते अपनी इच्छा का गला घोंट दे रही थीं। चोटी कटवा ने कहीं न कहीं उनकी मदद कर दी। ऐसी घटनाओं को जब-जब पढ़ते तो अपने हॉस्टल के मूँछकटवा की याद आ जाती।

साइंस कॉलेज, ग्वालियर हॉस्टल में हम जैसे बहुत से नये लड़के थे जो दाढ़ी-मूँछ की शुरूआती झलक देखने को तरस रहे थे। इसी के साथ कुछ सीनियर्स भाई बाक़ायदा दाढ़ी-मूँछधारी थे। मूँछ वाले भाइयों को अपनी मूँछ पर इतराना होता था तो बे-मूँछ भाई अपनी ज़रा-ज़रा सी रेख को हवा में उमेठते हुए उनके साथ ताल ठोंकते नजर आते। हम जैसे कुछ भाई, दाढ़ी-मूँछधारी भाइयों का आफ्टर शेव लोशन का इस्तेमाल किसी इत्र की करते। दाढ़ी-मूँछ धारी भाइयों में चिंता का विषय होता कि कौन उनके लोशन पर हाथ साफ कर ले रहा है। दाढ़ी-मूँछ न होने के कारण हम लोगों पर कोई शक भी नहीं करता कि हम लोग ऐसा करते होंगे। ऐसी न जाने कितनी शरारतें हॉस्टल की हवा में तैरती-उतराती रहती थीं।

इन तमाम शरारतों के बीच हमारे राकेश शर्मा भाईसाहब (सीनियर्स को सर के स्थान पर भाईसाहब कहने की परम्परा थी) को अजीब सी शरारत सूझी। देर रात वे चुपके से अपने सहपाठी या अपने सीनियर (जो मूँछधारी होते) के कमरे में जाते और तेज़ ब्लेड के एक वार से उसकी एक तरफ़ की मूँछ उड़ा आते थे। उनके द्वारा यह सब इतनी सहजता से किया जाता कि सोते हुए भाई को ख़बर ही न हो पाती कि राकेश भाईसाहब उसकी मूँछ के साथ क्या कर गये। एक तरफ़ की मूँछ से वंचित वह भाई जब अगली सुबह अपने चेहरे को देखता, अपनी एक तरफ़ की उड़ी हुई मूँछ देखता तो परेशान हो जाता, हैरान भी होता। बाक़ी लोग मौज लेते हुए इसे सात नम्बर कमरे के भूत का काम बताते।

हॉस्टल के सात नंबर कमरे को हमने कभी खुला नहीं देखा। ऐसा कहा

जाता कि उसमें एक भूत है और इसी कारण उस कमरे को खोला नहीं जाता। वह कमरा किसी को दिया नहीं जाता। उसमें किसी को रुकाया भी नहीं जाता। असलियत क्या थी, न किसी ने बताया, न ही जानने की कोशिश की।

बहरहाल बात अपने हॉस्टल के मूँछकटवा की। दो-चार लोगों की मूँछें उड़ने के बाद पता चल गया कि ये मूँछ उड़ाने वाला भूत कौन है। इस शरारत को राकेश भाईसाहब ने उन्हीं लोगों पर आज़माया जो अपनी ज़रा-ज़रा सी मूँछों पर इतराते फिरते थे। एक तरफ़ की उड़ने के बाद अगला आदमी दूसरे तरफ़ की खुद उड़ाता था। इसके बाद हम सभी ख़ूब मौज लेते थे, बिना मूँछ वाले भाईसाहब की।

ऐसे ही मूँछधारी भाइयों में एक भाईसाहब हुआ करते थे एम0पी0 सिंह कुशवाह। हॉस्टल के मूँछकटवा ने उनकी भी एक तरफ़ की मूँछ उड़ा दी। इसके बाद भी उन्होंने दूसरे तरफ़ की मूँछ न बनाई। जो मूँछ उड़ा दी गई थी, उस जगह वे तब तक बैंडेज लगाते रहे, जब तक कि उनकी मूँछ न आ गयी।

पता नहीं ये चोटी-कटवा या मुँहनुचवा किसलिए ऐसा कर रहा था पर हमारे भाईसाहब ने फुल मौज-मस्ती-शरारत में मूँछकटवा की भूमिका निभायी। इसमें किसी की मारपीट न हुई, किसी को भूत-चुड़ैल न घोषित किया गया। आज भी ये शरारत याद आने पर गुदगुदी-सी होने लगती है।

कुछ अच्छा करने को बुरा बनना मंज़ूर

संस्कार, कार्यप्रणाली, सोच विरासत में मिलती है या नहीं, इसके बारे में बहुत अनुभव नहीं है मगर हमारे स्वभाव में, व्यक्तित्व में बहुत कुछ ऐसा है जो हमारे अन्दर स्वतः ही जन्मा। ऐसे लक्षणों के लिये हमें प्रयास नहीं करने पड़े। बिना प्रयास ऐसे गुणों का, लक्षणों का प्रकट होना बताता है कि ये जन्म से आये होंगे या फिर पारिवारिक संस्कारों के चलते विरासतन हस्तांतरित हो गये। समय के साथ इन गुणों में कमी तो नहीं आयी वरन् वृद्धि ही होती रही। ऐसे ही गुणों में से एक को ज़रूरतमंदों की, मजबूर लोगों की सहायता करने के रूप में देखा-समझा जा सकता है। उस समय भी जबकि जेब ख़र्च के नाम पर गिनी-चुनी पूँजी जेब के अन्दर आती थी; उसी अल्पराशि में हॉस्टल के मेस का शुल्क, दूध, चाय आदि सहित अन्य खाद्य-सामग्री, मासिक स्टेशनरी आदि के ख़र्चों के बाद इतना बचना संभव नहीं हो पाता कि किसी ज़रूरतमंद की सहायता की जा सके। इसके बाद भी दिल-दिमाग़ में जूनून सा रहता था कि कुछ न कुछ उन बच्चों के लिए करना है।

वे बच्चे सड़क पर टहलने वाले, भीख माँगने वाले नहीं थे। वे ऐसे बच्चे थे जो अपनी दुनिया को सिर्फ़ सुन सकते थे। अपनी हथेलियों, अपनी नाक के सहारे दुनिया को महसूस करते थे। वे थे हॉस्टल के सामने बने अंध-विद्यालय के नेत्रहीन बच्चे। हॉस्टल से निकलते ही सामने सड़क पार अंध-आश्रम दिखाई देता था। एक दिन अचानक ही उसमें जाना हुआ। दुनिया की अन्धी चकाचौंध से बहुत दूर वे बच्चे अपनी ही दुनिया में मगन थे। उनकी हालत देख, उनके रहने के ढंग को देख, उनकी ज़रूरत, उनकी इच्छाओं को देख मन रो पड़ा।

अचानक से अपनी मौज-मस्ती बेकार-सी लगने लगी। सम्वेदनाओं से ख़ुद ही लड़ते हुए मन ही मन उनके लिए कुछ करने का विचार किया। इस विचार के साथ ख़ुद अपनी पढ़ाई का बोझ, कम से कम ख़र्च में महीने का बजट बनाये रखने की ज़िम्मेवारी के बीच उनकी मदद करना पहाड़ उठाने जैसा लगा। उस दिन तो बस कुछ सहायता खाने-पीने की कर दी, वो भी अपने मन को बहलाने की खातिर। उसके बाद कई दिन, कई रात मन में उथल-पुथल मची रही। उन नेत्रहीन बच्चों के लिए कुछ न कर पाने की विवशता आँखों से अनेक

बार बह निकलती। अंततः एक रास्ता सूझा जो एकबारगी तो ग़लत कहा जा सकता था किन्तु कुछ अच्छा करने के लिये बुरा बनना मंज़ूर किया।

एक-दो विश्वसनीय मित्रों से चर्चा की और फिर पूरी तैयारी के साथ अपने काम को अंजाम दिया। हॉस्टल के सामने से गुज़रती अति-व्यस्त आगरा-बॉम्बे रोड पर आंशिक क़ब्ज़ा किया गया। गुज़रने वाले ट्रकों से हॉकी, डंडों, गालियों, तमाचों के बल पर कुछ मिनटों की वसूली हुई। दस-दस, बीस-बीस रुपयों की कुछ-कुछ पूँजी से एक बड़ी रकम इकट्ठा हुई। इससे अंध-आश्रम के उन बच्चों की दुनिया की इच्छाओं का कुछ भाग पूरा किया गया। इस तरह की धन-उगाही के साथ-साथ वहाँ संचालित एक-दो पेट्रोल पम्प, शराब की दुकानों आदि का भी सहारा लिया गया। कभी निवेदन करके, कभी डरा-धमकाकर। इन सबका एकमात्र उद्देश्य था नेत्रहीन बच्चों की सहायता के लिए धन एकत्र करना। यह आन्तरिक आक्रोश का स्वाभाविक प्रस्फुटन था जो मदद न करने की पीड़ा से उपजा था।

यह काम नित्य का कार्य न बनाया गया क्योंकि कहीं न कहीं यह भी लग रहा था कि यह ग़लत तो है ही। ऐसी गलती कभी-कभार कर ली जाती रही मगर महीने-दो-महीने में अपने मासिक बजट से कुछ न कुछ मदद की जाती रही। अपने हिस्से की आवश्यकताओं में कटौती करते हुए उन बच्चों की इच्छाओं का ध्यान रखा गया। हाँ, कभी-कभी अत्यावश्यक होने पर अधिक धनराशि के लिए दोस्तों, हॉकी, डंडों, गालियों, तमाचों का सहारा लिया जाता और सड़क से गुज़रते ट्रक इनका निशाना बनते रहे रहते।

एक दर्द जो लगभग पच्चीस-छब्बीस साल पहले महसूस किया था, वो आज भी महसूस किया अपने भीतर। सीधा-सा अर्थ है कि भीतर का इंसान मरा नहीं है अभी तक।

भाँग वाला हुड़दंग स्टेशन तक

होली आये और होली में किये हुए हुड़दंग भी याद न आयें तो समझो कि होली मनायी ही नहीं। हम लोग संयुक्त परिवार में रहते आये हैं और बचपन से ही सभी परिजनों के साथ ही होली का मज़ा लूटते रहे हैं। होली जलने की रात से शुरू हुआ धमाल कई-कई दिनों तक चलता रहता था। बचपन में अपने बड़ों की मदद से होली का हुड़दंग किया जाता था जो बड़े होने पर स्वतंत्र रूप में बदल गया।

हॉस्टल का माहौल भी पारिवारिकता से भरपूर था। हम सभी छात्रों के बीच किसी तरह का भेदभाव नहीं था। पहला ही साल था और हम सभी मिलकर दीपावली, दशहरा आदि अपने-अपने घरों में मनाने के पहले हॉस्टल में एक साथ मना लिया करते थे। इसी विचार के साथ कि होली भी घर जाने के पहले हॉस्टल में मना ली जायेगी, सभी कुछ न कुछ प्लानिंग करने में लगे थे।

हम कुछ लोगों का एक ग्रुप इस तरह का था जो हॉस्टल की व्यवस्था में कुछ ज़्यादा ही सक्रिय रहा करता था। इसी कारण से उन दिनों हॉस्टल की मेस की ज़िम्मेवारी हम सदस्यों पर ही थी। होली की छुट्टियाँ होने के ठीक दो-तीन दिन पहले रविवार था। रविवार इस कारण से हम लोगों के लिए विशेष हुआ करता था कि उस दिन एक समय, सुबह ही, भोजन बना करता था। खाना बनाने वाले को रात का खाना बनाने से अवकाश दिया जाता था। इसी वजह से रविवार को पूड़ी, सब्ज़ी, खीर, रायता आदि बनाया जाता था।

हम सदस्यों ने सोचा कि कुछ अलग तरह से इस दिन का मजा लिया जाए। हमारी इस सोच में और तड़का इससे और लग गया, जब पता चला कि हॉस्टल के बहुत से छात्र उसी रविवार को अपने-अपने घर जा रहे हैं। रविवार के भोजन को ख़ास बनाने की योजना हम दोस्तों तक रही और अन्य सभी छात्रों के साथ आम सहमति बनी कि होली इसी रविवार को खेली जायेगी, उसके बाद ही जिसको घर जाना है वो जायेगा।

हम कुछ दोस्तों ने अपनी योजना के मुताबिक़ उस दिन खीर में खूब सारी भाँग मिलवा दी। इस बात की चर्चा किसी से भी नहीं की गई। सभी ने मिलकर

खाना खाया और हम दोस्तों ने सभी को खूब छककर खीर खिलायी। मीठे के साथ भाँग का नशा और उस पर होली की हुड़दंग का सुरूर। हॉस्टल के सभी छात्रों पर तो जैसे मस्ती ख़ुद आकर विराज गयी हो। खूब दम से होली खेली जाने लगी, टेप चलाकर गानों के साथ नाच भी शुरू हुआ। किसी के बीच सीनियर-जूनियर जैसी बात नहीं दिख रही थी।

इसी बीच कुछ छात्र जो होली नहीं खेलना चाहते थे और उन्हें घर भी जाना था सो उन्होंने खीर भी इतनी नहीं खायी थी कि नशा उनको अपने वश में करता। ऐसे लगभग पाँच-छह छात्रों ने हॉस्टल की दीवार फाँदकर रेलवे स्टेशन की ओर भागना शुरू किया। उनके दीवार फाँदने का कारण ये था कि हम सभी रंगों से भरी बाल्टी आदि लेकर दरवाज़े पर ही बैठे थे ताकि कोई भी बिना रँगे घर न जा पाये। हम लोगों को भनक लग गयी कि कुछ लोग जो हमारी इस होली में साथ नहीं हैं, वे पीछे से भाग गये। बस फिर क्या था, होली का हुड़दंग सिर पर चढ़ा हुआ था, भाँग का नशा अपनी मस्ती दिखा ही रहा था, जो जिस वेशभूषा में था, रेलवे स्टेशन की तरफ दौड़ पड़ा।

कोई नंगे पैर तो कोई एक पैर में चप्पल-एक पैर में जूता बिधाये; कोई शर्ट तो पहने है पर पैंट गायब तो कोई नंगे बदन ही दौड़े जा रहा था। और तो और, उन्हें रँगना भी था जो बिना रँगे निकल पड़े थे, तो हाथों में रंगों से भरी बाल्टी भी लिये सड़क पर दौड़ चल रही थी। आप सोचिए कि बिना होली आये, होली जैसी मस्ती को धारण किये, एक साथ दस-पंद्रह लड़के बिना किसी की परवाह किये सड़क पर दौड़े चले जा रहे थे। लगभग चार-पाँच किमी0 की दौड़ लगाने के बाद स्टेशन के प्लेटफॉर्म पर हुरियारों की टोली पहुँच ही गयी। वे भी स्टेशन पर बरामद कर लिये गये जिनको रँगना था। बस फिर क्या था, चालू हो गयी होली रेलवे स्टेशन पर ही।

मस्ती का मूड, भाँग का सुरूर, अपने साथियों को रँगने के बाद अपनी तरह के ही कुछ मस्ती के दीवाने यात्रियों को भी रँगना शुरू किया गया। कुछ देर का हुल्लड़ देखने के बाद प्लेटफॉर्म पर बनी चौकी के सिपाहियों ने आकर दो-दो हाथ करने चाहे तो रंगीन हाथ उनके साथ भी हो गये। बाद में समझाने पर हम सभी वापस हॉस्टल लौट आये।

भाँग का नशा तो दूसरे दिन दोपहर तक उतर गया किन्तु सिर का भारीपन दो दिनों तक बना रहा। इसी भारीपन में नीबू चूस-चूसकर अपनी प्रयोगात्मक

परीक्षा दी जो सोमवार को सुबह सम्पन्न हुई। रेलवे स्टेशन की हमारी होली की ख़बर हमारे हॉस्टल वार्डन डॉ0 धीरेन्द्र सिंह चन्देल के पास तक आ चुकी थी। सभी प्रोफेसर्स को भी पता था कि हम लोग किस तरह की मस्ती के बाद प्रयोगात्मक परीक्षा दे रहे हैं। यह तो भला हो उन सभी गुरुजनों का जिन्होंने पूरे सहयोग के साथ हमारी होली के आनन्द और प्रयोगात्मक परीक्षा के बीच संतुलन बिठा दिया।

आज भी कभी-कभी होली में भाँग का स्वाद लेने का प्रयास किया जाता है तो हॉस्टल की होली और रेलवे स्टेशन का हुड़दंग याद आये बिना नहीं रहता।

इतनी गोलियाँ चलेंगी कि...

कॉलेज होगा, सह-शिक्षा होगी तो कहानी जरूर होगी, अब सुनाना न हो तो अलग बात है। ये बात हमारी स्नातक की पढ़ाई के समय हमारे भांजे अभय ने हमसे कही थी। उस समय तो इधर-उधर की कहानी सुनाकर उसे बहला दिया था मगर अब जबकि अपनी कहानी लिखने बैठे तो कॉलेज के अनेक क़िस्से याद आ रहे हैं। ऐसा लग रहा है मानो वे सब वाक़ये आज भी इर्द-गिर्द ही घूम रहे हैं।

हक़ीक़त में किसी के साथ कोई प्रेम-कहानी भले ही न चल रही हो पर सबके सब किसी न किसी लड़की के साथ ख़ुद को ऐसे जोड़ते थे जैसे उनको एक-दूसरे के लिए ही बनाया गया है। कभी-कभी तो स्थिति इतनी विकट हो जाया करती थी कि बयानबाज़ी फ़िल्मी डायलॉग से भी आगे निकल जाया करती थी। किसी लड़की के सौन्दर्य-बोध को लेकर कॉलेज के छात्रों में इतना आकर्षण हो जाया करता था कि सब उसे दूसरे की भाभी बताने से नहीं चूकते। हँसी-मज़ाक़ के ऐसे दौर के बीच इतना ख़्याल रखा जाता कि किसी भी रूप में उस लड़की के साथ कोई बदतमीज़ी न हो।

किसी लड़की के साथ एक महाशय अपना सम्बन्ध जोड़ते तो बाक़ियों को हड़काते रहते थे। उसी दौरान उनको बहुत से लड़कों से अन्य लड़कों की भी ख़बरें मिलीं तो एक दिन वे इतने क्रोधित हो गये कि उन्होंने चुनौती ही दे डाली सभी लड़कों को। कॉलेज की बगिया में बैठकी के दौरान वे चिल्लाकर बोले कि उसकी तरफ़ किसी ने भी आँख उठाकर देख भी लिया तो इतनी गोलियाँ चलेंगी कि खोखे (ख़ाली कारतूस) बीनने वाले लखपति हो जायेंगे। उसके बाद हम दोस्त लोग उनको अकसर चिढ़ा लिया करते कि भाईसाहब, जल्दी गोलियाँ चलवाओ, हम लोग लखपति बनना चाहते हैं।

उसी समय एक और मित्र परेशान घूमते थे। उनकी समस्या बड़ी ही अजीब और दूसरी तरह की थी। वे जीव-विज्ञान वर्ग से थे और उनके वर्ग में बहुत सारी लड़कियाँ पढ़ती थीं। पर हमारे उन मित्र की समस्या ये थी कि उनको जो सेक्शन मिला हुआ था, उसमें नाममात्र को लड़कियाँ थीं जबकि दूसरे सेक्शन में लड़कियाँ बहुतायत में थीं। उनकी परेशानी का निदान भी बताया गया कि वे अपना सेक्शन बदल लें मगर मित्रता कारणों के चलते वे अपना सेक्शन बदलने

को तैयार नहीं हुए।

अगले ने हमसे अपनी समस्या बताई तो हमने उसका समाधान बताया। कहा, प्राचार्य को एक प्रार्थना-पत्र लिखो कि दोनों सेक्शन में लड़कियों की बराबर-बराबर संख्या होनी चाहिए। अगले ने तुरंत इस समाधान का अनुपालन किया और अगले ही पल एक प्रार्थना-पत्र तैयार। अब समस्या ये आयी कि प्राचार्य को दिया कैसे जाए? हमसे कहा कि यार तुम चलो साथ देने। हम मित्रों को तो अगले की मौज लेनी थी, सो कहा कि तुम्हारे सेक्शन में लड़कियाँ बढ़ने से हमें क्या फ़ायदा? हम तो गणित-वर्ग के हैं, वहाँ तो वैसे भी लड़कियों का सूखा पड़ा हुआ है।

हमारे वे मित्र बेचारगी भाव दर्शाते हुए हम लोगों के आगे-पीछे बहुत घूमे मगर हम लोगों ने किसी ने भी उनकी इस काम में सहायता करने से तब तक के लिए इनकार कर दिया जब तक कि वो अपनी जेब ढीली न करें। अगला बंदा जो खाने का शौक़ीन था मगर खिलाने के नाम पर महाकंजूस; हम कुछ दोस्तों को हलकी-फुलकी चाय पार्टी देने को मान गया। बस, पार्टी ली, चाय-समोसे गटके और फिर 'कल करवाते हैं काम' का आश्वासन देकर प्रार्थना-पत्र जेब के हवाले किया।

कॉलेज का हँसी-मज़ाक़ का समय अपनी गति से निकलता रहा। चार-छह दिन के आश्वासनों के बाद वो पत्र वापस उसी मित्र की जेब में सुरक्षित हो गया। हम लोगों को प्राचार्य के पास जाना नहीं था और अगले की जाने की हिम्मत न हुई। हाँ, बेचारे मित्र बीच-बीच में उस दूसरे सेक्शन में जाकर लेक्चर के साथ सौन्दर्य का लाभ लेकर क्षतिपूर्ति करने लगे। चूँकि अगले का नाम वाद-विवाद, भाषण प्रतियोगिताओं, शतरंज आदि में प्रमुखता से रहता था, इस कारण उसके दूसरे सेक्शन में बैठने पर न तो प्राध्यापकों को कोई आपत्ति हुई और विद्यार्थियों के आपत्ति करने का सवाल ही पैदा नहीं होता था। आखिर हॉस्टल की एकता यहाँ भी काम आती थी।

बस ताकते-निहारते, चंद बातें करके, तीन साल बिताकर सबके प्रेम अपनी-अपनी जगह चले गये। कुछ के प्रेम तो समय के साथ बदलते भी रहे। कॉलेज में सभी को अपनी स्थिति का भली-भाँति बोध था। पारिवारिक जिम्मेवारियों और स्वयं के भविष्य का भी भान था। ऐसे में किसी के द्वारा ऐसा कोई कदम न उठाया गया जो किसी की भी ज़िन्दगी से खिलवाड़ करता। दोस्ती,

शरारतें, हँसी-मजाक, छोड़छाड़ आदि कॉलेज लाइफ का हिस्सा बने रहे। इन सबके बीच न गोलियाँ चलीं, न खोखे बीने गये और न हम लखपति बन पाये। हाँ, आज भी उन दिनों की मासूम प्रेम-कथाओं को याद करके मुस्की मार लेते हैं, यार-दोस्तों को चिढ़ा लेते हैं।

दो अनाड़ी चलाएँ गाड़ी

दीपावली की बात थी। हमारे बच्चा चाचाजी उस समय ग्वालियर में थे और अपनी कार से आये थे। तब तक हमें कार चलानी नहीं आती थी। घर में पहली कार भी वही थी। अपनी पढ़ाई के दौरान ग्वालियर में कई दोस्तों के घर में कार थी पर सोचा करते थे कि जब अपने घर में कार आयेगी तभी चलाना सीखेंगे।

त्यौहारों पर सभी चाचा लोग यहाँ उरई में इकट्ठा होकर उन्हें हँसी-खुशी से मनाते हैं। अब माहौल भी उमंग भरा था और घर में कार भी खड़ी थी। हमने चाचा से कार सिखाने के लिए कहा तो चाचा ने कहा कि तुम ख़ुद सीख लो। अब समझ नहीं आया कि क्या किया जाए। एक-दो दिन तो ऐसे ही ऊहापोह में गुज़र गये। तीसरे दिन हमने और हमारे छोटे भाई ने हिम्मत करके कार की चाबी उठाई और घुस गये कार में।

हालत ये थी कि न तो हमें कार चलानी आती थी और न ही हमारे छोटे भाई पिंटू को। हमारे घर के पास जगह कम होने के कारण कार सीधी तो आ जाती है पर जब उसे सड़क तक लाना हो तो बैक करके ही ले जाना होता है। कार चलाना सीखना भी था तो समझ नहीं आया कि अभी सीधे-सीधे तो चलानी आती नहीं है, बैक कैसे करेंगे। इसके बाद भी हिम्मत करके चाबी लगायी, घुमायी और कार स्टार्ट।

हम बैठे थे ड्राइविंग सीट पर और छोटा भाई बग़ल में। लगाया बैक गियर और दबाया एक्सीलेटर पर गाड़ी रफ्तार ही न पकड़े। हमने देखा कि हम ब्रेक पर पैर भी नहीं रखे हैं पर गाड़ी चलने के मूड में नहीं दिख रही थी। लगा कि कहीं कुछ गड़बड़ न हो जाए। कार को बन्द कर नीचे उतर आये। अबकी छोटा भाई ड्राइविंग सीट पर बैठा, कार स्टार्ट और फिर वही स्थिति। कुछ समझ नहीं आया। तभी मोहल्ले के एक भाईसाहब निकले। हमने आवाज़ देकर उन्हें बुलाया और अपनी समस्या बतायी। भाईसाहब ने एक पल की देरी किये बिना कहा कि देखो हैंडब्रेक तो नहीं लगा है। अब पता तो था नहीं कि ये क्या बला होती है। भाईसाहब ने बताया और उस समस्या को दूर किया। अब कार धीरे-धीरे पीछे को जाने लगी। ऐसा अभी तक आराम से हो रहा था तो हिम्मत भी आ रही थी। जैसे-तैसे चार-पाँच बार कार के बन्द होने के बाद वह सड़क पर आ गयी।

अब लगाया पहला गियर और एक्सीलेटर दबाते ही कार अपनी असल रफ्तार पकड़ गयी। अब एक और समस्या, गियर लगायें तो उसी को देखने लगें और पता चले कि कार सड़क के दूसरी ओर भागने लगी। फिर कार को सड़क के बीच में लायें और जब अगला गियर डालें तो फिर वही स्थिति। इस दौरान समझ आ गया कि गियर बदलते समय उसे देखना नहीं है, बस गियर लीवर को आगे-पीछे करना है। लगभग एक घंटे तक सड़क पर कार को हम दोनों भाई दौड़ाते रहे और सीख भी गये।

इस कार सीखने में अच्छाई यह रही कि हमने किसी को चोटिल नहीं किया न ही कार को कहीं टकराया। अगले दिन हम अपनी दादी, अम्मा, चाची को कार में बिठाकर पास के राधा-कृष्ण मंदिर के दर्शन करवाने ले गये। भीड़ में कार चलाना सीखना और फिर परिवार के सदस्यों को घुमाने ले जाने ने ग़ज़ब का आत्मविश्वास ड्राइविंग को लेकर पैदा किया जो आज तक बना हुआ है।

चाचा की एक बात आज भी याद आती है जो उन्होंने हम लोगों के लौटने के बाद कही थी कि यदि तुममें कार चलाना सीखने की हिम्मत होगी तो बिना किसी सहारे के सीख लोगे; यदि ख़ुद में हिम्मत न होगी तो हम क्या कोई भी तुमको सिखा नहीं सकेगा। आज लगता है कि यह बात हर एक काम में लागू होती है।

कौन जात के हो

इधर देखने में आया है कि समाज में जातिगत-विभेद को लेकर काफी कुछ लिखा-सुना जाता रहा है। हमारा मानना है कि इस समय के व्यावसायिकता भरे दौर में जातिगत भेद की जगह पर अमीर-ग़रीब का भेद ज़्यादा दृष्टिगोचर हो रहा है। यहाँ एक एहसास जो जाति को लेकर हमें आज से कई साल पहले हुआ था।

हमें अपने एक मित्र के साथ किसी काम से इलाहाबाद-बनारस आदि की यात्रा पर जाना पड़ा। शायद सन् 1999 की बात होगी। गर्मियों के दिन थे, जून का महीना था। सफ़र के दौरान यदि ज़्यादा समय यात्रा में लगना होता है, तो घर से अम्मा भोजन साथ में बाँध दिया करती हैं। आज भी उनकी यही आदत है और इस आदत को हमने भी अपनी आदत बना लिया है। बाहर का कुछ खाने से बेहतर है कि घर का ही कुछ खाया जाए, इसी सोच से हम आज भी घर से कुछ न कुछ खाद्य-सामग्री लेकर अपने साथ चलते हैं।

उस दिन उरई से ट्रेन सुबह लगभग नौ बजे के आसपास थी। हम लोग स्टेशन पहुँचे और अपने समय पर ट्रेन के आने पर अपनी मंज़िल को चल पड़े। रास्ते में दोपहर में भोजन का समय होने पर हमने घर से अपने साथ लेकर चले पूड़ी-सब्जी आदि का स्वाद लिया और अपनी भूख मिटायी। चूँकि अम्मा का लाड़-दुलार और उनकी निगाह में घर से बहुत दूर जाने की बात इसलिए पूड़ियाँ और सब्ज़ी कुछ ज़्यादा ही दे दी गयी थीं।

हम दोनों लोगों ने अपने पेट और भूख के हिसाब से जितना भोजन पर्याप्त हो सकता था, उतना किया और शेष को वापस डब्बे में रख दिया। सफ़र के दौरान हमारी एक आदत हमेशा रही है कि खाने का सामान थोड़ा-बहुत बचा ही लेते हैं और किसी भीख माँगने वाले बच्चे, वृद्ध को अथवा ट्रेन-बस में सफ़ाई करने वाले बच्चों को दे देते हैं। भोजन कुछ ज़्यादा होने के कारण और कुछ अपनी आदत के अनुसार, बच गया अथवा बचा लिया। दिन गर्मियों के थे इस कारण सब्ज़ी के ख़राब होने के डर से उसे नहीं बचाया।

उरई से चलकर हम इलाहाबाद तक आ गये और इसे इत्तेफ़ाक़ कहिए कि पूरे सफ़र के दौरान कोई माँगने वाला अथवा सफ़ाई करने वाला नहीं आया।

दिमाग़ में डब्बे में रखी पूड़ियाँ और आम का अचार घूम रहा था। माहौल भी ऐसा कि किसी को अपने आप कुछ भी खिलाने-देने का संकट मोल भी नहीं ले सकते थे। हमारा दोस्त भी हमारी तरह की प्रवृत्ति का है सो वह भी भोजन के सही उपयोग का स्थान खोज रहा था।

इलाहाबाद स्टेशन पर उतरे तो सोचा कि कोई व्यक्ति तो मिला नहीं, जानवर ही मिल जाए तो उसको ही खिलाकर पूड़ियों को सही ठिकाने लगा दिया जाये। ट्रेन से उतरकर अभी मुश्किल से बीस-पच्चीस क़दम चले होंगे कि एक बुढ़िया वहीं प्लेटफॉर्म पर भीख माँगते दिखी। हम दोनों मित्रों ने एक-दूसरे को देखा और लगा कि चलो अब किसी का भला हो जायेगा। हम दोनों उस बुढ़िया के पास पहुँचे और उससे पूछा कि अम्मा कुछ पूड़ियाँ और आम का अचार बचा है, खाओगी?

उसके हाँ कहते ही हमने अपने बैग से डिब्बा निकाला और उस बुढ़िया को देने के लिये आगे बढ़ाया। उसने डिब्बा लेने के लिए अपना हाथ तो बढ़ाया नहीं वरन् एक सवाल उछाल दिया, जिसे सुनकर हम दोनों मित्रों को पैरों के नीचे से ज़मीन सरकने का एहसास हुआ। उस बुढ़िया ने डिब्बे को लेने का कोई जतन किये बग़ैर पहले पूछा कि बेटा कौन जात के हो? ग़ुस्सा तो बहुत आयी किन्तु उस बुढ़िया से क्या कहते। इसी ग़ुस्से में उस बुढ़िया से यह कहकर कि अम्मा तुम फिर न लेओ हमाईं पूड़ियाँ, काये से के हम दोउ जने अछूत हैं, आगे बढ़ गये।

लगा कि देश में जातिगत-विभेद की भावना किस क़दर घर किये है कि एक भीख माँगने वाली बुढ़िया भी जाति पूछकर भोजन लेती है। स्टेशन से बाहर आकर उन पूड़ियों को एक गाय और एक कुत्ते के बीच बाँट दिया जो बिना जाति पूछे अपनी भूख मिटाने लगे।

हर व्यक्ति लगे टीटी

हमको अपने छोटे भाई हर्षेन्द्र के साथ आगरा से एक परीक्षा देकर कानपुर आना था। रेलवे स्टेशन पहुँचकर पता लगा कि उस समय कानपुर के लिए कोई ट्रेन नहीं है; आगरा से टुंडला पहुँचकर वहाँ से आसानी से कानपुर के लिए ट्रेन मिल जायेगी। आगरा से टुंडला तक बस से आने के बाद टुंडला स्टेशन पर जैसे ही पहुँचे, पता लगा कि एक ट्रेन आ रही है। पैसेंजर ट्रेन थी और इसके बाद दो-तीन घंटे कोई ट्रेन भी नहीं थी। कानपुर पहुँचना अत्यावश्यक था इस कारण से पैसेंजर ट्रेन में बैठने के अलावा कोई और रास्ता भी नहीं था।

टिकट खिड़की पर ज़बरदस्त भीड़ होने के चलते टिकट मिलना संभव न लगा। पहले सोचा कि बिना टिकट ही चढ़ जायें पर कभी बिना टिकट यात्रा न करने के कारण से हिम्मत नहीं हो रही थी। सोचा-विचारी में समय न गँवाकर हमने तुरन्त सामने दरवाज़े पर खड़े एक टिकट चेकर से अपनी समस्या बतायी। उसने बिना कोई तवज्जो दिये पूरी लापरवाही से कहा कि बैठ जाओ, पैसेंजर में कोई नहीं पकड़ता।

"भाईसाहब कोई दिक़्क़त तो नहीं होगी?" हमने शंका दूर करनी चाही।

उसको लगा कि कोई अनाड़ी हैं जो पहली बार बिना टिकट यात्रा करने की हिम्मत जुटा रहे हैं सो उसने थोड़ा-सा ध्यान हम लोगों की ओर दिया और बताया कि वैसे बिना टिकट जाने में कोई समस्या नहीं फिर भी यदि टिकट लेना है तो दो स्टेशन के बाद यह गाड़ी थोड़ी देर तक रुकती है, वहाँ से ले लेना।

उनके इतना कहते है जैसे हमें कोई संजीवनी मिल गयी हो। हम दोनों भाई तुरन्त लपके क्योंकि गाड़ी भी रेंगने लगी थी। डिब्बे के अन्दर पहुँचते ही बैठ भी गये। सीट भी मिल गयी पर इसके बाद हमारी जो हालत हुई कि पूछिए मत। आने-जाने वाला हर आदमी लगे कि टिकट चेक करने वाला आ गया। कभी इस तरफ़ देखें, कभी उस तरफ़ देखें। लगभग पैंतालीस मिनट की यात्रा के बाद वह स्टेशन आया जहाँ से टिकट लिया जा सकता था। तुरत-फुरत में दो टिकट लिये गये। अब सुकून मिला और कानपुर तक आराम से आये। आज भी छोटी-सी मगर बिना टिकट यात्रा याद है।

रुकी-रुकी सी ज़िन्दगी

लगभग एक महीने से दिन-रात हॉस्पिटल में बीत रहे थे। पहले छोटी बहिन प्रीतू का दुर्घटना में घायल होना और उसके घर आते ही अइया (दादी) का बाथरूम में गिरकर घायल हो जाना। अइया को उरई से लाकर कानपुर में एडमिट करवाना पड़ा। उनका गुल्ला (कमर के नीचे जाँघ की हड्डी) टूट गया था, जिसके चलते उरई में उनको ट्रेक्शन लगवा दिया गया था। उनको कानपुर में कुलवन्ती हॉस्पिटल में भर्ती करवाया गया था। हम सब उनकी कुछ मेडिकल जाँचों के आधार पर उनके स्वास्थ्य के सही होने के बाद होने वाले उनके ऑपरेशन का इंतज़ार कर रहे थे।

कई रातों लगातार जागने की थकान पता नहीं क्यों उस दोपहर चेहरे पर, देह पर स्पष्ट रूप से दिखायी दे रही थी। दोपहर को नहाने, खाने के लिए चाचा के घर आने पर हमने कुछ देर सोने की बात कहकर तुरंत नर्सिंग होम जाने की इच्छा न दिखायी। थकान के बाद भी सोने का मन नहीं हो रहा था क्योंकि अच्छे से पता था कि अइया हमें एक मिनट को सामने न देखकर हमारी ही रट लगा देती थीं। नहाने, खाने के लिए एक तरह की उनकी अनुमति लेकर ही आते थे। वे भी जैसे नर्सिंग होम के पलंग पर लेटे-लेटे समय का आकलन करती रहती थीं।

यही सोचकर कि यदि देर हो गयी तो अइया परेशान होने लगेंगी, नींद नहीं आ रही थी। पता नहीं क्यों मन भी कुछ परेशान-सा लग रहा था। इधर-उधर करवट बदलने के बाद भी जब नींद न लगी तो छोटी बहिन दीपू से चाय बनाने को कहकर उठ बैठे। चाय की चुस्कियों के बीच बैठे-बैठे फ़ोन उठाया और उरई का एक बेसिक नंबर डायल कर बैठे। मन में क्या था, दिमाग कहाँ काम कर रहा था, उँगलियाँ कहाँ काम कर रही थीं कुछ पता नहीं। फोन वहीं लगा जहाँ लगाना चाहते थे। बात हुई, दिल की बात कही, दिल की बात सुनी। कुछ हल्का-सा महसूस किया और उसी हलके-फुल्के एहसास के साथ नर्सिंग होम पहुँच गये।

थकान, नींद न आना, फ़ोन पर दिल की बात करना, अइया के पास जल्दी पहुँचने की आकुलता आदि जैसे पूर्व-निर्धारित-सा था। अइया के पास बैठे, उनके हाथों को अपने हाथों में लेकर इधर-उधर की मज़ाक़िया बातें की। हमारी

शादी, अपने पंती को खिलाने की बात सुनते ही उनके चेहरे पर ग़ज़ब की हँसी, अलौकिक चमक आ जाती। उनको दिन भर में कई बार चिढ़ाते कि देखभाल को आने वाली तमाम सारी नर्सों में से किसी एक को पसंद कर लो। नतबहू भी मिल जायेगी और सेवा करने वाली भी, जो इंजेक्शन भी लगा देगी। एक प्यार भरी झिड़की वे लगातीं और मुस्कान उनके होंठों पर तैर जाती। उस दिन भी ऐसी ही चुहल उनके साथ हो रही थी। मीठा खाने की शौक़ीन हमारी अइया ने उस दिन नबीपुर की बदनाम गुझिया का स्वाद लिया, जो पिताजी उरई से आते समय अपने साथ लेकर आये थे।

इधर-उधर की तमाम बातों के दौर चले, अइया से हलके-फुल्के चुहल भरे दौर चले, उरई चलने की चर्चा हुई। उसी दौरान उनको दो-तीन बार हलकी-सी खाँसी जैसी समझ आयी, आवाज़ में खड़खड़ाहट-सी महसूस हुई। उन्होंने इशारे से अपनी तकलीफ़ बतानी चाही। लगा जैसे कुछ कहने की कोशिश कर रही हैं मगर गले में कुछ फँसा होने के कारण शब्द बाहर नहीं आ रहे, आवाज़ बाहर नहीं आ रही। हम उनके दाहिने तरफ़ पर खड़े थे। अम्मा हमारे पीछे और पिताजी अइया के पैरों के पास पड़ी बेंच पर बैठे थे। उनकी घबराहट देखकर उनके सीने पर, गले पर हमने हाथ फिराया। अइया, अइया, क्या बात है, क्या दिक्कत है, क्या कहना है की आवाज़ दी उनको।

उनकी आवाज़ रुँधती सी नजर आई। इससे पहले कि अइया कुछ बोल पातीं, कोई शब्द निकाल पातीं, उनको उलटी हो गयी, ख़ून की उलटी। उनके सीने पर जल्दी-जल्दी पम्प किया। उनके हाथों को अपने हाथों में लेकर हथेलियाँ मलने का काम किया। एक उलटी और हुई और इससे पहले कि हम लोग कुछ समझ पाते, डॉक्टर नर्स को आवाज़ दे पाते अइया हमेशा को ख़ामोश हो गयी। उनका हाथ हमारे हाथों में बेजान-सा होकर थम गया। गर्दन एक तरफ लुढ़क गयी। आँखें अपने आप बन्द हो गयीं।

दो दिन पहले ही उनकी मेडिकल जाँच रिपोर्ट के आधार पर ऑपरेशन होना मुश्किल समझ आ रहा था। इसी बात पर डॉक्टर से, घर पर हमारी बहस भी हुई थी कि यहाँ नर्सिंग होम में नहीं रुकायेंगे अइया को, उरई ले जायेंगे। जब तक वे रहेंगी, उनकी सेवा करेंगे। पलंग पर ही उनकी सारी दिनचर्या का निर्वाह करवायेंगे। क्या पता था कि दो दिन बाद उनको उरई लेकर तो जायेंगे मगर जीवित नहीं। उनकी सेवा के लिए नहीं वरन् अंतिम-संस्कार के लिए। उरई में

जिस दिन अइया को ट्रेक्शन लगा था, उनका बोलना, हँसना उसी दिन से सीमित हो गया था। ऐसा महसूस होने लगा था जैसे वे अपने अंतिम समय को देख रही हैं। लगभग दस दिन तक सीमित हँसने-बोलने वाली अइया को हम लोग पूर्णतः ख़ामोशी की अवस्था में उरई लेकर लौट आये।

जनवरी के अंतिम सप्ताह से शुरू हुआ पारिवारिक संकट, अइया के देहान्त के बाद समाप्त होता दिखा। अइया के देहांत के लगभग एक महीना पूर्व कानपुर से चाचा जी ने प्रीतू की दुर्घटना की खबर सुनायी। उसकी स्थिति गंभीर बतायी गयी थी सो हम आनन-फ़ानन तैयारी करके कानपुर को चल दिए। कानपुर मेडिकल सेंटर में गंभीर हालत में भर्ती छोटी बहिन को ख़तरे से बाहर तो बताया गया किन्तु सिर में लगी चोट ने उसको गंभीर बनाये रखा था। दवाइयों के सहारे सिर की चोट के असर को कम करने का प्रयास बराबर किया जा रहा था। रात-रात भर उसके पैरों में मचती झुनझुनाहट को, पंजे को हथेलियों से मलते-सहलाते दूर करते। कुछ मिनट का रुकना भी प्रीतू को असहज कर देता। 'भाई जी, झुनझुनी मच रही' का एक बहुत धीमा-सा स्वर उभरता और हाथ स्वतः उसके पंजों को मलने लगते। पंद्रह-बीस दिन बाद उसकी हालत में सुधार को देखते हुए उसे घर जाने की अनुमति दे दी गयी।

अब हम सब उरई में ही थे। अइया भी उरई में थीं मगर एकदम ख़ामोश। उनकी यात्रा अगले दिन सुबह फिर शुरू हुई। बैंड-बाजों के साथ, चार काँधों के साथ। आँखों में नतबहू देखने का, पंती खिलाने का सपना लिए हमारी दबंग, अपने समय के हिसाब से आधुनिक, तेज़-तर्रार किन्तु हम भाइयों की प्यारी-दुलारी अइया हम सबको रोता-बिलखता छोड़कर बाबाजी के पास चली गयी थीं।

आज भी इंतज़ार रहता है उस फ़ोन का

कुछ बातें व्यक्ति के जीवन में बहुत प्रभावी न होने के बाद भी प्रभावी बनकर रहती हैं। ऐसी बहुत-सी बातें होती हैं जिनका सम्बन्धित व्यक्ति के अलावा किसी और के लिए कोई महत्त्व नहीं होता है। हमसे ही सम्बन्धित बहुत- सी बातों का किसी और के लिए हो सकता है कोई महत्त्व न हो मगर प्रत्येक बात का अपना एक सन्दर्भ होता है, उसका अपना एक प्रभाव होता है। यही बातें ही हैं जो व्यक्ति के अन्तर्सम्बन्धों का, सह-संबंधों का आकलन करती हुई उनका विश्लेषण करती हैं। ऐसी ही बातों में अगस्त का पहला रविवार, जिसे फ्रेंडशिप डे के नाम से जाना जाता है, हमारे साथ जुड़ा हुआ है। कोई विशेष बात न होने के बाद भी एक अलग तरह की सुगंध का एहसास उस दिन होता है।

उस दिन रविवार था; अगस्त का पहला रविवार। उन दिनों मोबाइल सपने में भी सोचा नहीं गया था। बेसिक फोन की घंटी घनघनायी। रविवार होने के कारण सभी लोग घर में ही थे। घनघनाती फोन की घंटी रुकी और उधर से हमको पुकारते हुए अम्मा बोलीं, किसी लड़की का फोन है। दिमाग़ की सारी घंटियाँ घनघना गयीं। हैलो के साथ हैप्पी फ्रेंडशिप डे की खनकती आवाज़ कानों में घुल गयी। कोई विशेष दिन मनाये जाने का न चलन था और अपनी आदत के अनुसार हम ऐसे किसी दिन के प्रति सजग-सचेत भी नहीं थे, सचेत-सजग तो आज भी नहीं रहते हैं। सेम टू यू कहने के बाद कुछ और आगे कहते उससे पहले ही दूसरी तरफ़ से उलाहना आकर कानों में गिरा, आप पहले फोन करके विश नहीं कर सकते थे? उलाहना देने का अंदाज़ भी इतना ग़ज़ब कि अपनी आदत के अनुसार ठहाका मारते हुए हमने इतना कहा, दोस्ती में ऐसी औपचारिकता हम नहीं करते।

दो-तीन मिनट के बाद जब फ़ोन रखा तो समझ नहीं आया कि इस तरह की हलकी-फुलकी मधुर नोक-झोंक के बाद बात समाप्त हुई या बात शुरू हुई? समय गुज़रता रहा, वक्त बदलता रहा, स्थितियाँ-परिस्थितियाँ बदलती रहीं मगर बात ख़तम होकर जहाँ शुरू हुई थी, वो न बदली। अगस्त आता रहा। अगस्त का पहला रविवार आता रहा। हर बार की तरह फ़ोन उधर से ही आता रहा, हर बार विश करने के बाद वही मधुर उलाहना दिया जाता रहा, आप पहले फोन करके

विश नहीं कर सकते थे? हमारा वो ठहाकेदार जवाब वैसे ही निकलता रहा।

सब कुछ बदलने के बाद भी लगता है जैसे कुछ न बदला। दोस्ती की नोक-झोंक न बदली, दोस्ती का वो बेलौस अंदाज़ न बदला। अगस्त बार-बार आता रहा। अगस्त में पहला रविवार बार-बार आता रहा। एक आदत-सी हो गयी अगस्त के पहले रविवार को फोन आने की, एक उलाहना सुने जाने की। आने वाले न जाने कितने वर्षों तक अगस्त आता रहेगा, अगस्त का पहला रविवार भी आता रहेगा, उसका उलाहना भरा फ़ोन भी आता रहेगा। एक आदत के साथ एक इंतजार और इन सबके साथ एक सवाल भी।

पहला-पहला ऑटोग्राफ देने का रोमांच

बचपन में लगभग नौ-दस वर्ष की उम्र में ही घरवालों, पड़ोसियों, स्कूलवालों, दोस्तों आदि की तरफ़ से ख़ूब जमकर प्रशंसा पायी थी, जब उस समय हमारी स्व-रचित एक कविता दैनिक भास्कर तथा स्वतंत्र भारत में बच्चों वाले पृष्ठ पर प्रकाशित हुई थी। उस कविता के प्रकाशन पर सभी ने ख़ूब प्रशंसा की थी, हमें खूब सारा आशीर्वाद भी मिला था। उसके बाद पढ़ाई के बोझ ने लेखन-क्षमता को पूरी तरह से पनपने न दिया। इस बीच पेंटिंग, स्केचिंग, निर्देशन, फोटोग्राफी आदि सहित अन्य और भी शौक़ गले लग गये।

स्कूल से निकलकर कॉलेज पहुँचने के क्रम में लिखना लगातार हुआ, भले ही कम रहा हो परन्तु प्रकाशन नहीं हो सका। स्नातक उपाधि के बाद लेखन की तरफ़ पुनः मुड़ना हुआ। पत्रिकाओं को रचनाएँ भेजने के साथ ही समाचार-पत्रों में पत्र-कॉलम में नियमित रूप से लिखना शुरू किया। पत्रिकाओं में सीमित प्रकाशन स्थान मिलता किन्तु समाचार-पत्रों ने प्रमुखता के साथ प्रकाशित किया। अमर उजाला ने तो हमारे बहुत सारे पत्रों का प्रकाशन 'ख़ास ख़त' कॉलम के अंतर्गत भी किया। इन पत्रों को पुस्तकाकार रूप में प्रकाशित भी करवाया जा चुका है।

अमर उजाला के साथ-साथ दैनिक जागरण, हिंदुस्तान, आज, राष्ट्रीय सहारा आदि में भी नियमित प्रकाशन होने लगा। जनपद जालौन में हमारी पारिवारिक पृष्ठभूमि से इतर हमारे दो कार्यों ने हमारी पहचान की आधारभूमि निर्मित की। इनमें एक तो पत्र कॉलम में नियमित पत्रों का प्रकाशन और दूसरा कन्या भ्रूण-हत्या निवारण कार्यक्रम का तब आरम्भ करना जबकि इस दिशा में किसी भी तरह का कार्य जनपद में नहीं हो रहा था। फ़िलहाल तो अपनी मूल बात से न भटकते हुए आपको अपनी उस खुशी की तरफ़ ले चलते हैं जो हमें हमारे प्रशंसकों से प्राप्त हुई।

नेहरू युवा केंद्र की ओर से राष्ट्रीय पुनर्निर्माण वाहिनी परियोजना जिले में संचालित हो रही थी। परियोजना समन्वयक प्रवीण सिंह जादौन, छोटे भाई के मित्र हैं और हमारे लिए भी छोटे भाई के समान ही हैं। सामाजिक कार्यों से जुड़े

होने के कारण हमको भी परियोजना की एक समिति का सदस्य मनोनीत किया गया था। सौ स्वयंसेवकों का दस दिवसीय प्रशिक्षण कार्यक्रम उरई से लगभग सात-आठ किमी दूर बोहदपुरा गाँव के राजकीय प्रशिक्षण संस्थान में चल रहा था। वहाँ के कार्यक्रम के सञ्चालन, स्वयंसेवकों को प्रशिक्षित करने की, उनको विविध विषयों पर जानकारी देने की ज़िम्मेवारी हमें भी दी गयी थी।

शिविर के दस दिनों तक स्वयंसेवकों के साथ रहने से उनके साथ आत्मीय सम्बन्ध बन गये थे। दस दिनों तक सञ्चालन करने, कई विषयों पर जानकारी देने के कारण बहुत से स्वयंसेवक काफ़ी क़रीब से जुड़ गये थे। आये दिन किसी न किसी विषय पर वे अलग से मिलकर अपनी जिज्ञासाओं का समाधान चाहते। वो शिविर का अंतिम दिन था। परम्परानुसार समापन समारोह हुआ। समापन समारोह के बाद लोगों को अपने-अपने क्षेत्र में कार्य करने जाना था। स्पष्ट था कि अब सभी का इस तरह से एक साथ मिलना शायद ही कभी-कभी हो पाये। स्वयंसेवक, अधिकारीजन, अतिथिजन एक-दूसरे से मिलते हुए चलने की तैयारी में थे।

हम भी सबसे मिलते हुए चलने की तैयारी किये थे। उसी समय चार-पाँच लड़के-लड़कियों का एक समूह आया। लड़कियों ने सम्मानपूर्वक नमस्कार किया और लड़कों ने एकदम से पैर छू लिये। इस तरह के कृत्य का अंदाज़ा न होने के कारण हम ख़ुद एकदम से हड़बड़ा गये। कुछ बातचीत हो पाती इससे पहले ही उन सभी बच्चों ने अपनी-अपनी डायरी हमारे सामने करके ऑटोग्राफ की माँग कर दी। हमने पहले तो हँसकर उन बच्चों को टालने की कोशिश की; उनको समझाया कि हम ऐसे व्यक्ति या व्यक्तित्व नहीं कि हमारे ऑटोग्राफ लिये जाएँ। उन बच्चों ने बड़ी ही शालीनता से, सम्मान से हमारे लेखन, समाचार-पत्रों में हमारे पत्र-प्रकाशन का हवाला देते हुए उनसे बहुत कुछ सीखने की बात कही। विगत दस दिनों में हमारे सञ्चालन, विषयों पर दिए गये प्रस्तुतिकरण से प्रभावित होना बताया।

अपने प्रति उनका स्नेह, सम्मान देखकर मन बहुत प्रसन्न हुआ। बच्चों में उत्साह दिख रहा था हमारा ऑटोग्राफ लेते समय और उन सभी बच्चों को अपने जीवन का पहला ऑटोग्राफ देते समय हमें भी खुद में रोमांच हो रहा था। अपने आपको किसी विशिष्ट व्यक्तित्व से कम न समझते हुए लगा कि अभी तक पत्र

कॉलम में जो भी लिखा-छपा, वो निरर्थक नहीं गया। विचारों की शक्ति सामाजिक परिवर्तन करती है, मानसिक परिवर्तन करती है। हमारे विचारों से उन बच्चों ने क्या सीखा, ये तो वही जानें मगर अपने लिए उनके मन में सम्मान की भावना देखकर सुखद अनुभूति हुई।

सम्मान लेखन को

मंचासीन सत्र-अध्यक्ष की ओर से इशारा होते ही संचालक महोदय ने भोजनावकाश का संकेत किया। राजकीय महाविद्यालय चरखारी के सभागार में मनोविज्ञान विषय पर आयोजित राष्ट्रीय शोध संगोष्ठी में उपस्थित लोग अपनी-अपनी जगह से उठकर भोजन-कक्ष की तरफ़ चल दिये। कुछ लोग अतिथियों से परिचय का आदान-प्रदान कर रहे थे। कुछ लोग धीरे-धीरे चलते हुए विषय से सम्बन्धित विद्वानों से विमर्श करते जा रहे थे। एक हॉल में भोजन की व्यवस्था की गयी थी। आधुनिक परिपाटी से इतर सभी अतिथियों को, आमंत्रित जनों को कुर्सी-मेज पर ससम्मान बिठाकर भोजन करवाया जा रहा था। वरिष्ठजनों को आगे बढ़ाते हुए उरई से एक साथ पहुँचे हम कुछ मित्र अपने बैठने की व्यवस्था देखने में लग गये।

तभी आप वही कुमारेन्द्र सिंह सेंगर जी हैं जो अमर उजाला में लिखते हैं?' के द्वारा एक लड़की ने अपना संशय दूर करना चाहा। उसके प्रश्नवाचक वाक्य को जैसे ही हमारी सहमति मिली, उस लड़की सहित अन्य चार-पाँच छात्र-छात्राओं के चेहरे पर अनोखी चमक फैल गयी। उन लोगों के द्वारा अभिवादन करने और उनके हावभाव से ऐसा लगने लगा जैसे बहुत बड़ा नाम उन लोगों के सामने खड़ा हो।

अभी तक प्रकाशित हो चुके तमाम पत्रों की सामग्री, उसी राष्ट्रीय संगोष्ठी में प्रस्तुत किये गये शोध-पत्र की चर्चा, आगे किस विषय पर लिखेंगे सहित कई विषयों पर बात हुई। उन लोगों ने इस पर भी राय माँगी कि वे लोग भी लिखना चाह रहे हैं, कैसे लिखा जाए, कैसे छपा जाए, क्या लिखा जाए जिसे पढ़ा जा सके आदि-आदि। एक तरफ़ उन लोगों के द्वारा बातचीत का क्रम जारी था और दूसरी तरफ वे छात्र-छात्राएँ हम लोगों के लिए उसी हॉल में एक किनारे कुर्सी-मेज़ की अतिरिक्त व्यवस्था कर चुके थे। ऐसा समझ आया कि सबके बीच हम लोगों को बिठाकर वे अपनी बातचीत का, संपर्क का अवसर खोना नहीं चाह रहे थे। भोजन करवाते समय उनका आसपास रहना, उसके बाद सभागार में भी साथ-साथ रहना, अनेक बिन्दुओं पर चर्चा करना, लेखन-सम्बन्धी अपनी समस्याओं-जिज्ञासाओं का समाधान चाहना हमें अपने आपमें अद्भुत अनुभव

करवा रहा था।

टीवी पर किसी कलाकार, लेखक, साहित्यकार आदि द्वारा अधिकतर यह कहते सुना कि उसका सबसे बड़ा सम्मान उसके पाठकों-दर्शकों का प्यार, स्नेह, समर्थन है। तब ऐसी बात बड़ी आदर्शात्मक लगती थी किन्तु चरखारी के उस अनुभव ने उस आधार पर खड़ा कर दिया जहाँ कि अपने प्रशंसकों का प्यार, स्नेह, सम्मान ही सबसे बड़ा पुरस्कार लगता है। उरई से चरखारी जाते समय हमारे अन्दर उत्साह, रोमांच था, अपनी पहली राष्ट्रीय शोध-संगोष्ठी में सहभागिता करने का। अब जबकि चरखारी से उरई के लिए वापसी कर रहे थे तब अपनी लेखन-क्षमता का विस्तार, अपने पाठकों का प्यार मिलता देखकर अपार ख़ुशी का अनुभव हो रहा था।

बहती आँखें उसे जाते हुए देखती रहीं

मुलाक़ात जब पहली बार हुई तो न फ़िल्मों की तरह पहली नज़र वाला आकर्षण उभरा, न पहली नज़र के प्रेम जैसा कुछ एहसास हुआ। हाँ, एक तरह का आकर्षण उसके प्रति महसूस हुआ था। उससे मिलना अच्छा-सा, सुखद-सा लगा था। कुछ दिनों की कुछ मुलाक़ातें जो हँसी-मज़ाक़ के साथ ख़तम हो गईं। हम दोनों की अपनी-अपनी राहें थीं, अध्ययन वाली, सो आगे चल दिये। पढ़ने को, डिग्री लेने को। पर वो कहते हैं न कि दुनिया गोल है, किसी न किसी दिन फिर मिलते हैं। हम दोनों फिर मिले, अबकी कुछ साल बाद मिले।

पहली बार की मुलाक़ात के समय के मुकाबले अबकी मुलाक़ात में हम दोनों कुछ परिपक्व भी थे। इस परिपक्वता में भी पहली नज़र के आकर्षण जैसा कुछ न हुआ; न इधर, न उधर। इसके बाद भी वही आकर्षण समझ आया जो पहली मुलाक़ात में लगा था। वैसा ही अच्छा लगने जैसा, वैसा ही सुखद एहसास जागा था जैसा कि पहली मुलाक़ात में जागा था। इसके बाद मुलाक़ातें हुईं, कई बार हुईं। नियमित न सही मगर जल्दी-जल्दी हुईं। वैचारिकता के अपने-अपने धरातल निर्मित हो चुके थे। सोचने-समझने की मानसिकता भी विकसित हो चुकी थी। क्या सही है, क्या गलत है की दृष्टि विकसित हो चुकी थी।

ऐसा भी नहीं कि सौन्दर्य-बोध का अभाव रहा हो। आँखों में चुम्बकीय आकर्षण, चेहरे पर प्राकृतिक मुस्कान, सादगी का प्रतिरूप। इसके बाद भी महज़ शारीरिक आकर्षण जैसा कुछ नहीं था। इसका कारण यही रहा कि उसे कभी भी देह के मापदण्डों पर नहीं आँका। बहरहाल, समय गुज़रता रहा, मुलाक़ातें चलती रहीं मगर ख़ामोशी उसी तरह बनी रही। उस ख़ामोशी के साए में कुछ स्वर गूँजे, कुछ कहने का प्रयास हुआ।

उस शाम उससे पहली बार मिलना तो हो नहीं रहा था। पहले भी कई-कई बार मुलाक़ात हो चुकी थी। मिलना-जुलना भले नियमित नहीं होता रहा किन्तु होता रहा था। आपस में बातचीत, हँसी-मज़ाक, छेड़छाड़, गपशप होती रहती थी किन्तु उस शाम की मुलाक़ात ने दिल को झंकृत कर दिया। समझ नहीं आ रहा था कि ये प्यार है या फिर जब पहली बार मुलाक़ात हुई थी तब जो आकर्षण

जागा था, वो प्यार था।

बेधड़क किसी से भी कुछ भी कह देने की सामर्थ्य कहीं चुकती-सी लगने लगी। बहती नदी के धारे संग-संग भावनाएँ बह रही थीं, दोस्त की बाँह थामे हिम्मत बटोरने की कोशिश की जा रही थी। अंततः बहती आँखें उसे जाते हुए देखती रहीं और कभी उसका कहा सत्य साबित हुआ कि आँसू सँभालकर रखिए, किसी दिन हमारे लिए भी बहाने पड़ेंगे।

ख़ुद ही बिखरना, ख़ुद ही सँवरना

होश सँभालने के बाद से ख़ुद को ख़ुद से ही अलग पाया। अतीत को लादकर चलने की आदत नहीं रही और भविष्य के लिए परेशान नहीं रहे। वर्तमान को अपना समझा और उसको ख़ूब मौज-मस्ती के साथ जिया भी। इसका अर्थ यह भी नहीं कि अतीत से कुछ सीखा नहीं और भविष्य के लिए कोई सपना देखा ही नहीं। सीखने वाली बातों को सीखा और सपनों के लिए बिना परेशान हुए सपनों को देखा, खूब देखा और उन्हें पूरा करने का प्रयास भी किया।

आँख खुलने के साथ नये दिन का आरम्भ और फिर कोई नया सपना। कभी ख़ुद से जुड़ा हुआ, कभी अपनों से जुड़ा हुआ, कभी समाज के लिए, कभी देश के लिए। सपनों की कोई क़ीमत तो अदा करनी न थी सो खूब सारे सपने देखे, मौज-मस्ती के सपने देखे, कुछ विशेष करने के सपने देखे। तमाम सारे सपनों के बीच कभी भी एक सपना नहीं देखा, वो था शादी करने का, परिवार बसाने का। कारण कभी समझ भी नहीं आया कि जिस उम्र में प्रत्येक युवक-युवती अपने विवाह, अपने जीवनसाथी के बारे में सपने सजाते रहते हैं, उस उम्र में भी हमने शादी के बारे में, अपने जीवनसाथी के बारे में नहीं सोचा था।

ऐसा नहीं कि हमारे मित्रों की सूची में लड़कियाँ न रही हों; लड़कियों के प्रति आकर्षण न हो; लड़कियों की तरफ से प्रेम-प्रस्ताव न मिले हों; हमें प्रेम न हुआ हो मगर किसी के प्रति उसको जीवनसाथी के रूप में देखने का भाव नहीं जागा। हाँ, किसी के प्रति ऐसा भाव जागा भी तो इतनी देर से कि वो सामने होकर भी सामने न थी; पास होकर भी बहुत दूर थी। जब कभी अपने शादी-सम्बन्धी सपने न देखने का कारण सोचते, उस पर विचार करते तो लगता कि जो कुछ करने का हमारा मन है, जिस तरह का हमारा स्वभाव है वह किसी बन्धन को स्वीकार नहीं कर पायेगा। यदि किसी भी तरह से उस बंधन को स्वीकार किया भी तो ज़िम्मेवारी की भावना के चलते शेष सपनों के प्रति अवरोध-सा उत्पन्न हो जायेगा।

हो सकता है विवाह बहुत से लोगों के लिए बंधन न हो; आवश्यक अथवा अनिवार्य प्रक्रिया हो पर हमारे लिए बंधन इस दृष्टि से है कि कोई एक लड़की

अपने समूचे घर-परिवार को छोड़कर, सारे रिश्तों को एक रिश्ते 'पति' के लिए पीछे छोड़कर आती है। दो लोगों से आरम्भ परिवार समय के साथ विकास करता है। यही वे सारी स्थितियाँ होती हैं जो ज़िम्मेवारी की माँग करती हैं। जब सपनों की दुनिया में 'हर फ़िक्र को धुँए में उड़ाता चला गया' का दर्शन रहा हो; समूची धरती को दो कदमों से नाप लेने की मंशा हो; सारे सौन्दर्य को कैमरे के सहारे अपनी मुट्ठी में क़ैद करने की अकुलाहट हो; कभी हसरत थी आसमां छूने की, अब तमन्ना है आसमां के पार जाने की जैसा दर्शन हो तब कोई भी अनचाही ज़िम्मेवारी बंधन ही महसूस होती है।

घर में सबसे बड़े होने के नाते न चाहते हुए भी अंततः उस बंधन को स्वीकार करना पड़ा, जिसके बारे में कभी विचार भी नहीं किया था। एक निर्णय से सारे के सारे सपने ध्वस्त होते दिखे। अस्थिर आर्थिक आधार पर तो ख़ुद खड़े थे और अब एक लड़की को उसी अस्थिरता पर लाने वाले थे। कुछ अलग-सा करने की दुनिया अब बँधे-बँधाये तरीक़ों से संचालित होने वाली थी। हर फ़िक्र को धुँए में उड़ाने का दम रखने वाला व्यक्ति फ़िक्रमंद होने जा रहा था। भविष्य की परवाह न करने वाले को भविष्य की चिंता सताने लगी। आख़िर अब सवाल सिर्फ़ ख़ुद के अस्तित्व का नहीं, उसके अस्तित्व का अधिक था जिसे हमारे भरोसे आना था। उनके अस्तित्व का था जिनको हम दोनों के भरोसे जन्मना था। ऊहापोह में रहकर अपनी सपनीली दुनिया को पीछे कर परिवार की ख़ुशी में शामिल हो गये। अम्मा-पिताजी सहित बाक़ी परिवार की ख़ुशी अपने सपनों से बहुत-बहुत बड़ी लगी। पल-पल सरकती ज़िन्दगी आख़िरकार 08 दिसम्बर 2003 को आकर रुक गई जबकि हम दोनों ने एक-दूसरे को जयमाला पहनाकर अग्नि के सात फेरे लिए।

परिजनों, इष्ट मित्रों, सहयोगियों की भीड़ होने के बाद भी अकेले से इलाहाबाद पहुँचे और नौ दिसम्बर को एक ज़िम्मेवारी, एक बंधन लेकर वापस लौटे। नहीं पता था कि साथ आने वाला कितना सहयोगी बनेगा? नहीं मालूम था कि आने वाला हमारे सपनों की दुनिया को कितना आगे ला पायेगा, ला भी पायेगा या नहीं? नहीं पता था कि उसके साथ उसके कौन-कौन से सपने आ रहे हैं? नहीं मालूम था कि उसके सपनों की सम्पूर्णता हमारे द्वारा किस तरह, कैसे होगी? रौशनी के बीच सब कुछ अँधेरे में था। पहली रात एक शॉल, एक चाँदी का सिक्का जीवन-संगिनी निशा के हाथों में रखकर उससे अपनी अपेक्षा व्यक्त की कि तुमको कभी सुख-सुविधाओं की कमी नहीं होने देंगे बस पारिवारिकता का

धन तुम सँभाले रहना।

दस साल होने को आये। इस बीच पिताजी का देहांत, हमारी दुर्घटना, छोटे भाई-बहिनों की शादी, बच्चों का जन्म, परिवार के अन्य मांगलिक कार्यक्रमों सहित अनेक छोटी-बड़ी घटनाएँ हम दोनों के बीच से गुज़रीं। तमाम सारे विषयों पर सहमति भी बनी, तमाम असहमतियाँ भी रहीं। प्रेम-स्नेह भी दिखा, कहा-सुनी भी हुई। इसके बाद भी विगत एक दशक की दाम्पत्य-यात्रा का हम अपनी दृष्टि से जब ख़ुद का आकलन करते हैं तो अपने आपको असफल ही पाते हैं। सामाजिक ज़िम्मेवारियों, लेखकीय दायित्व आदि के बीच पारिवारिक ज़िम्मेवारियों का निर्वहन करने के बाद भी इस ज़िम्मेवारीपूर्ण निर्वहन में ख़ुद में कुछ कमी पाते हैं। अनेकानेक बार ये निर्णय अपने ही क़दमों में बंधन महसूस होता है। पारिवारिक ज़िम्मेवारियों के साथ पूर्ण न्याय-सा नहीं दिखता है। शादी के लिए हाँ कहने का निर्णय, कभी न सुधार सकने वाली ग़लती दिखायी देती है।

कभी लगता है कि एक बार परिवार के इस निर्णय का तीव्र विरोध कर लिया होता तो अधिक से अधिक क्या होता? तमाम सारी अच्छाइयों के बाद भी परिवार में बनी हमारी विरोधात्मक छवि, लड़ाकू छवि, न दबने की छवि, विद्रोही प्रकृति की छवि, जिद्दी छवि में थोड़ी-सी और बढ़ोत्तरी हो जाती। फ़िलहाल, जो हो गया सो हो गया, जो गुज़र गयी सो गुज़र गयी। अब तो स्वयं को स्वयं ही बिखरने से रोकना है; स्वयं को स्वयं ही सँवारना है।

कन्या भ्रूण हत्या वाले कुमारेन्द्र

जब काम मनमाफ़िक़ न हो तो उसमें मन नहीं लगता। कुछ ऐसा ही हमारे साथ प्रतियोगी परीक्षाओं को लेकर हो रहा था, नौकरी को लेकर हो रहा था। सपना था सिविल सेवा में जाने का मगर वो हक़ीक़त में न बदल सका। किसी और नौकरी के प्रति किसी तरह की दिलचस्पी नहीं थी। प्राइवेट नौकरी का मन अपने स्वभाव के कारण कभी नहीं हुआ। क्या किया जाए, क्या नहीं, इस ऊहापोह में सिर्फ़ समय ही बर्बाद हो रहा था। इसी तरह के तमाम उतार-चढ़ावों के बीच 1998 में अजन्मी बेटियों को बचाने की मुहिम छेड़ दी। प्रतियोगी परीक्षाओं की तैयारी के दौरान इस सम्बन्ध में बहुत से आँकड़े मिले जो निराशा पैदा करते थे। आश्चर्य तब हुआ यह जानकर कि जिले में कार्यरत तमाम स्वयंसेवी संस्थाओं में से कोई भी कन्या भ्रूण-हत्या रोकने के लिए कार्य नहीं कर रही थी।

ज़िले में जब काम शुरू किया तो अपनी तरह का पहला काम होने के कारण हमारी समझ में नहीं आ रहा था कि क्या किया जाए, कैसे किया जाए? इसके साथ ही सामान्यजन को भी समझ नहीं आ रहा था कि हम उसके साथ किस मुद्दे पर बात कर रहे हैं। जनता सहयोग करने की इच्छा रख रही थी मगर उसकी समझ से परे था कि सहयोग क्या और कैसे किया जाए? प्रशासन, मुख्य- चिकित्सा अधिकारी, अन्य चिकित्सा अधिकारियों से भी इस सम्बन्ध में अपेक्षित सहयोग नहीं मिल रहा था। समाचार-पत्रों, पत्रिकाओं के माध्यम से तमाम जानकारियाँ, आँकड़े जुटाये और जनपद में लोगों को इस बारे में जागरूक करने का प्रयास किया।

इस प्रयास में बहुत से खट्टे-मीठे अनुभव भी हुए। एक महिला चिकित्सक द्वारा जेल भिजवाने तक की धमकी दी गयी। बुज़ुर्ग महिलाओं-पुरुषों द्वारा इस बारे में पुरानी धारणाओं पर अडिग रहने की मानसिकता दिखी तो युवाओं द्वारा परिवर्तन करने की सोच परिलक्षित हुई। उसी दौरान महिला चिकित्सालय में एक जागरूकता कार्यक्रम के दौरान लोगों को पीएनडीटी के नियमों, सजा आदि को बताया-समझाया जा रहा था। उसी समय एक बुज़ुर्ग महिला ने अपना अनोखा सुझाव दिया। उसने कहा कि बेटा, सरकार से कहो कि जिसके दो-तीन बेटियाँ

हैं, उनको यह जाँच फ्री करे कि पेट में लड़का है या लड़की है। उसे पकड़े नहीं न ही जेल में डाले। जब उस बुज़ुर्ग महिला को समझाया कि ऐसा करने दिया तो लोग लड़कियों को मार डालेंगे। तमाम तरह के उदाहरणों से उस महिला को समझाया कि बेटियाँ भी अब परिवार का नाम रोशन करती हैं, वंश-वृद्धि करती हैं। बहुत देर तक उस महिला से बात करने पर अंततः उस वृद्ध महिला को एहसास हुआ कि बेटियों को भी जन्म दिया जाना चाहिए। इसके बाद उस महिला ने हमारे सिर पर हाथ फेरकर आशीर्वाद दिया। ऐसी एक-दो नहीं अनेक घटनाएँ इस कार्यक्रम के सञ्चालन में हमारे साथ घटीं।

कन्या भ्रूण-हत्या निवारण कार्यक्रम का आधार हमने इंटरमीडिएट के विद्यार्थियों, महाविद्यालय के विद्यार्थियों, युवाओं को बनाया हुआ था। इसके अलावा एनसीसी और एनएसएस के बच्चों के बीच इस कार्यक्रम को लगातार किया जाता। हमारा मानना है कि यदि नई पीढ़ी जागरूक हो जाए तो आने वाले समय में बेटियों को बोझ समझना अपने आप समाप्त हो जायेगा। इन नवजवानों के साथ-साथ बुज़ुर्गजनों को भी अपने कार्यक्रम का हिस्सा बनाया और उन्हें बेटियों के महत्त्व को समझाया।

बेटियों को बचाने का जूनून-सा था। काम करना था, कहीं से कोई फंडिंग नहीं थी, प्रशासनिक सहयोग किसी भी तरह से नहीं मिल रहा था। तमाम ख़र्चों की पूर्ति मित्रों और समाज के कतिपय शुभचिंतकों द्वारा हो जाती थी। इसी दौरान एक कार्यक्रम के माध्यम से लखनऊ की संस्था वात्सल्य से संपर्क हुआ जो कन्या भ्रूण-हत्या निवारण पर कार्य कर रही थी। वात्सल्य को हमारा अभी तक का कार्य बहुत पसंद आया और उसी के आधार पर उनके कोपल प्रोजेक्ट से हमारा जुड़ना हुआ। इस प्रोजेक्ट से जुड़ने से कुछ आर्थिक सहयोग अवश्य मिला किन्तु उसी दौरान हुई अपनी दुर्घटना के कारण यह प्रोजेक्ट हाथ से निकल गया। एक साल बिस्तर पर ही निकल गया। योजनाएँ बनती रहीं, संपर्क बनाये रखे गये और अंततः अपनी सबसे प्रिय छोटी बहिन दीपू (दीपशिखा) के नाम पर संचालित अपनी संस्था दीपशिखा के तत्त्वावधान में सन 2006 से राष्ट्रव्यापी अभियान 'बिटोली' आरम्भ कर दिया।

जनपद में पारिवारिक पृष्ठभूमि के चलते, बाबाजी, पिताजी के नाम से जो पहचान मिली, वो आज भी हमारा आधार बनी हुई है। इसके अलावा व्यक्तिगत रूप से हमारी पहचान को विस्तार देने का कार्य हमारे सामाजिक कार्यों,

सांस्कृतिक अभिरुचि, लेखकीय क्षमता के साथ-साथ कन्या भ्रूण हत्या निवारण कार्यक्रम ने किया। यदि कहा जाए कि सबसे अधिक पहचान कन्या भ्रूण हत्या निवारण कार्यक्रम से मिली तो अतिशयोक्ति न होगी। इसका एक पहलू ये भी सामने आया कि जनपद में बहुतायत लोग त्रुटिवश कन्या भ्रूण हत्या वाले कुमारेन्द्र का संबोधन कर जाते हैं। हमसे, हमारे कार्यों से अनभिज्ञ लोग ऐसा सुनकर भले ही हमारे प्रति कोई नकारात्मक विचार बनायें, हम उसी समय हँसकर सुधार करवा देते हैं कि कन्या भ्रूण हत्या वाले कुमारेन्द्र नहीं बल्कि कन्या भ्रूण हत्या निवारण वाले कुमारेन्द्र।

आज भी यदाकदा वे परिवार, वे बच्चियाँ मिल जाती हैं जो हमारे जागरूकता कार्यक्रम के कारण इस संसार में हैं, तो ख़ुशी होती है। ये और बात है कि उनको हम मर्यादावश सार्वजनिक रूप से सामने नहीं ला सकते। बहुत-सी बेटियों को बचा सके और बहुत-सी बेटियों को बचा भी न सके। सैकड़ों परिवारों को जागरूक किया पर सैकड़ों को समझा भी न सके। आज कई साल इस अभियान को संचालित करते हुए गुज़र गये मगर अभी तक संतोषजनक स्थिति का एहसास नहीं हो सका है। बेटियाँ आज भी असुरक्षित हैं; न सही जन्मने के पहले, जन्मने के बाद ही सही पर वे असुरक्षित हैं।

आ गये हमारे कल्लू सिंह

हम सभी लोग हॉस्पिटल की पहली मंज़िल पर बने बरामदे के बाहर बैठे हुए थे। चाचा-चाची, बहनोई साहब संदीप सिंह और हम। हॉस्पिटल में बैठे होने के बाद भी किसी के चेहरे पर तनाव नहीं था। सभी को ख़ुशख़बरी का इंतज़ार था। वहाँ बैठे हम लोगों में कुछ देर बाद कोई पापा बनने वाला था, कोई नाना-नानी बनने वाला था और हम मामा बनने वाले थे। हम सभी लोग हँसी-ख़ुशी ऑपरेशन थियेटर की तरफ़ जाते गलियारे पर अपनी-अपनी निगाहें टिकाये हुए थे। छोटी बहिन दीपू की पहली संतति संसार में आँखें खोलने का इंतज़ार कर रही थी। ऐसे ख़ुशनुमा माहौल में हमारे बहनोई साहब थोड़ा व्याकुल से नज़र आ रहे थे। उनकी व्याकुलता जहाँ ऑपरेशन को लेकर थी वहीं वे अपने पापाजी के वहाँ न दिखायी पड़ने से भी चिंतित दिख रहे थे। एक-दो बार ऊपर-नीचे देख आने के बाद भी पापा जी उनको न दिखाई दिये।

वे और हम भी दो-तीन बार ऑपरेशन थियेटर की तरफ़ चक्कर लगाकर ख़ुशख़बरी का पता-ठिकाना पूछ चुके थे। इसी बीच बहनोई साहब कुछ प्रसन्न मुद्रा में और भी ज़्यादा आकुलता से अपने पापा को खोजने लगे। ऑपरेशन थियेटर की तरफ़ से प्रसव सुरक्षित होने का इशारा मिला तो हम सब ख़ुशी से झूम उठे। दरवाजे पर नर्सों की एक झलक पाकर उनसे होने वाले बच्चे के बारे में जानना चाहा, उसके स्वास्थ्य के बारे में जानना चाहा, बच्चा लड़का है या लड़की, जानना चाहा पर वे मुस्कुराकर अन्दर चली गयीं। संभवतः बहनोई साहब ने उनको न बताने के लिए कह रखा था। उसके पीछे का कारण ये भी समझ आया कि वे सबसे पहले यह ख़ुशख़बरी अपने पापा को देना चाहते होंगे। उनसे भी जानने की कोशिश की तो वे हाथ उठाकर मुस्कुराते हुए पापा की खोज में नीचे उतर गये।

सब्र यहाँ किसी को नहीं था, आख़िर हम भी मामा बन रहे थे। चाचा-चाची भी नाना-नानी बन रहे थे। बहनोई साहब के नीचे उतरते ही हम बरामदे से लगे बग़ल के कमरे में घुसे। इसी कमरे से ऑपरेशन थियेटर का रास्ता जाता था जो नर्सिंग होम के स्टाफ द्वारा प्रयोग किया जाता था। जिन नर्सों की झलक दिखायी पड़ी थी, उनमें से दो वहीं बैठी थीं। हमने थोड़ी तेज़ आवाज़ में कहा, कहाँ है

बच्चा? भोपाल शहर की आबोहवा में बुन्देलखण्ड की तेज़ आवाज़ सुनकर वे शायद सहम गयीं। ये जानते-समझते ही हमने उनसे कहा कि हम बच्चे के सबसे बड़े मामा हैं। उसमें से एक नर्स ने मुस्कुराकर रुकने का इशारा किया। अगले पल ही वो अपनी गोद में नन्हे से भांजे को लेकर प्रकट हो गयी। उसके हाथ से हमने अपने हाथों में लेकर उसके माथे पर आशीर्वाद-स्वरूप अपने होंठ लगा दिये। कोमल, मुलायम, मासूम से अपने भांजे को एक निगाह जी भरकर देखने के बाद उसे उसी नर्स के सुरक्षित हाथों में सौंप दिया। ख़ुशी जैसे रोम-रोम से प्रकट हो रही थी। पर्स से कुछ रुपये निकालकर नवजात शिशु की न्योछावर करके नर्स से कहा कि किसी कामवाली बाई को दे देना। एक नर्स ने हँसकर कहा कि क्या मामा जी, हमने भांजे के दर्शन करवाये, हमें कोई नजराना नहीं? बिना कुछ कहे, मुस्कुराकर उन तीनों को भी यथोचित नज़राना देकर हम बाहर आ गये।

इसी दौरान बहनोई साहब अपने पापाजी को लेकर मिठाई सहित आ गये। उनके पापा जी गहरी धार्मिक आस्था वाले सुकोमल, सहृदय व्यक्ति हैं। वे उसी समय से नर्सिंग होम के पास बने एक छोटे से मंदिर के सामने ध्यानमग्न होकर भगवान की साधना में बैठ गये थे जैसे ही दीपू को ऑपरेशन थियेटर ले जाया गया था। जिस समय हम अन्दर अपने भांजे को देख रहे थे, उसी समय बहनोई साहब ने आकर नवजात शिशु के लड़का होने की बात सबको बतायी। हमें ग़ायब देखकर हमारे बारे में वे पूछ ही रहे थे कि हमने अन्दर से आकर सबको आश्चर्य में डाल दिया कि हम सबसे पहले अपने भांजे से मिल आये।

हॉस्पिटल में कुछ दिन रुकना पड़ा। चाची, बहनोई साहब, हम लगातार समय-समय से रुकते। नर्सिंग होम से छुट्टी मिलने पर हम ही अपने भांजे, छोटी बहिन दीपू को लेकर उनके घर पहुँचे, जहाँ उसके चाचा अपने पहले भतीजे के इंतज़ार में पटाखे सजाये बैठे थे। आतिशबाज़ी के साथ पापा, मम्मी, छोटू ने अपने परिवार के नये सदस्य का स्वागत किया।

हमारे भांजे श्री आज भी हम सबके अत्यंत प्रिय हैं। हमारे बाद की पीढ़ी में हमारे परिवार के लिए पहली संतति होने के कारण, पहले भांजे होने के कारण प्रिय तो हैं ही। इसके अलावा यह संयोग ही कहा जायेगा कि उसके जन्म के कुछ समय बाद छोटी बहिन दीपू की ट्रेनिंग उरई रहकर ही पूरी हुई और फिर उसकी नियुक्ति भी उरई के नज़दीक उन्नाव में हो गयी; इससे भी नियमित रूप से भांजे

श्री से हम सबका संपर्क बना रहा। बचपन के साथ-साथ अपना कैशौर्य भी ननिहाल वालों के साथ गुज़ारने के कारण भी वे हम सबके प्रिय बने हुए हैं।

बुन्देलखण्ड में मामा-भांजे का जो रिश्ता है, उस रिश्ते के चलते वो सारे मामाओं की हँसी-मज़ाक़ का शिकार भी बनता है। इसका एक उदाहरण हमारे द्वारा किया गया उसका नामकरण भी है। सबके द्वारा बुलाये जाने वाले सनय सिंह अपने जन्म से ही हमारे द्वारा कल्लू सिंह पुकारे जा रहे हैं, अभी भी इसी नाम से पुकारे जाते हैं। मुँह बनाकर उसका चिढ़ना होता रहता है और हमारे साथ-साथ उसके और मामा लोग भी उसे चिढ़ाने का आनंद लेने लगते हैं।

समय वहीं थम-सा गया

सन् 2005 की सुबह, फोन की घंटी घनघनायी और फिर शुरू हुआ आशंकाओं, चिन्ताओं का दौर। जो पास नहीं था, उसकी चिन्ता शुरू। कैसे, क्यों, क्या, कब जैसे सवालों की मार स्वयं पर सहते और स्वयं ही उसका जवाब देते।

दोनों छोटे भाई निकल चुके थे और हम घर पर। सभी के मन पर दुश्चिन्ताओं ने अपना क़ब्ज़ा जमा रखा था। फ़ोन पर फ़ोन और जवाब में बस घंटी पर घंटी ही बजती रही। रास्ते में चले जा रहे छोटे भाइयों के साथ इस समस्या को बाँटने का मतलब था, उनके मन में और ज़्यादा परेशानियाँ भर देना। आख़िरकार बात हुई अम्मा से, चाचा से, चाची से। सबने धीरज बँधाया, दिलासा दी पर हम चिन्ताओं को कम न कर सके। होते-होते शाम आ गयी। वो शाम जिसने उस अँधियारी भरी ख़बर को सुनाया, जो कालिख सुबह ही छा चुकी थी। शाम को पिताजी के अभिन्न मित्र, हमारे पारिवारिक सदस्य दादा का आना हुआ, साथ में दो-चार और लोग भी। आते ही उन्होंने पिताजी की तबीयत के बारे में जानकारी ली। उनके द्वारा जानकारी लेने ने उन सभी संदेहों को मिटा दिया जो सुबह से दिमाग में उथल-पुथल मचाये हुए थे। आँसू भरी आँखों और भरे गले से इतना ही पूछ पाये, 'पिताजी को क्या हुआ?' दादा ने जो स्नेहिल हाथ हमारे सिर पर फिराया उसका एहसास आज तक बना हुआ है।

बिना किसी के कुछ कहे सब स्पष्ट हो गया। दोपहर बाद से जो दिलासा दी जा रही थी वो सब सिर्फ तसल्ली देने के लिए थी। वो डरावनी शाम कैसे आँसुओं भरी रात में बदली, आज भी समझ नहीं आया। लोगों का आना-जाना, समझाना और हमारा पूरा ध्यान अपनी ज़िम्मेवारियों पर, अपनी अम्मा पर, अपने दोनों छोटे भाइयों पर जो पिताजी के पास पहुँचने को सुबह ही निकल चुके थे। अम्मा ने कैसे अपने को सँभाला होगा? दोनों भाइयों ने कैसे समूची स्थिति का सामना किया होगा? कैसे पिताजी को इस रूप में देखा होगा?

आँसुओं का सैलाब बह निकला, दिलासा जो सुबह मिली थी, वह झूठ साबित हुई। विश्वास जो अपने आपसे कर रहे थे, वह बना न रह सका। अब इन्तज़ार ही किया जा रहा था। एकाएक सब कुछ लुटा-पिटा सा लगने लगा।

सब कुछ होते हुए भी ख़ाली-ख़ाली सा। अपने को सँभालकर वास्तविकता को स्वीकारा, मन को सँभाला और अब चिन्ता शुरू हुई अम्मा की, दोनों छोटे भाइयों की। चिन्ताओं के बीच, मन ही मन अपने आँसुओं को बहाने के बीच शुरू हुआ सामाजिक परम्पराओं के निर्वहन् का दौर। हमारा और हमारे अभिन्न मित्रों के द्वारा रिश्तदारों, नातेदारों, मित्रों, सगे-सम्बन्धियों को फ़ोन से सूचना देने का कष्टकारी दौर। हर फ़ोन पर आँसू, हर फ़ोन पर हिचकी और सांत्वना के दो बोल, दिलासा देते लरज़ते शब्द।

रात भर याद करते रहे पिताजी के साथ गुज़ारे अपने छोटे से इकतीस साल के सफ़र को। हम दोनों पति-पत्नी एक दूसरे को दिलासा देते रात भर इंतज़ार करते रहे, अन्तिम बार देख लेने का। आँखों ही आँखों में, आँसुओं में भीगी-भीगी रात समाप्त हुई। सुबह भी हुई किन्तु उजाला नहीं दिख रहा था। ज़िम्मेवारियों का निर्वहन, सामाजिक परम्पराओं का निर्वहन सब कुछ कैसे होगा, किस तरह होगा पता नहीं चल रहा था।

रुलाती-रुलाती घड़ी आ गयी, आया साथ में पिताजी का पार्थिव शव और साथ में रोते-बिलखते परिवारीजन। सबको सांत्वना भी देना और स्वयं को नियंत्रित रखना, लगा कि कितनी बड़ी ज़िम्मेवारी एकाएक आ गयी है सिर पर। परिवार में सबसे बड़ा पुत्र होने का अभिमान हमेशा रहा और छोटों के लिए कुछ भी कर जाने के एहसास से हमेशा छोटों से आदर-स्नेह भी प्राप्त होता रहा। इस बड़े होने के भाव की ज़िम्मेवारी इस समय समझ में आ रही थी। अपने आँसुओं को छिपाते हुए, छोटों के आँसू पोंछने का काम करते, अम्मा को सँभालते, छोटों को दुलराते हुए अन्तिम यात्रा की तैयारी भी चलती जा रही थी।

संस्कारों, परम्पराओं के बीच प्रज्ज्वलित अग्नि में स्वाहा हो गया वो शरीर जिसके साथ हमने अपने व्यक्तित्व को उभरते देखा। वो आँखें जो एक सपना लेकर जीती रहीं और हमें एक अनुशासन और स्वाभिमान सिखाती रहीं। वो हाथ जिन्होंने हमें चलना भी सिखाया और लिखना भी सिखाया। जिसके आशीष में हमने अपने आपको सदैव कष्टों से दूर रखा। लौट आये हम अपने आपको एकदम तनहा करके। लौट आये हम अपने आपको अपनों से जुदा करके। लौट आये हम मिट्टी के शरीर को राख बनाकर। लौट आये हम कभी भी न भुलाने वाली यात्रा को लेकर।

आज भी लगता है कि जैसे कल की ही बात हो। पारिवारिक, सामाजिक

मान्यताओं के साथ-साथ पिताजी के अनुशासन के चलते उनसे कम से कम बातचीत, काम की बातचीत के चलते उस रात एहसास हुआ कि अपने ही पिताजी से कभी खुलकर बात न कर पाये। आज भी बात कचोटती है पिताजी से बहुत बातचीत न हो पाने की। एक वो समय था और एक आज के बाप-बेटे हैं; लगता है जैसे दो मित्र हैं अलग-अलग आयुवर्ग के। क्या सही है, क्या ग़लत पता नहीं क्योंकि सही अपना समय भी नहीं लगता आज और आज का समय भी हमें नहीं सुहाया आज तक।

बहरहाल, लगभग एक दशक होने को आया पिताजी को गये। अब बस आसपास के आयोजन, आसपास की हलचल, घर-परिवार की क्रियाविधि, क्रियाकलाप देखकर इतना ही कह पाते हैं कि पिताजी होते तो ऐसा होता, ऐसा न होता। बहुत कुछ अधूरा रह गया था, उनके द्वारा देखना, उनके द्वारा पूरा करना। कोशिश तो बराबर रही कि हम पूरा कर सकें, बड़े होने के नाते सभी छोटों को उनकी कमी न महसूस होने दें मगर पिता तो पिता ही होता है, कोई भी उसकी जगह नहीं ले सकता। हम भी नहीं ले सके हैं, न ही ले सकेंगे क्योंकि हमारे पिताजी वाक़ई हमारे पूरे परिवार की धुरी थे। यही सोचकर उनके सोचे हुए काम पूरे करने की कोशिश में हैं। अब इसमें कितना सफल होंगे, ये तो आने वाला वक्त बतायेगा, परिवार के बाक़ी लोग बतायेंगे।

आज भी आँख बन्द करते हैं तो अपने आसपास अपने पिताजी का होना पाते हैं। याद करते हैं बीते पलों को और सोचते हैं कि काश! ऐसा कर लिया होता, वैसा कर लिया होता। वे होते तो ऐसा करते, वे करते तो कुछ ऐसा होता। अब बस यादें ही यादें, कुछ दुलराती, कुछ गुदगुदाती यादें; कुछ हँसाती तो कुछ मधुरता बिखेरती किन्तु अब तो हर याद में आँखें नम होतीं हैं, हर याद में।

भुलाना उन्हें सम्भव ही नहीं, फिर से मिल पाना जिनसे मुमकिन ही नहीं। यादों में ही मिलने का जतन करते हैं, सपनों में उन्हें खोजने का प्रयत्न करते हैं। बहते आँसुओं के साथ पल-पल उनको याद करते हुए। बस याद ही करते हुए, यादों में ही बसाये हुए, उनके बताये-बनाये रास्तों पर आगे बढ़ने का प्रयास करते हैं।

ऐ यार तेरी यारी, हमें जान से है प्यारी

दोस्ती एक ऐसा रिश्ता है जो अनाम सम्बन्ध के द्वारा सदैव आगे बढ़ता रहता है। ये हमारी ख़ुशक़िस्मती ही है कि हमें दोस्तों का, सच्चे दोस्तों का, भरोसेमंद दोस्तों का साथ ख़ूब मिला है। ख़ुशी में भी दोस्त हमारे साथ रहे हैं और मुश्किल में तो और भी ज़्यादा साथ आये हैं। उस समय भी ऐसी ही मुश्किल घड़ी थी पूरे परिवार के सामने। एक माह का समय और दो बड़ी दुर्घटनाएँ। सोलह मार्च पिताजी का देहांत और फिर अगले माह बाईस अप्रैल हमारी दुर्घटना। ट्रेन से दुर्घटना, एक पैर का स्टेशन पर ही कट जाना, दूसरे पैर का बुरी तरह से क्षतिग्रस्त हो जाना। घायल होने के बाद भी दिमाग़ में अम्मा, छोटे भाइयों, पत्नी, सभी परिजनों के चेहरे उभरते। कभी लगता कि एक और बुरी ख़बर घर पहुँचेगी फिर हिम्मत करते और जल्द से जल्द कानपुर पहुँचने की बात सोचने लगते।

घर में सिर्फ़ चाचा को ख़बर की और कानपुर अपने जीजाजी श्री रामकरन सिंह को। रास्ते में भागती कार के साथ याद आया कि आज शुक्रवार है, कहीं ऐसा न हो कि रवि आज ही उरई आ जाए। रवि हमारा दोस्त, जो कानपुर में हड्डी रोग-विशेषज्ञ है और उन दिनों प्रति शनिवार-रविवार उरई आया करता था, एक नर्सिंग होम में मरीज़ देखने। रवि को फ़ोन करके पूरी स्थिति से अवगत कराया। दुर्घटना के पहले दिन से लेकर आज तक, हमारे पैर की छोटी से छोटी समस्या से लेकर बड़ी से बड़ी परेशानी का इलाज सिर्फ़ और सिर्फ़ रवि के द्वारा ही होता है।

उस समय तो ऐसी स्थिति थी नहीं कि कोई कुछ कहता-सुनता क्योंकि कानपुर में हमारे साथ हमारा छोटा भाई और उसके दो-तीन मित्र आये थे तथा कानपुर में जीजाजी, जिज्जी, बृजमोहन भैया। बाद में जिसने भी सुना उसने आश्चर्य जताया कि इतनी बड़ी दुर्घटना के बाद भी हमने रवि पर विश्वास किया, उसको इलाज के लिए आगे किया। ये विश्वास किसी डॉक्टर से अधिक अपने दोस्त पर था। वो दोस्त जिसके साथ बचपन गुजरा, जिसके साथ झगड़े भी हुए, जिसके साथ खेले-कूदे भी, जिसके साथ पढ़ाई की, जिसके साथ हँसी-मज़ाक़ किया। विश्वास था कि वो दोस्त जो अब डॉक्टर है, वो हमारे साथ ग़लत नहीं

होने देगा। दोस्ती का, दोस्त का विश्वास ही है कि हम आज चल पा रहे हैं। दुर्घटना वाली शाम कानपुर पहुँचते-पहुँचते रात में बदल गयी थी। रवि के कारण हॉस्पिटल में सारी व्यवस्थाएँ पहले से ही तत्परता से काम करने में लगी थी।

उस रात ऑपरेशन थियेटर का दृश्य आज भी दिमाग़ में कौंधता है। रवि से अपने कटे पैर को ऑपरेशन करके लगाने की बात कहना, उसका कहना कि तुमको चलाने से ज़्यादा हमारे लिए ज़रूरी है तुमको बचाना। घर-परिवार की, अम्मा, भाइयों, पत्नी आदि की न जाने कितनी-कितनी ज़िम्मेवारियाँ रवि के कंधों पर डालते हुए जैसे बहुत इत्मीनान-सा मिला था। स्पाइनल कॉर्ड के ज़रिये इंजेक्शन लगाकर आगे का इलाज होना था। उसके पहले की तमाम बातें हम रवि से कर लेना चाहते थे क्योंकि एक वही ऐसा दिख रहा था जिससे दिल की सभी बातें की जा सकती थीं। उस रात शुरू हुआ इलाज कितनी-कितनी बार ऑपरेशन टेबल से गुज़रा। न जाने कितने-कितने इंजेक्शन रवि की निगरानी में, मुस्तैद निगाहों के बीच से गुज़रकर हमारे शरीर में लगे। ऑपरेशन थियेटर में बिना रवि के किसी का एक क़दम भी हमारी तरफ़ न बढ़ता। बेहोशी का इंजेक्शन बहुत देर असरकारी न रहता और रवि बहुत ज़्यादा डोज देना नहीं चाहता था। ऐसे में चीख़ते-चिल्लाते उसकी हथेलियों का स्पर्श जैसे दर्द को कम कर देता था। उसका आश्चर्य भरा एक सवाल बार-बार होता कि क्यों बे, क्या कोई नशा करते हो? हर बार मुस्कुराकर हमारा इंकार होता और उसका भी इंकार इस रूप में कि तुम झूठ बोल रहे हो।

पता नहीं संसार को संचालित करने वाली परम सत्ता हमारी आंतरिक-शक्ति का इम्तिहान ले रही थी या फिर भविष्य के दर्द सहने की आदत डलवा रही थी जो कुछ मिनटों की संज्ञाशून्यता के बाद फिर होशोहवास में ला देती थी। उसी स्थिति ने उस संसार का दूसरा रूप भी दिखाया, जहाँ ख़ुद अपने कानों सुना कि डॉक्टर साहब, यदि ये आपके मित्र न होते तो इनसे कम से कम दस लाख रुपये बनाते। बहरहाल, वो उनका अपना व्यवसाय था और हमें विश्वास था कि हम अपने दोस्त के साये में हैं तो कुछ भी ग़लत नहीं होगा। ये रवि जैसे दोस्त का साथ था जिसने ज़िन्दगी को तो बचाया ही, लम्बी अवधि के इलाज के बाद भी जेब पर डाका नहीं पड़ने दिया।

इलाज के दौरान न जाने कितनी बार बहुत छोटी-सी लापरवाही पर हॉस्पिटल के स्टाफ को डाँट उसके द्वारा पड़ी। रवि ने ख़ुद न जाने कितने-कितने

डॉक्टर्स से संपर्क किया, अपने कई सीनियर्स को बुलाकर उनसे सलाह ली मगर हमें एक दिन को भी अकेला न छोड़ा। क्या दिन, क्या रात; क्या सुबह, क्या शाम; क्या व्यक्तिगत आकर, क्या फोन से; जैसे भी हो वैसे उसने अपने आपको हमारे आसपास बनाये रखा।

हॉस्पिटल में ऐसा लग रहा था कि जितनी जल्दी हमें ठीक होने की थी, उससे कहीं ज़्यादा जल्दी रवि को हमारी रिकवरी की थी, हमारी आंतरिक शक्ति को, आत्मविश्वास को और बढ़ाने की थी। हर दिन कुछ न कुछ सुधारात्मक स्थिति को अपनाया जाता। न जाने कितनी बार ऑपरेशन थियेटर ले जाया जाता, न जाने कितनी बार सर्जरी की जाती, न जाने कितनी बार अन्य दूसरे तरीक़े अपनाये जाते। एक महीने हॉस्पिटल और फिर दो माह मामा जी के यहाँ रुकने के दौरान रवि की उपस्थिति बराबर रही। एक-एक पहलू पर गंभीरता से निगाह रहती उसकी। एक-एक स्थिति पर सतर्कता दिखायी देती। अंततः तीन महीने के कानपुर चिकित्सकीय प्रवास के बाद उरई आने के पहले रवि ने एक पैर पर सहारा देकर खड़ा करवा ही दिया। न कोई चक्कर, न कोई कमज़ोरी, न कोई परेशानी।

उरई आने के बाद भी उसका संपर्क बराबर बना हुआ था। शनिवार-रविवार आने पर तो उसका घर आना होता ही था। क्या, कैसे और बेहतर हो सकता है, इस बारे में भी उसकी चिंता दिखायी देती। एक साल बाद कृत्रिम पैर लगवाने में भी उसकी राय को वरीयता दी गयी। कानपुर एलिम्को की मदद से कृत्रिम पैर के द्वारा चलना शुरू किया गया। दर्द, समस्या, परेशानी, दाहिने पंजे से हड्डियों के टुकड़ों का बाहर निकल आना, ऑपरेशन, ड्रेसिंग, इलाज आदि से मुक्ति अभी भी न मिल सकी थी; रवि को भी मुक्ति न मिली थी। आज स्थिति में बहुत हद तक सुधार है। अब पंजे की हड्डियाँ टूटकर बाहर नहीं आतीं, किन्तु मुड़ी उँगलियाँ चलने में दिक़्क़त करतीं हैं। दर्द की तीव्रता से ध्यान हटाकर उसे कम-सा कर लिया है, तब भी समस्याओं का समाधान रवि ही बनता है। इसके बाद भी मिलने पर उसको हम दोस्तों की टीका-टिप्पणी हमसे ही सुननी पड़ती है कि 'अबे, आता भी है कुछ या ऐसे ही डॉक्टरी दिखाते फिरते हो।' काश! ऐसी दोस्ती हर जन्म में मिले, सबको मिले।

भयानक सपने से होकर गुज़रना

उस दिन सब कुछ सपने के जैसा गुज़र गया मगर वो सपना नहीं था। एक पल में जाने कितनी ज़िंदगियाँ, न जाने कितनी मौतें एक साथ आँखों के सामने कौंध गयीं। बार-बार झपकती आँखें, रह-रहकर टूटती साँसें और फिर साँसों को न टूटने देने की ज़िद, आँखों को खोले रखने के हठ के बीच 'कुछ भी नहीं हुआ' है का भरोसा देता हमारा ख़ुद का अक्खड़पन। बिखरते हुए को समेटने का लगातार प्रयास, नम आँखों में हँसी भरने की कोशिश, सबको अपने अंक में भर लेने की कामना, दौड़कर सबसे लिपट जाने की चाहना। जैसे कुछ हुआ ही न हो का भरोसा बनाये रखना था, कई-कई ज़िन्दगानियों में ज़िन्दगी का रंग सजाये रखना था; अपनी हठ, अपनी ज़िद, अपने अक्खड़पन को विजयी बनाये रखना था।

आख़िर में लगा कि ज़िन्दगी वो नहीं जिसे आप अपनी साँसों के सहारे गुज़ार दें। ज़िन्दगी तो वो है जिसे लोग आपकी साँसों के सहारे जी सकें। और इसी कारण मन गुनगुना बैठा था –

फिर ज़िन्दा होकर लौटा हूँ, मैं आज तुम्हारी नगरी में।
जीवन जीने को आया हूँ, मैं आज तुम्हारी नगरी में।।

अपनों को जाते देखा है,
ग़ैरों को आते देखा है,
दुःख की तपती धूप है देखी,
सुख का सावन भी देखा है,
सतरंगी मौसम लाया हूँ, मैं आज तुम्हारी नगरी में।
जीवन जीने को आया हूँ, मैं आज तुम्हारी नगरी में।।

जीवन से जो जीत गया,
मौत को उसने जीता है,
कर्म हो जिसका मूल-मंत्र,
वह जीवन-पथ पर जीता है,

जीवन-विजय सिखाने आया हूँ, मैं आज तुम्हारी नगरी में।
जीवन जीने को आया हूँ, मैं आज तुम्हारी नगरी में।।

जीते कभी समुन्दर से,
कभी एक बूँद से हार गये,
उड़े आसमां छूने को,
पहुँच आसमां पार गये,
चाँद-सितारे लाया हूँ, मैं आज तुम्हारी नगरी में।
जीवन जीने को आया हूँ, मैं आज तुम्हारी नगरी में।।

तमन्ना है आसमां के पार जाने की

चन्द पलों की अपनी विषम स्थिति में ऊपर से गुज़रती ट्रेन की गति से भी तेज़ गति से न जाने क्या-क्या सोच लिया गया था। कुछ समय बाद कार जिस तेज़ी से कानपुर के लिए दौड़ रही थी, उससे कहीं अधिक तेज़ी से दिमाग दौड़ रहा था। कुछ होने नहीं देना है, कुछ होगा नहीं, कुछ होने नहीं देंगे की ज़िद सी लिये साँसों को अपने आपमें थामते चले जा रहे थे। रास्ते भर की मज़बूत, विश्वासपरक स्थिति हॉस्पिटल के सामने एक पल को उस समय कमज़ोर लगी जब अपने सामने मुन्नी जिज्जी, जीजा जी (श्री रामकरन सिंह) को खड़े पाया। प्यास लगने की इच्छा और पानी नहीं पिलाने की हिदायत एक साथ होंठों पर प्रकट हुई। जिज्जी के प्यार भरे स्नेहिल हाथ ने जैसे हाँफती-टूटती साँसों को नया जीवन दे दिया हो। स्ट्रेचर पर लेटे उस एक पल से लेकर हमारे कृत्रिम पैर के सहारे खड़े होकर चलने तक जिज्जी-जीजा जी का स्नेहिल हाथ पल भर को भी अलग न हुआ।

अपने अभिन्न मित्र रवि और अन्य लोगों की सलाह पर कानपुर स्थित एलिम्को में कृत्रिम पैर बनवाने को अंतिम मुहर लगी। कृत्रिम पैर बनवाने की प्रक्रिया क्या होगी? उसके सहारे कैसे चला जायेगा? चल भी पायेंगे या नहीं? और भी तमाम सवाल ख़ुद से करते और फिर ख़ुद से ही उनके जवाब देते। एलिम्को में कृत्रिम पैर बन जाने के बाद वहाँ ही चलने-चलाने का अभ्यास वहीं के चिकित्सकों एवं अन्य योग्य स्टाफ की देख-रेख में किया जाता है। सम्बन्धित व्यक्ति के चलने सम्बन्धी दोषों को पूरी तरह समाप्त करने के बाद वहाँ से जाने की अनुमति मिलती है।

एलिम्को पहुँचने के बाद लगा कि एकमात्र हम ही ऐसी स्थिति से पीड़ित नहीं हैं। चार-पाँच साल की मासूम बच्ची को वहाँ कृत्रिम पैर लगवाने के लिए आते देखा तो लगभग सत्तर वर्ष की वृद्ध महिला को चलने का अभ्यास करते पाया। कोई युवा एक कृत्रिम पैर के सहारे चल रहा है तो कोई युवती दोनों कृत्रिम पैरों से। किसी ने दुर्घटना में अपना पैर खोया है तो कोई किसी बीमारी के कारण अपंगता का शिकार हो गया। कोई अकेले आ रहा, किसी के साथ उसके वृद्ध माता-पिता, किसी के भाई, किसी का दोस्त। संसार के जितने रंग समझ सकते

हैं, एलिम्को के भीतर उतने दिनों में उतनी तरह के दर्द दिखाई दिये।

कृत्रिम पैर बन जाने के बाद लगभग पच्चीस दिन तक नियमित रूप से कृत्रिम पैर द्वारा चलने का अभ्यास करने वहाँ जाना पड़ा। इसके लिए जीजा जी हमारे सारथी बने और जिज्जी उसी तरह से मातृत्व-भाव से देखभाल करने में तत्पर रहीं जैसे कि हमारे बचपन में रहती थीं। कब जूस पीना है, कब कुछ खाना है, कितनी देर चलने का अभ्यास करना है, कितनी देर आराम करना है, किस तरह चलना है, सही चलना हो रहा या ग़लत इसका ध्यान जीजा जी-जिज्जी द्वारा ऐसे रखा जाता जैसे कोई बच्चा घुटनों चलने के बाद खड़े होकर चलना सीख रहा हो। वैसे सही में ऐसा हो भी रहा था।

कभी मैदान पर पाँच हज़ार, दस हज़ार मीटर की दूरी को हँसते-हँसते नापने वाला एथलीट, एलिम्को में दो स्टील बार के सहारे दर्द को पीते हुए चलने का अभ्यास कर रहा हो तो उसकी देखभाल एक बच्चे की तरह ही होगी। एलिम्को से निकलते ही सच्चे साथियों की संख्या में दो साथियों की वृद्धि हो गयी। अब कृत्रिम पैर और छड़ी भी आजीवन सच्चे साथियों में शामिल हो गये थे। इन दो साथियों ने न केवल चलने में मदद की वरन् दाहिने पैर के एक पल को भी बंद न होने वाले बेइंतहा दर्द से दोहरे होते शरीर को संतुलित बनाये रखने में भी अपना सहयोग दिया।

ज़िन्दगी कब क्या दिखाये, कहा नहीं जा सकता है। एक पल में देखे-बुने सपने ध्वस्त हो जाते हैं। अचानक से वह स्थिति सामने खड़ी हो जाती है, जिसके बारे में कभी सोचा भी नहीं होता है। जीवन की यही अनिश्चितता व्यक्ति को यदि डराती है तो उसे आगे बढ़ने का हौसला भी देती है। उसके भीतर जिजीविषा का संचार करती है। कल क्या होगा, अगले पल क्या होगा, इसके बारे में महज़ पूर्वानुमान किया जा सकता है। अपने इसी पूर्वानुमान को सच करने के लिये वह निरन्तर प्रत्यनशील रहता है। जागती आँखों से सपनों को देखना और फिर उनको सच करने के लिए लगातार प्रयासरत रहना ही किसी भी व्यक्ति के जीवन का हिस्सा बन जाता है। ऐसे ही अनेक सपने सच करने की कोशिश में वहाँ तमाम लोगों को देखा। हमारी भी ऐसी ही कोशिश लगातार जारी है।

खट्टे-मीठे एहसास वाला साल

कभी-कभी समय भी परिस्थितियों के वशीभूत अच्छे-बुरे का खेल खेलता रहता है। अनेक मिश्रित स्मृतियों का संजाल दिल-दिमाग़ पर हावी रहता है। सुखद घटनाओं की स्मृतियाँ क्षणिक रूप में याद रहकर विस्मृत हो जाती हैं वहीं दुःखद घटनाएँ लम्बे समय तक टीस देती रहती हैं। मनुष्य का स्वभाव सुख को जितना सहेजकर रखने का होता है, सुख उतनी ही तेजी से उसके हाथ से फिसलता जाता है। इसके उलट वह दुःख से जितना भागना चाहता है, दुःख उसके भागने की रफ़्तार से कहीं तेज़ दौड़कर इन्सान को दबोच लेता है। दुःख की एक छोटी-सी मार, सुख की प्यार भरी लम्बी थपकी से कहीं अधिक तीव्र होती है। कई बार दुःखों की तीव्रता सुखों से भले ही बहुत कम हो पर इंसानी स्वभाव के चलते छोटे-छोटे दुःखों को भी बहुत बड़ा बना लिया जाता है। हाँ, कुछ दुःख ऐसे होते हैं जिनकी पीड़ा और टीस किसी भी सुख से कम नहीं होती है, नियंत्रित नहीं होती है।

वर्ष 2005 भी ऐसी ही मिश्रित अनुभूति लेकर आया। इस अनुभूति में समय ने वह खेल दिखाया जिसका असर पूरी ज़िन्दगी रहेगा, पूरी ज़िन्दगी पर रहेगा। सुखों और दुःखों के तराज़ू में दुःखों का पलड़ा इतना भारी हुआ कि ज़िन्दगी भर के सुख भी उसे हल्का नहीं कर सकेंगे। मार्च ने हमारे सिर से पिताजी का साया छीनकर इस दुनिया में अकेला खड़ा कर दिया। परिवार की अनपेक्षित ज़िम्मेवारी एकदम से कन्धे पर आ गयी। अभी अपनी ज़िम्मेवारियों का, पारिवारिक दायित्वों का ककहरा भी न सीख सके थे कि अप्रैल ने ज़िन्दगी भर के लिए हमें दूसरे पर निर्भर कर दिया। कृत्रिम पैर के सहारे, छड़ी के सहारे, किसी न किसी व्यक्ति के सहारे। यह और बात है कि आत्मविश्वास ने इन सहारों पर निर्भर रहते हुए भी इन पर निर्भर-सा महसूस न होने दिया।

दुर्घटना के बाद कानपुर में चिकित्सकीय सुविधाओं का लाभ लेते हुए अनेक तरह के अनुभव हुए। अपनों का बेगानापन दिखा, बेगानों ने ज़बरदस्त अपनापन दिखाया। केएमसी में भर्ती रहने के दौरान उरई से मिलने-देखने वालों का ताँता लगा रहा। वहाँ एक निश्चित समय बाद मरीज़ से मिलने के लिए पचास रुपये का टोकन बनता था, एक घंटे के लिए। किसी दिन रिसेप्शन पर

मिलने को लेकर, उरई से पहुँचे हमारे एक परिचित की किसी बात पर कहा-सुनी हो गयी। उन्होंने नाराज होते हुए रिसेप्सनिस्ट के सामने दस हज़ार रुपये पटकते हुए कहा कि सारे रुपयों के टोकन बना दो किन्तु किसी को मिलने से रोका न जाए।

लोगों का स्नेह हमसे मिलने मात्र को लेकर ही नहीं था। पहले दिन से लेकर वहाँ भर्ती रहने तक छब्बीस यूनिट ब्लड की आवश्यकता हमें पड़ी। पहले दिन की चार यूनिट ब्लड को छोड़ दिया जाए तो शेष ब्लड उरई से आकर लोगों ने दिया। हमने अपने सामाजिक जीवन के सामाजिक कार्यों के अपने अनुभव में स्वयं महसूस किया है कि एक-एक यूनिट ब्लड की प्राप्ति के लिए रक्तदाताओं की बड़ी समस्या आती है। लोगों का हमारे प्रति स्नेह, प्रेम, विश्वास ही कहा जायेगा कि इतनी बड़ी संख्या में फ्रेश ब्लड हमें उपलब्ध हुआ। चूँकि एक दिन में सिर्फ दो यूनिट ब्लड हमें चढ़ाया जाता था, इस कारण लोगों को रक्तदान के लिए रोकना पड़ रहा था, समझाना पड़ रहा था।

केएमसी की व्यवस्था देखने वाले एक डॉक्टर साहब प्रतिदिन सुबह-शाम हमसे मिलने आया करते थे। तमाम सारी बातों, हालचाल के साथ-साथ वे एक सवाल निश्चित रूप से रोज़ पूछते थे कि कुमारेन्द्र जी, आप उरई में करते क्या हैं, जो मिलने वालों की इतनी भीड़ आती है? उनका कहना था कि अपनी लम्बी मेडिकल सेवा में मैंने किसी को इतना फ्रेश ब्लड मिलते नहीं देखा है। ऐसा पहली बार हुआ है कि ब्लड डोनेट करने वालों को रोकना पड़ रहा है।

हम तब भी नहीं समझ सके थे कि वास्तव में हमने किया क्या है? वास्तव में हम करते क्या हैं? क्यों इतने लोग हमें देखने आ रहे हैं? क्यों इतने लोग हमें अपना रक्तदान कर बचाने आ रहे हैं? यह बात तब भी न हम ख़ुद समझ सके थे, न उन डॉक्टर साहब को समझा सके थे। न ही आज समझ सके हैं, न ही आज भी समझा सकते हैं। न कोई पद, न कोई दायित्व, न कोई नौकरी, न कोई व्यापार, न धनवान, न राजनीतिज्ञ पर नगरवासियों का, जनपदवासियों का यही अपार स्नेह हमारे लिए संजीवनी बना। इसी संजीवनी ने एक माह पहले परिवार पर आये विकट संकट में भी खड़ा रहने का साहस प्रदान किया। इसी संजीवनी ने अपनों के बेगानेपन को भुलाने में अपनी भूमिका अदा की। इसी संजीवनी ने आर्थिक समस्या में घिरे होने के बाद भी आर्थिक संबल प्रदान किया। इसी संजीवनी ने तमाम सारे दुःखों को कम करने की ताक़त दी, उनसे लड़ने का

हौसला दिया।

समय के साथ दुःख कम होते जाते हैं, उनकी टीस कम होती जाती है। दो-दो कष्टों को सहने वाले परिवार को समय कुछ मरहम लगाना चाहता था। वर्ष 2005 अपने माथे पर सिर्फ कष्टों का कलंक लगवाकर विदा नहीं होना चाहता था। तभी जाते-जाते उसने दिसम्बर में एक छोटी-सी ख़ुशी हमारे माध्यम से परिवार को दी। हम जो काम कभी भी नहीं करना चाहते थे, उसी अध्यापन-कार्य का नियुक्ति-पत्र मिला। जिस महाविद्यालय में दो-दो बार हमारी नियुक्ति को रुकवाया, रोका गया हो, उसी महाविद्यालय ने हमें अपने यहाँ अध्यापन-कार्य करने हेतु नियुक्ति-पत्र निर्गत किया। अध्यापन के प्रति किसी प्रकार की रुचि न होने के कारण हमने सिरे से इस प्रस्ताव को नकार दिया। घरवालों के अपने तर्क थे। बिना एक पैर, चलने-फिरने, बाहर बिना सहारे निकलने में हमारी असमर्थता को इसी बहाने दूर होने का बहाना बताया गया। दो-चार महीनों में अध्यापन-कार्य छोड़ देने के हमारे पिछले रिकॉर्ड के कारण भी सबने विश्वास जताया कि चन्द महीने ही करोगे इस काम को, कर लो जब तक मन लगे।

अंततः पारिवारिक तर्कों, दबावों के चलते देश की ऐतिहासिक तिथि 06 दिसम्बर को हमने भी अपनी नियुक्ति को ऐतिहासिक बना दिया। ऐतिहासिक इस रूप में कि दो बार इस अध्यापन-कार्य को छोड़ने के बाद भी अद्यतन गाँधी महाविद्यालय, उरई के हिन्दी विभाग में मानदेय प्रवक्ता के रूप में कार्यरत हैं। आगे कब तक ये सेवा होगी, पता नहीं। अभी तो वर्ष 2005 के तमाम कष्टों-दुःखों को याद करते हुए इस दायित्व का निर्वहन कर रहे हैं।

आगे बढ़ती बिटोली

अजन्मी बेटियों के लिए कुछ करने का संकल्प लेकर जब काम करना शुरू किया तो इसका एहसास था कि परेशानी आयेगी पर प्रशासनिक स्तर पर ही सहयोग नहीं मिलेगा, यह क़तई नहीं सोचा था। विशुद्ध समाजसेवा के रूप में किये जा रहे इस काम में स्वयं को सुरक्षित भी रखना था। यह तब समझ आया जब जालौन में संचालित एक नर्सिंग होम का विज्ञापन उरई में लगा देखा। नियमानुसार किसी भी तरह से अल्ट्रासाउंड के द्वारा भ्रूण लिंग-जाँच का विज्ञापन भी नहीं किया जा सकता है।

1998-99 में जिस समय यह काम शुरू किया, उस समय बहुतायत लोगों को नियमों की जानकारी नहीं थी। इस अनभिज्ञता का लाभ उठाकर सिर्फ़ बेटों की चाह रखने वाले दम्पतियों को विज्ञापनों के द्वारा आकर्षित करने का कार्य किया जा रहा था। इसी का लाभ उस नर्सिंग होम की संचालक ने उठाया, जो स्वयं चिकित्सक थी। एक छोटी-सी होर्डिंग जालौन रोड पर उस गली के मोड़ पर लगी दिखी, जिस गली में एक महिला चिकित्सक का क्लीनिक था। उस होर्डिंग को ख़ुद उतारकर उसके बारे में तत्कालीन मुख्य चिकित्साधिकारी को इसकी सूचना दी। बाद में उरई में ऐसे विज्ञापन कई जगह लगे देखे गये। कई दिन की मशक़्क़त के बाद उन विज्ञापन वाली होर्डिंग्स को हटवाया और उनकी शिकायत सीएमओ को करने के साथ-साथ मीडिया को भी कर दी। हमारे द्वारा की गयी इस कार्यवाही को कहाँ से, किसने लीक किया, ये तो पता नहीं चला मगर नर्सिंग होम की संचालक चिकित्सक द्वारा हमारे ख़िलाफ एफआईआर करवाने की, हमको जेल भिजवाने की धमकी का पता चला। आश्चर्य हुआ कि चिकित्सक होने के बाद भी सम्बंधित नर्सिंग होम की संचालिका को नियमों की जानकारी नहीं थी। वे विज्ञापन सम्बन्धी होर्डिंग हटाने को हमारा अपराध समझ धमकी देने में लगी थीं। सीएमओ कार्यालय के द्वारा ही जब उनको नियमों का संज्ञान करवाया गया तो वे उसी रफ़्तार से शांति धारण कर गईं, जिस रफ़्तार से धमकी दी थी।

इस घटना के बाद और भी कई घटनाएँ सामने आयीं, जिनमें कई बार लड़ाई-झगड़े जैसी स्थिति बनी। कुछ समय बाद जानकारी मिली कि कानपुर की

तरफ़ से एक मारुति वैन कालपी क्षेत्र में आती है। जिसमें मोबाइल अल्ट्रासाउंड मशीन के द्वारा गर्भवती महिलाओं की जाँच की जाती है। बेटी न चाहने वाले दम्पति कानपुर जाकर भ्रूण हत्या करवा आते हैं। इस पर भी कई बार सीएमओ कार्यालय में लिखकर दिया। कई बार नियमित होने वाली पीएनडीटी समिति की बैठक में भी इस मुद्दे को उठाया पर हर बार हमें ही उस मारुति वैन को पकड़ने के लिए कहकर मामले को रफा-दफा कर दिया जाता। बहुत ज़्यादा दबाव बनाये जाने पर समिति एक निर्णय सर्वसम्मति से सुना देती कि जाँच करने पर पाया गया कि कोई वैन इस तरह का कृत्य करने जनपद में नहीं आती है।

इसी तरह कालपी में ही राजेश चिकित्सालय के नाम से लिखी वॉलपेंटिंग का सबूत देने के बाद भी प्रशासन की तरफ़ से कोई कार्यवाही नहीं की गयी। उस विज्ञापन में स्पष्ट रूप से लिखा था कि वहाँ सप्ताह के दो दिनों में अल्ट्रासाउंड की सुविधा उपलब्ध है। इसके उलट सीएमओ कार्यालय में पंजीकृत अल्ट्रासाउंड सेंटर्स की सूची में राजेश चिकित्सालय का कहीं नाम भी नहीं था। नियमानुसार राजेश चिकित्सालय के संचालक पर ऐसा लिखवाने के लिए ही कार्यवाही की जानी चाहिए थी मगर कहीं कुछ न हुआ। ऐसा तब हुआ जबकि जिला प्रशासन को भी एक कार्यशाला में इस बारे में सूचित किया गया। किसी भी तरह की सहायता न मिलने पर राजेश चिकित्सालय के दो जगह लिखे विज्ञापनों को ख़ुद हमने जाकर मिटवाया।

एक बार तो लड़ाई की स्थिति बन गयी थी। जालौन-हमीरपुर की सीमा पर कदौरा में एक पान की दुकान के ऊपर एक बोर्ड लगे होने की सूचना मिली। उस बोर्ड में अल्ट्रासाउंड करवायें के अलावा कुछ भी नहीं लिखा हुआ था। न किसी डॉक्टर का नाम, न किसी नर्सिंग होम का नाम, न किसी जगह का नाम, न कोई पता, न कोई फोन नंबर। यहाँ थोड़ी जल्दबाजी हो गयी या कहें कि हमारे एक स्थानीय परिचित ने हड़बड़ी कर दी। हमने अपने वहाँ के एक परिचित से उस होर्डिंग की सत्यता जाँचने को कहा, साथ ही समझाया कि वे ख़ुद मरीज़ की तरफ़ बर्ताव करते हुए उस पान वाले से सम्बंधित लोगों की जानकारी एकत्र करने की कोशिश करें। वे महाशय मामले की गंभीरता को समझे बिना अति-उत्साह में उस जगह पहुँचे। उनका अति-उत्साह वहाँ जानकारी तो एकत्रित न कर सका बल्कि झगड़े का कारण बन बैठा। झगड़े का पता चलते ही हम अपने कुछ मित्रों सहित आनन-फ़ानन वहाँ पहुँचे। स्थानीय पुलिस को मामले की गंभीरता समझाने, नियमों की जानकारी देने पर बात आसानी से निपट गयी किन्तु एक

बड़ा सुराग़ हाथ आते-आते रह गया। यदि उस दिन झगड़ा न हुआ होता तो संभवतः अजन्मी बेटियों को मारने वाले गैंग का, उनके एजेंट का, मोबाइल वैन का, मोबाइल अल्ट्रासाउंड मशीन का भण्डाफोड़ हो गया होता।

तमाम तरह की परेशानियों के बीच काम आज भी चल रहा है। अब सरकार द्वारा इस विषय में रुचि दिखाये जाने से बहुतायत लोगों द्वारा इस ओर कार्य किया जाने लगा है। प्रशासन भी अब नियमित रूप से कार्य करने लगा है। इसके साथ ही तमाम छोटे-बड़े एनजीओ, कॉलेज, स्कूल, कार्यालय, कारखाने आदि तक अपने आपको निगाह में लाने के लिए अब इस दिशा में कार्य कर रहे हैं। सरकार के सक्रिय होने के अलावा सेलिब्रिटी के सक्रिय होने के कारण भी लोगों में इस विषय के प्रति जागरूकता आयी है। अच्छा है, बेटियों को तमाम परेशानियों के बाद भी जन्म लेने का अवसर मिलने लगा है। इसके बाद भी अभी और जागरूकता की आवश्यकता है, अभी और सजगता की जरूरत है। आख़िर जन्म लेने के बाद भी बेटियाँ कहाँ सुरक्षित रह पा रही हैं? पहले जहाँ बेटियों को जन्म लेने देने के लिए लोगों को जागरूक करना था वहीं अब बेटियों की सुरक्षा के प्रति लोगों को जागरूक करने की ज़रूरत है। बेटी को प्यार, बहू को अधिकार; आज बेटी को मारोगे, कल बहू कहाँ से लाओगे जैसे नारों के साथ बिटोली अभियान के द्वारा अपेक्षा की जा सकती है कि आने वाले समय में बेटियाँ सुरक्षित रह सकेंगी।

छपास रोग ने बना डाला ब्लॉगर

पहली बार की घटनाओं का एक मीठा-सा एहसास सभी को हो, यही सोच-कर एक ब्लॉग प्रारम्भ किया था। अब बात ब्लॉग की हो रही है तो सोचा कि क्यों न अपने पहली बार ब्लॉग पर आने के बारे में आप लोगों से बात की जाए। घर पर इंटरनेट कनेक्शन लिये लगभग पाँच माह होने को आ गये थे। अपने काम की कुछ साइट पर घूमने के साथ-साथ ऐसी साइट भी देखा करते थे जिन पर अपने लेख, कविता, कहानी आदि को भेजकर प्रकाशित करवा सकें।

किसी भी लेखक के लिए छपास रोग बहुत ही विकट रोग है। हमारे विचार से वे दिन तो हवा हो गये जब लोग स्वान्तः सुखाय के लिए लिखा करते थे। अब तो छपास रोग के कारण लिखना पड़ता है। यही छपास रोग हममें भी था पर शायद इसकी बहुत हद तक पूर्ति इस रूप में हो चुकी थी कि माँ सरस्वती और बड़ों के आशीर्वाद से उस समय से ही छपना शुरू हो गये थे जब हमें बच्चा कहा जाता था। उम्र रही होगी कोई नौ-दस वर्ष की, तबसे कागज पर छपते रहे। अब घर में इंटरनेट हो और लेखन भी होता हो तो छपास का कीड़ा दूसरे रूप में कुलबुलाया। बहुत खोजबीन की पर समझ नहीं आया कि इंटरनेट पर इस रोग का निदान कैसे हो। खोजी प्रवृत्ति ने हिन्दी खोज के दौरान यह तो दिखाया कि बहुत से लोग हिन्दी में अपने मन का विषय लिखते दिख रहे हैं पर कैसे, यह समझ से परे था।

एक दिन टीवी पर एक कार्यक्रम आ रहा था, जिस पर चर्चा हो रही थी ब्लॉग से सम्बंधित। बस, दिमाग़ ने क्लिक से इस शब्द को पकड़ा। ब्लॉग की बातें सुनी, जो ब्लॉग बनाने को लेकर तो नहीं पर किसी सेलीब्रिटी को लेकर हो रही थीं। इससे पहले अमिताभ बच्चन के ब्लॉग की बातें सुनते रहते थे सो एक दिन बिग अड्डा पर जाकर पंजीकरण करवा दिया मगर कुछ पल्ले न पड़ा था। ब्लॉग की बात सुनते ही तुरन्त कम्प्यूटर ऑन किया, गूगल पर जाकर सर्च किया Create Blog। अब एक दो हों तो समझ में भी आये, वहाँ तो ढेरों साइट। न समझ आये कि इस वेबसाइट पर बनाना है, न समझ में आये कि उस वेबसाइट पर बनाना है। दिमाग पर ज़ोर डालकर देखा तो बहुत सी साइट के एड्रेस पर या तो ब्लॉगपोस्ट लिखा मिला या फिर वर्डप्रेस। बस हिम्मत करके

ब्लॉगर पर गये और ब्लॉग बना डाला। इसके बाद वर्डप्रेस पर भी जाकर एक ब्लॉग बना डाला। नाम भी बड़ा जबरदस्त रखा रायटोक्रेट कुमारेन्द्र। ब्लॉग बनाने के बाद वर्डप्रेस पर कम लिखना हुआ। ब्लॉगर पर खूब लिखा गया, खूब सारे ब्लॉग बनाकर लिखा गया। हाल-फ़िलहाल हमारे ब्लॉग को kumarendra.blogspot.com के द्वारा पढ़ा जा सकता है।

अब दोनों जगह ब्लाग बन गये पर पोस्ट कहीं नहीं किया। दोनों जगह जाकर देखा पर हिम्मत नहीं हुई कुछ भी पोस्ट करने की। सोचा कहीं पोस्ट करने के बाद पंजीकरण की कोई शर्त न हीं डर लगा कि कहीं इसका कोई भुगतान न करना पड़े। ऐसा बहुत होता है, किसी स्टार के निशान के नीचे छिपी हुई स्थिति में। इस सम्बन्ध में और जानकारी के लिए अपने एक मित्र को फ़ोन किया, अपने भाई को फोन किया। पूरी तरह से आश्वस्ति के बाद हमने अपनी पहली पोस्ट लिखी। अब यह भी समस्या थी कि इसे अधिक से अधिक लोग पढ़ेंगे कैसे? फिर सोचा कि ये समस्या बाद की है, पहले कुछ लिख लिया जाए। तो बैठ गये लिखने, जो दिमाग में आया, अपनी पहली ब्लॉग पोस्ट के रूप में। पहली पोस्ट जो लिखी, वो यहाँ साथ में दी गयी है, आप भी ज़रूर पढ़ें।

दलित विमर्श को समझने की ज़रूरत है

साहित्य में समाज की तरह दलित-विमर्श को विशेष महत्त्व दिया जा रहा है। देखा जाए तो दलित-विमर्श को अभी भी सही अर्थों में समझा नहीं गया है। दलित-विमर्श के नाम पर कुछ भी लिख देना विमर्श नहीं है। साहित्यकार को ये विचार करना होगा कि उसके द्वारा लिखा गया सारा समाज देखता है। दलित साहित्यकार दलित-विमर्श को स्वानुभूति, सहानुभूति का नाम देकर विमर्श की वास्तविक धार को भोथरा कर रहे हैं। अपने समाज का मसीहा मानने वाले महात्मा बुद्ध को क्या वे स्वानुभूति या समानुभूति अथवा सहानुभूति के द्वारा अपना रहे हैं? महात्मा बुद्ध तो एक राजपरिवार के सदस्य थे। उन्होंने न तो दुःख देखा था न ही किसी तरह का कष्ट सहा था फिर दलितों के लिए निकली उनकी आह को दलित अपना क्यों मानते हैं? दलित-विमर्श के बारे में यदि गंभीरता से विचार नहीं किया गया तो यह अपनी धार खो देगा।

तीन देवियाँ हुईं अवतरित

छोटे भाई पिंटू ने अपनी भतीजी का नाम 'परी' उसके जन्म के पहले ही रख दिया था। हॉस्पिटल के लिए निकलती अपनी भाभी को उसकी प्यार भरी धमकी भी मिली कि यदि लड़का हुआ तो हम आपको घर नहीं लायेंगे। शाम का समय होने के कारण महिला चिकित्सालय में बहुत ज़्यादा भीड़ तो नहीं थी मगर लोग पर्याप्त संख्या में थे। छोटे भाई की ख़ुशी, उसका मिठाई बाँटना, घर-परिवार, परिचितों को फ़ोन द्वारा परी होने की सूचना देना वहाँ मौजूद सभी लोगों को आश्चर्य में डाल रहा था। क्या डॉक्टर्स, क्या नर्सेज क्या बाहर बैठे लोग, सभी को बेटी के होने पर ऐसी ख़ुशी देखकर अचम्भा ही हो रहा था।

समाज में जहाँ एक तरफ बेटी के पैदा होने पर रोना-पीटना, मातम जैसा बोझिल माहौल बन जाता है वहाँ दूसरी तरफ़ उस चिर-परिचित माहौल के उलट हम सभी लोग प्रसन्न थे। न केवल भाई ही बल्कि सभी परिजन भी ख़ूब ख़ुश थे। किसी बड़े-बुज़ुर्ग की नज़र में पहली संतान के रूप में पुत्री का जन्म होना हमें भाग्यशाली बना रहा था तो कोई इसे लक्ष्मी, सरस्वती के रूप में वरदान बता रहा था।

यह ख़ुशी अगले वर्ष उस समय दोगुनी हो गयी जबकि परी की छोटी बहिन पलक का जन्म उसी जिला महिला चिकित्सालय में हुआ जहाँ स्वयं उसका जन्म हुआ था। परी के जन्म पर समूचे परिवार के रिश्तों को नया नाम मिला था क्योंकि वह हमारे परिवार की पहली संतति थी। कोई बाबा-दादी, कोई नाना-नानी, कोई चाचा-चाची, कोई मामा-मामी, कोई बुआ, कोई फूफा, कोई मौसी, कोई दादा। पलक के जन्म पर हम ताऊ-ताई बने और परी के जन्म पर झूमते भाई-बहू (हर्षेन्द्र-राखी) बने माता-पिता। पलक का जन्म ऑपरेशन से हुआ था। मोहल्ले की चाची के स्नेहिल संरक्षण में जब यह तय हो गया कि सामान्य प्रसव नहीं हो पायेगा तो स्वभाव से अत्यंत मधुर, मृदुभाषी, मिलनसार और हमारे प्रति विशेष सदिच्छा रखने वाली महिला सीएमएस डॉ0 जैन सूचना पाते ही तत्काल आयीं। वे ऑपरेशन थियेटर में तब तक रहीं जब तक कि प्रसव-प्रक्रिया पूर्णतः सफल, सुरक्षित संपन्न न हो गयी। ऑपरेशन थियेटर से बाहर निकलने पर उनके शब्दों; 'कुमारेन्द्र जी, आपका कन्या भ्रूण हत्या निवारण कार्यक्रम सफल रहा,

पुत्री का जन्म हुआ है' ने हमें उत्साहित कर दिया।

हम दोनों भाइयों की पहली संतान पुत्री रूप में हमको, परिवार को सौभाग्य देने आ चुकी थी। पलक के जन्म पर वही ख़ुशी, वही मिष्ठान्न वितरण, घर लौटकर वही आतिशबाजी जो परी के जन्म पर हुई थी। चंद वर्षों के इंतज़ार के बाद सबसे छोटे भाई मिंटू (देवेन्द्र सिंह सेंगर) और बहू (रश्मि) को भाग्यशाली होने का गौरव मिला। परी, पलक की छोटी बहिन पारुल ने जन्म लिया। दोनों बड़ी बहिनों की तरह पारुल का जन्म भी ज़िला महिला चिकित्सालय में ही हुआ था। वहाँ के स्थायी स्टाफ के लिए यह आश्चर्य का विषय था कि एक परिवार में तीसरी बेटी के जन्म के बाद भी किसी आम परिवार जैसा रोना-पीटना नहीं हो रहा था। उरई में जन्म से निवास करने के कारण, मामा-मामी के ज़िला चिकित्सालय से सम्बन्धित होने के कारण और फिर हमारे कन्या भ्रूण-हत्या निवारण कार्यक्रम के सञ्चालन के कारण चिकित्सालय स्टाफ परिचित था।

तीनों बेटियों के जन्म पर एक विशेष बात जो हमने ग़ौर की वो ये कि परी के जन्म पर वहाँ के तृतीय-चतुर्थ श्रेणी कर्मचारी नज़राना जैसा कुछ भी माँगने से हिचक रहे थे, उसका कारण था पुत्री का जन्म होना। इसके बाद भी हम लोगों की तरफ़ से ख़ुशी-ख़ुशी उनकी अपेक्षा से अधिक उनको दिया गया। कुछ इसी तरह की हिचक पलक के जन्म के समय भी देखने को मिली थी। उनकी हिचकिचाहट के बाद भी उन सभी की ख़ुशी का ध्यान रखा गया। दो बेटियों के होने पर यह स्टाफ हम सबकी मानसिकता, चरित्र से परिचित हो चुका था ऐसे में पारुल के होने पर उन सबने ख़ुशी-ख़ुशी स्वेच्छा से अपनी माँग को सामने रखा। ज़िला चिकित्सालय में कार्यरत हमारे एक मित्र ने कहा कि बहुत कम देखने को मिलता है ऐसा परिवारों में। इस कारण आपकी ख़ुशी में हम सब भी शामिल होकर नज़राना लेने की हिम्मत कर पा रहे हैं।

यह बेटियों के प्रति सकारात्मक सोच का सुखद परिणाम है कि हम तीनों भाइयों की पहली संतति बेटी है। अक्षयांशी, दिव्यांशी, अन्वितांशी रूप में तीन देवियाँ हमारे घर-परिवार को ख़ुशहाल बनाये हुए हैं।

कुमारी इंदिरा से बात करनी है

सुबह-सुबह मोबाइल ने बजना शुरू किया। ग़ुस्सा बहुत आया। रात को सोचकर सोये थे कि देर तक सोयेंगे पर कमबख़्त मोबाइल। मन मारकर कॉल रिसीव की और आँखें बंद किये-किये ही हाय-हैलो बोल दिया। हैलो बोलते ही तेज़ ग़ुस्सा भी आया साथ ही नरमी भी दिखायी आवाज़ में क्योंकि दूसरी तरफ़ से एक महिला स्वर उभरकर कान में मिश्री घोल रहा था। दूसरी तरफ़ वाले ने जो नाम पुकारा, वह हमारे घर में तो क्या दूर-दूर तक न तो रिश्तेदारी-नातेदारी में था और न ही पास-पड़ोस में।

यह सोचकर कि ग़लत नम्बर लगा दिया है, मोहतरमा से हमने पूछा किसको नम्बर लगाया है? कौन सा नंबर लगाया है? जवाब में हमें हमारा ही नम्बर बताया गया। हमने फिर सवाल उछाला, किसने दिया? अबकी जो जवाब मिला उससे स्पष्ट हो गया कि उन मैडम जी को बात हमसे ही करनी है। दरअसल हम कुछ दोस्त मिलकर एक एसोसिएशन बनाये हैं और लोगों को उससे जोड़ने का काम चल रहा है। पी-एच0डी0 होल्डर्स एसोसिएशन नामक एसोसिएशन में विशेष रूप से पी-एच0डी0 वालों को ही जोड़ा जा रहा है। उसी से जुड़ने के लिए उस तरफ़ से फ़ोन था।

उन महिला से हमने नितांत शालीनता से कहा कि ये नम्बर तो हमारा है पर इस नाम का यहाँ कोई नहीं है। जब उन्होंने हमारे दोस्त का नाम दोहराते हुए कहा कि फलाँ श्रीमान् ने कहा था कि आप जिससे बात करेंगी उसका नाम कुमारी इंदिरा है और उससे बात करके आपको एसोसिएशन के बारे में पूरी जानकारी मिल जायेगी। यदि आप कहते हैं कि इस नम्बर पर इस नाम का कोई नहीं है तो हम आपको डिस्टर्ब करने के लिए आपसे सॉरी बोलते हैं।

इतनी देर में नींद तो ग़ायब ही हो गयी और हमारी समझ में पूरी बात आ गयी। बात समझते ही ज़ोर की हँसी आयी किन्तु अपनी हँसी को रोककर कहा बताइए क्या जानकारी चाहिए? हम वही बोल रहे हैं जिनका नाम आपको फलाँ श्रीमान् ने बताया है। अबकी चकराने की बारी सामने वाले की थी क्योंकि उस तरफ ख़ामोशी छा गयी। हम समझ गये कि उस तरफ़ नाम को लेकर संशय उभर आया है। हमने तब उनको समझाया कि आपको जिस व्यक्ति से बात करनी है वो

हम ही हैं, बस नाम के उच्चारण को लेकर कुछ गड़बड़ हो गयी है। हम ही वो कुमारेन्द्र हैं जिससे आपको बात करनी थी और आप परेशान न हों क्योंकि आप सही व्यक्ति से बात कर रहीं हैं। जब उन मैडम जी को असलियत बतायी तो वे भी खिलखिला पड़ीं।

हो सकता है कि ये सब पढ़कर आप सब भी संशय में आ गए हों। आपको शायद अंदाज़ा न हो कि वे मोहतरमा किससे बात करना चाहती थीं? वो बात करना चाहती थीं कुमारी इन्दिरा से। उन्होंने अच्छे भले कुमारेन्द्र को संधि-विच्छेद करके कुमारी इन्दिरा बना दिया था। अक्सर हमारे नाम को लेकर ऐसा होता रहा है। कभी नादानी में तो क़भी प्यार में तो कभी चुहल में। हमारा एक मित्र है संदीप, वैसे तो वह हमें कुमारेन्द्र ही बुलाता है पर जब कभी अपने मूड में होता है तो कुम्मू बुलाता है। हमारे इन्हीं दोस्त के रिश्ते के एक भाई हैं, उनको मालूम है कि हमारा नाम कुमारेन्द्र है पर वे आज भी हमें रामेन्द्र बुलाते हैं और सुनने वाला भी समझ जाता है कि बात हमारी हो रही है।

कॉलेज के दौरान हमारा एक साथी था, उसने भी हमारे नाम के अलग-अलग हिस्से करके एक अलग ही नाम बना दिया था। उस समय कॉलेज का लड़कपन, चुहलबाजी ही काम करती थी। उसने हमारे नाम को चार हिस्सों में बाँट दिया था - कुमार, इन्द्र, सिंह, सेंगर। इसके बाद इसको अंग्रेजी के शार्टफार्म में बनाकर पुकारता था, किस (KISS) - कुमार का K, इन्द्र का I, सिंह का S, सेंगर का S।

इसी तरह और भी कई तरह से लोग उच्चारण में ग़लती करके नाम के कई रूप बनाते रहे हैं पर मोबाइल से बात करने वाली उन मैडम जी ने जो नाम दिया उसने तो हमें भी घुमा दिया था।

हत्यारा अनुशासन

हँसते-खेलते-कूदते कब हाईस्कूल पास कर लिया, पता ही नहीं चला। बोर्ड परीक्षाओं का हौवा भी हम मित्रों को डरा न सका था। हाईस्कूल की परीक्षाओं की समाप्ति को हँसते-खेलते-कूदते इसलिए कहा क्योंकि किसी भी विषय की परीक्षा समाप्त होते ही तय हो जाता था कि कितनी देर में खेल के मैदान पर पहुँचना है, कहाँ खेलने पहुँचना है। उस समय दयानंद वैदिक महाविद्यालय और सनातन धर्म इंटर कॉलेज के मैदानों पर खेलने वालों का जमावड़ा लगता था। बस ये तय हो जाता कि कहाँ पहुँचना है, क्या खेलना है।

हाईस्कूल परीक्षा पास कर लेने की ख़ुशी के साथ इसकी भी ख़ुशी थी कि अब विषय-विशेषज्ञ बनने का मौक़ा मिलेगा। जी हाँ, उस समय यह अपने आपमें किसी विशेषज्ञ से कम नहीं था हम लोगों के लिए कि अब आगे की पढ़ाई विज्ञान वर्ग, कला वर्ग या वाणिज्य वर्ग से होनी है। ये भी उस समय आपस में विमर्श का विषय बना हुआ था हम दोस्तों के बीच कि विज्ञान विषय की पढ़ाई के लिए कौन गणित का चयन करेगा और कौन जीव विज्ञान की तरफ़ जायेगा। ऐसा होने, करने के पीछे भी हम लोगों के अपने तर्क रहते थे।

हम सभी मित्रों ने हाईस्कूल में विज्ञान-वर्ग ले रखा था। इस कारण सभी दोस्तों के बीच सहज रूप से ये स्वीकारोक्ति थी और सहमति भी थी कि हम सभी विज्ञान विषय से ही आगे की पढ़ाई करेंगे। इसी सम्भावना और शत-प्रतिशत सहमति के बीच कुछ अचंभित करने जैसा भी हुआ। नये सत्र में कॉलेज खुला। सभी मिले, एक-दूसरे के विषयों की जानकारी का आदान-प्रदान हुआ। कोई गणित विषय का चयन कर चुका था, किसी ने जीवविज्ञान को चुना था। हम सभी दोस्तों को ये जानकर आश्चर्य हुआ कि हमारे बीच के ही एक होनहार मित्र राजीव त्रिपाठी ने कला-वर्ग में एडमीशन ले लिया था। गर्मियों की पूरी छुट्टियों में लगभग रोज़ ही उससे मुलाकात होती थी मगर उसने कभी न तो इसका ज़िक्र किया और न ही अपनी किसी बात से हम लोगों को आभास होने दिया कि वह विज्ञान-वर्ग को छोड़कर कला-वर्ग से आगे की पढ़ाई करेगा। व्यक्तिगत हमारे लिए आश्चर्य इसलिए भी था क्योंकि वह बचपन से हमारा मित्र था और उसकी तीव्र इच्छा इंजीनियर बनने की थी। अकेले में उसे कई-कई दिन समझाने,

कुदेरने के बाद उसने बताया कि उसके पिताजी की इच्छा उसे प्रशासनिक अधिकारी बनाने की है। उन्होंने ही उसके विषय निर्धारित करके उनके सहारे ही आगे पढ़ने को कहा है। हँसने-मज़ाक़ करने वाला, सीधा-सादा, हँसमुख हमारा मित्र राजीव, अपने पिता की इच्छा के दबाव में उदास और गुमसुम रहने लगा।

उसके पिता का सख्त अनुशासन हम बचपन से ही देख रहे थे। किसी भी दोस्त का उसके घर जाना लगभग न के बराबर होता था। उसका भी बहुत कम किसी दोस्त के घर जाना होता था। बाहर खेलने की अनुमति भी उसको बहुत कम मिलती थी। यदि कभी उससे मिलने के लिये उसके घर जाना भी होता तो वह अपने कमरे की सड़क पर खुलने वाली खिड़की से बात करता। हम लोग सड़क पर और वह घर के अन्दर से। ऐसे में भी वह अपने पिता की आहट होते ही हम लोगों को वहाँ से जाने को कहकर खिड़की बंद कर लेता।

समय बीतता रहा। पिता के सख्त अनुशासन और सिविल सेवा में जाने की ज़िद जैसी सनक में राजीव सिविल सेवा में तो चयनित न हो सका किन्तु अपना दिमाग़ी संतुलन अवश्य खो बैठा। परास्नातक कर लेने के बाद उसे अपने सिविल सेवा में चयनित होने का भ्रम हो गया। हम मित्रों से मिलने पर उसमें कभी सामान्य राजीव नज़र आता तो कभी उस सीधे-सादे मासूम-से राजीव की जगह कोई घनघोर सख्त प्रशासनिक अधिकारी दिखायी देने लगता। उसकी बातचीत, उसके हावभाव, उसका अंदाज़ सबकुछ अलहदा लगता। धीरे-धीरे उसकी स्थिति और ख़राब होती गयी। कभी कॉलेज के कार्यक्रम में उसके द्वारा की गई उठापटक की ख़बर सुनायी देती, कभी उसके द्वारा उरई में कई लोगों संग मारपीट किये जाने की घटनाएँ सामने आने लगीं। आये दिन, दिन हो या रात, सूट-बूट में तैयार होकर किसी मीटिंग, बैठक, दौरे के नाम पर उरई की सड़कों पर उसका भटकना आम बात हो गयी थी।

एक दिन खबर मिली कि राजीव को किसी दूसरे शहर में किसी मनोरोग चिकित्सालय में भर्ती करा दिया गया है। उसके बाद की उड़ती-उड़ती अनेक ख़बरों के बीच पुष्ट किन्तु अत्यन्त दुःखद खबर मिली राजीव के देहान्त की। आघात-सा लगा, असमय अपने दोस्त का जाना खला। न केवल एक प्रतिभा का क्षरण होना बल्कि एक मासूम व्यक्तित्व का शांत हो जाना व्यथित कर गया। लगा कि उसके पिता का अनुशासन उसका हत्यारा निकला। न सिर्फ़ उसका हत्यारा बल्कि उसके बड़े दो भाइयों का भी। उसके पिता का अनुशासन इसलिए

भी हत्यारा था क्योंकि उनकी प्रशासनिक अधिकारी बनाने की सनक के चलते राजीव के दो भाइयों ने आत्महत्या कर ली थी। इससे संदर्भित एक घटना अन्दर तक हिला देती है, जब उनके शादीशुदा एक बेटे ने उरई से कहीं दूर, अपने नौकरी करने वाले शहर में आत्महत्या कर ली थी। ऐसे में भी उनके हत्यारे अनुशासन से डरी उनकी पुत्रवधू उनको फ़ोन करके अनुमति माँगती है, अपने दिवंगत पति के कार्यालय के सहकर्मियों संग अपने पति की पार्थिव देह तक जाने की।

उफ़! अनुशासन का अपना महत्त्व है किन्तु उसे हत्यारा तो न बनाया जाए।

तेरी आवाज़ तो दिल में बसी है

दोपहर का समय था, यही कोई दो-तीन बजे के आसपास का। मोबाइल की घंटी के साथ अनजाना नंबर डिस्प्ले पर दिखायी दिया। कॉल रिसीव करते ही उधर से नितांत अनौपचारिक लहज़े में, सामान्य से हावभाव के साथ सवाल दागा गया, कुमारेन्द्र बोल रहे हो? हाँ कहने के बाद भी आवाज़ में किसी तरह का कोई बदलाव नहीं हुआ। क्या कर रहे हो? शादी हो गई? कितने बच्चे हैं? घर में और कौन-कौन है? साइंस छोड़कर आर्ट्स में क्यों आ गये? साइंस वाली कोई मिली नहीं क्या? पुरानी वाली कहाँ है? जैसे लगभग दस-पंद्रह सवालों को ऐसे पूछा गया जैसे हमसे कोई पूछताछ की जा रही हो।

हम भी बहुत सहजता से हर सवाल का नपा-तुला जवाब दिये जा रहे थे। किसी तरह की कोई झुँझलाहट नहीं, किसी तरह का कोई प्रतिरोध नहीं। दो-तीन सवालों के बाद पता नहीं क्यों, दिल से एक परिचित-सा एहसास होने लगा था। दिल में इक लहर सी उठी है अभी जैसी स्थिति साफ़-साफ़ समझ आ रही थी। इतने सवालों के बाद भी हमारी तरफ़ से कोई अपेक्षित-सी प्रतिक्रिया न देख अगले ने इस बार ज़रा कड़क स्वर लाते हुए पूछा क्यों, इतनी देर से सवाल पूछते जा रहे हैं, तुमने पूछा भी नहीं कि कौन बोल रहे हो?

'अबे आलोक नाथ बोल रहे हो'? हमने अपने उसी एक-डेढ़ दशक पुराने अंदाज़ में जवाब दिया। बस इतना कहना था कि सामने वाले की सारी कड़क ग़ायब हो गयी। साफ़ समझ आया कि उसका गला रुँध गया है, आवाज़ में कम्पन बढ़ गयी।

'अबे यार, इतने साल बाद भी कैसे पहचान लिया तुमने?'

'ओये आलोक, तुम्हारी आवाज़ सिर्फ कान तक नहीं रही, दिल में बसी है, इसलिए एक-दो सवालों के साथ ही तुमको पहचान लिया था।'

इसके बाद उसकी आवाज़ में खनक आ गयी। हमारे हॉस्टल के एक अन्य साथी राजेश भाटिया से उसको हमारा नंबर मिला था। संभवतः आलोक की मंशा हमको आश्चर्य में डालने की रही होगी या फिर कुछ डराने जैसी कि कौन है जो जानकारी ले रहा है, पूछताछ कर रहा है।

बहरहाल, 1993 में कॉलेज छोड़ने के अगले साल ही आलोक से मिलना हुआ था उसके बाद न मिलना न कोई बातचीत। इसके बाद भी 2010 में उसको महज़ आवाज़ से पहचान लेने पर किसी को भी आश्चर्यचकित होना ही पड़ेगा। दिल से दिल के जुड़े तार बरसों बाद भी खनकते हैं; संबंधों में आत्मीयता हो तो सालों बाद भी उसकी महक समाप्त नहीं होती है; रिश्तों में अपनापन हो तो बिना देखे भी एक-दूसरे की उपस्थिति महसूस होती है। इसे हमने कई बार महसूस किया है, उस दिन ये बात और पुख्ता रूप में सिद्ध हो गयी।

हाय दइया! जो तिरंगा नईंयाँ

सम्पूर्ण देश की तरह उरई में भी अन्ना के स्वर से स्वर मिलाकर नगरवासी अपनी भूमिका का निर्वाह कर रहे थे। अनशन समाप्ति वाले दिन भी सभी के चेहरे पर एक प्रकार की ख़ुशी, एक अलग तरह का उत्साह देखने को मिल रहा था। क्या बच्चे, क्या जवान और क्या बुज़ुर्ग, सभी अपनी ही धुन में मस्त थे। उरई में लगातार बारह दिनों से चल रहे अनशन, धरने के समाप्त होने के समय गाँधी चबूतरे पर सभी उत्साहीजन एकत्र होकर आगे की रणनीति पर विचार करने के साथ-साथ एक दूसरे को बधाइयाँ दे रहे थे, मुँह मीठा करवा रहे थे।

उत्साह में तिरंगा आसमान को छू रहा था। बच्चे भी अपनी लम्बाई से दो-चार गुने लम्बे झण्डे लेकर उत्साह में झूम रहे थे। चार बच्चे ऐसे थे जो पहले दिन से ही बराबर धरनास्थल पर रहते थे और पूरे जोश के साथ अपनी उपस्थिति को दर्ज़ करवाते थे। उनकी उम्र में सम्भवतः बच्चों को पता ही नहीं होता है कि धरना क्या है, अनशन क्यों किया जाता है, भ्रष्टाचार क्या है, अन्ना और सरकार के बीच का टकराव क्या है फिर भी वे चारों बच्चे अपने पूर्ण भोलेपन के साथ हमारे आन्दोलन का हिस्सा बनते।

उनकी मासूमियत का दृश्य इस आन्दोलन के अन्तिम दिन दिखा। ख़ुशी से झूमते लोगों के साथ, नाचते-थिरकते बच्चों के साथ उछलती-कूदती बच्ची एकाएक चिल्ला पड़ती है, हाय दइया! हम लोगों ने घबराकर, चौंककर उसकी तरफ़ देखा। उसकी पूरी बात को सुनकर एकदम से हँसी छूट गयी। वो बच्ची अपने हाथ में पकड़ा हुआ झण्डा एकदम छोड़कर चिल्लाई, हाय दइया! जो तो कांग्रेस को झण्डा है, जो तिरंगा नईंयाँ।

दरअसल उसके हाथ में जो तिरंगा था, उसमें सफ़ेद पट्टी में अशोक-चक्र नहीं बना हुआ था और उस मासूम को तो यही पता था कि जिस तिरंगे की सफ़ेद पट्टी में नीला अशोक-चक्र बना हो वही तिरंगा ध्वज है। उसको समझाकर उसके हाथों में उस तिरंगे को थमाया और वह बच्ची भी बात को समझकर पुनः उसी जोश में भारत माता की जय, इंक़लाब ज़िन्दाबाद करने में अपने साथियों के साथ लग गयी। इधर हम मित्र इस बात पर विचार करने लगे कि यदि बच्चों में राजनैतिक दलों के प्रति इस तरह की भावना है तो अब वाक़ई देश में राजनैतिक सुधारों की आवश्यकता है; घनघोर आवश्यकता है। लोकतांत्रिक देश में यह एक

तरह की असफलता ही है कि आज़ादी का एक लम्बा समय गुजर जाने के बाद भी राजनैतिक सुधारों की अपेक्षा है। सत्ताधारी व्यवस्था, राजनैतिक दलों, सामाजिक व्यक्तियों ने भी सम्भवतः अपनी भूमिका का सही निर्वहन नहीं किया है। आशा की जा सकती है कि ऐसी जन-जागरूकता से शायद कुछ सुधार हों।

ग़ुब्बारे के फूटने में दिखती बच्चे की हँसी

उसका कुछ भी नाम हो सकता है, कोई भी जाति हो सकती है, कोई भी धर्म हो सकता है। असल में भूख का कोई नाम नहीं होता, मजबूरी की कोई जाति नहीं होती, समस्याओं का कोई धर्म नहीं होता। नाम, जाति, धर्म का ओढ़ना ओढ़े हुए वह बच्चा, शहर को एक तरफ़ से दूसरी तरफ़ नापने में लगा हुआ था। उस जैसे और भी बच्चे हो सकते है। हो सकते हैं क्या, ऐसे बहुत से बच्चे हैं जो अपना बचपन भूलकर पेट की आग शान्त करने का जुगाड़ करने में लगे हैं। वह भी ऐसे अनेकानेक बच्चों के बीच का एक बच्चा था। उसकी तरफ़ से ग़ुब्बारे बेचने का मन को छूने वाला आग्रह हुआ। हमारे एक पल की देरी से आने वाले जवाब के अन्तराल के साथ ही घर जाने की उसकी आतुरता दिखायी दी। किसी भी बच्चे का पेट की आग बुझाने को काम करते देखना अपने आपमें दुःखद होता है। इसके बाद भी यदि किसी बच्चे द्वारा कोई हल्का-फुल्का काम करते देखते हैं तो अपने आपमें इसका सुकून मिलता है कि कम से कम वो भीख तो नहीं माँग रहा, किसी की जेब तो नहीं काट रहा, कहीं चोरी-चकारी तो नहीं कर रहा है।

ग़ुब्बारे लेने के आग्रह के समय रात का आठ बजने को आया था। हलकी-सी सर्दी के बीच उस बच्चे को अभी लगभग पाँच-छह किमी दूर अपने गाँव जाना था। उसका ग़ुब्बारे लेने का आग्रह स्वीकार किया तो उसके चेहरे पर मुस्कान खिल उठी। इस सहमति के साथ जैसे ही उसकी एक फोटो खींचने की अनुमति उससे माँगी तो उरई शहर के पास के एक गाँव का निवासी, उसी गाँव के विद्यालय में कक्षा छह का विद्यार्थी, वह बच्चा अपनी फोटो लिये जाने की बात से चहक उठा। एक पल को भूल गया कि उसने ग़ुब्बारे लेने का आग्रह किया था। दो फोटो खींच सके कि उसकी ख़ुशी पर पेट की आग फिर हावी हो गयी। पेट की आग कहाँ कुछ भूलने देती है। उसकी एक पल की ख़ुशी के पीछे प्रश्नवाचक शब्द निकले। भूख ने उसके अन्दर सन्देह पैदा किया कि कहीं बिना ग़ुब्बारे लिये ही बस फोटो खींचकर ये भाग न जाए। ग़ुब्बारे के धीमे से निकले उसके स्वर को अपनी सहमति के द्वारा आश्वस्त किया तो उसके चेहरे पर फिर से मुस्कान तैर गई।

फोटो खींचने के बाद मोबाइल अपनी जेब के हवाले किया। ग़ुब्बारों के

लेने और पैसों के देने के बीच उसने अपने बारे में बताया। विद्यालय जाना और फिर लौटकर ग़ुब्बारे लेकर उरई आ जाना। दिनभर में कोई पैंतीस-चालीस ग़ुब्बारे बेचने के बाद रात को गाँव वापस पहुँचकर कुछ लिख-पढ़ लेना। कक्षा छह के विद्यार्थी को अनुशासित रूप में विद्यालय-परिवार, अध्ययन-व्यवसाय, घर-बाज़ार के साथ तालमेल बनाये देखना अपने आपमें अचरज में डाल गया। एकबारगी मन में आया कि इसकी मदद कुछ पैसे देकर की जाए फिर लगा कि जो बच्चा ख़ुद को कहीं न कहीं भीख माँगने से अलग रखे हुए है, उसे धन की मदद भिक्षावृत्ति को प्रेरित तो नहीं कर देगी। साथ ही लगा कि जो बच्चा पूरे अनुशासित रूप में अपना संतुलन बनाकर आगे बढ़ रहा है, कहीं उसकी ख़ुद्दारी, उसकी राह में व्यवधान उत्पन्न तो नहीं करेगा।

इस दो-चार मिनट की उलझन के बाद जितना संभव हो सकता था, ग़ुब्बारे लिये। गाड़ी-सामान के साथ हाथों की सीमित संख्या ने भी ग़ुब्बारों की ख़रीद पर अंकुश लगाया। बच्चा अपनी अतुलित प्रसन्नता के साथ ग़ुब्बारे तोड़-तोड़ देता जा रहा था और हम उनको सँभालने में लगे हुए थे। बाज़ार से घर तक की यात्रा में कुछ ग़ुब्बारे नवदुर्गा के पावन अवसर पर सजी देवी माँ की झाँकियाँ देख लौट रहे बच्चों में बँट गये तो कुछ ग़ुब्बारे भीड़ की, हवा की चपेट में आकर फूट गये। फट-फट की आवाज़ लोगों में क्या सन्देश दे रही होगी ये तो पता नहीं पर हमें कहीं न कहीं उस ध्वनि में बच्चे की हँसी सुनाई दे रही थी। घर पहुँचने के बाद घर के बच्चे भी चहक-चहककर बचे हुए कुछ ग़ुब्बारों को फोड़ने-उड़ाने में लग गये।

आभासी दुनिया का प्यार भरा एहसास

आँखों में चुम्बकीय आकर्षण, चेहरे पर मासूमियत का सौन्दर्य समेटे, वह फ्रेंडरिक्वेस्ट के सहारे दोस्तों के दायरे में शामिल हुई। सोशल मीडिया की इस आभासी दुनिया में सभी लोग वास्तविक दुनिया से ही आते हैं, वे चाहें अपने वास्तविक रूप में आपसे संपर्क रखते हों या फिर किसी नकली प्रोफाइल से। बहरहाल, एक आकर्षित करने वाले सौन्दर्य-बोध के साथ उसकी उपस्थिति बराबर सोशल मीडिया पर रहती थी। एक-दूसरे की पोस्ट पर टिप्पणियाँ करने, किसी पोस्ट पर तर्क-वितर्क करने से आरम्भ हुआ आभासी बातचीत का सिलसिला सार्वजनिकता से उतरकर इनबॉक्स तक आ गया।

राजनैतिक, सामाजिक, पारिवारिक, सांस्कृतिक विषयों सहित अनेक विषयों पर समय-समय पर चर्चा होती। इन सबके बीच एक अनाम-सा, अबूझ सा रिश्ता उसके साथ बनते दिखने लगा। यूँ तो आभासी दुनिया में अनेक लोग इस तरह से अपनत्व की डोर में बँधे हैं, जिनसे कभी मिलना नहीं हुआ मगर ऐसा लगता है जैसे बरसों से जान-पहचान हो। कुछ ऐसा ही उसके साथ था। मिलना कभी हुआ नहीं, एक शहर के वासी नहीं, सोशल मीडिया के अलावा कभी, कहीं देखा भी नहीं पर रिश्ते की आत्मीयता बरसों-बरस पुरानी महसूस होती।

शहरों की दूरियाँ बनी रहीं, सोशल मीडिया का आभासीपन शनैः-शनैः बढ़ता-सा लगा। मिलने की उत्कंठा बढ़ती तो मिलने का वादा भी किया जाता पर सबकुछ फिर उसी आभासी दुनिया के इर्द-गिर्द केन्द्रित होकर रह जाता। इसे शायद इत्तेफ़ाक़ ही कहा जायेगा कि सोशल मीडिया के बहुत सारे लोगों से अनेक अवसरों पर मिलना होता रहा। किसी से हम जाकर मिले, कोई हमसे आकर मिला। किसी ने हमें अपने घर बुलाया, कोई हमारे घर तक चलकर आया। मिलने-जुलने की इस प्रक्रिया के बाद भी उससे मिलना न हो सका। आभासी दुनिया की वह मित्र, वह मित्रता आज भी वहीं स्थित है जहाँ से आरम्भ हुई थी।

सामाजिकता के नाते, वैचारिकता के चलते, बहुत आगे तक, बहुत दूर तक चलने, साथ देने की बात हुई मगर वैचारिक रूप से आगे बढ़ने के बाद भी एहसास होता है कि आगे बढ़ना हो ही नहीं सका। समय के साथ-साथ इस

वैचारिक यात्रा ने कभी शिथिलता पकड़ी तो कभी गति भी पकड़ी। भौतिक रूप से अभी तक आमने-सामने बैठकर बातचीत नहीं हुई, एक-दूसरे को देखा भी नहीं और पता नहीं उस रहस्यमयी सत्ता ने यह सम्मिलन कब, कैसे, कहाँ निर्धारित कर रखा है। निर्धारित कर भी रखा है या नहीं, यह भी नहीं पता।

फ़िलहाल तो आभासी दुनिया ने बहुत से मित्र दिये; सहयोग करने वाले, प्यार करने वाले, मदद करने वाले, अपना समझने वाले, विश्वास करने वाले। वह भी उनमें से एक है। क्या ये आवश्यक है कि आप सब उसे उसके नाम से ही पहचानें? क्या आवश्यक है कि उसका नाम ज़ाहिर किया ही जाए?

गुरु-कृपा से यहाँ तक आ गये हम

व्यक्ति के शैक्षणिक विकास में उसके माता-पिता, गुरुजनों का विशेष आशीर्वाद रहता है। माँ सरस्वती की अनुकम्पा हमारे ऊपर ऐसी रही कि शिक्षा-प्राप्ति के किसी भी चरण में समस्या का सामना नहीं करना पड़ा। अपने लम्बे सामाजिक और अध्यापन सम्बन्धी अनुभव में देखने को मिला कि शोध-कार्य में शोधार्थियों को अनेकानेक समस्याओं, विपरीत परिस्थितियों का सामना करना पड़ता है। इसे हमारे ऊपर बड़ों का, गुरुजनों का आशीर्वाद ही कहा जायेगा कि एक नहीं दो-दो पी-एच0डी0 करने पर भी एक पल को परेशानियों, समस्याओं का सामना नहीं करना पड़ा।

हम कुछ और विचार किये थे अपने लिए पर समय ने हमारे लिए कुछ और ही तय कर रखा था। 1998 में हिन्दी साहित्य में एम0ए0 की एक और डिग्री अपने नाम के साथ जोड़ ली। अगले ही वर्ष गुरुकृपा से 'वृन्दावन लाल वर्मा के उपन्यासों में अभिव्यक्त सौन्दर्य का अनुशीलन' विषय पर शोध-कार्य की रूपरेखा तैयार मिली। इसके साथ ही आदेश मिला, उसको तुरंत विश्वविद्यालय में पंजीकृत करवाने का। हम जिस क्षेत्र में जाने से लगातार बच रहे थे, समय हमें उसी तरफ धकेलने में लगा था। पितातुल्य ब्रजेश अंकल और हिन्दी के प्रकाण्ड विद्वान डॉ0 दुर्गाप्रसाद श्रीवास्तव के विशेष स्नेह से इतनी छूट मिल गयी कि अपनी प्रतियोगी परीक्षाओं की तैयारी से जब समय मिले, तब शोध-कार्य पूरा कर लिया जाये।

समय ने करवट बदली और सन 2002 में यूजीसी की तरफ से 31 दिसम्बर 2002 तक अपनी थीसिस जमा करने वालों को नेट से छूट देने सम्बन्धी संशोधन पारित हुआ। न चाहते हुए भी शुभेच्छुओं के आदेश पर शोध-कार्य में जुटना पड़ा। इस बीच एक व्यक्तिगत समस्या के चलते शोध-कार्य को बंद कर दिया मगर समय ने जो निर्धारित कर दिया था, उसे टालना हमारे लिए संभव न हो सका। सभी के आशीर्वाद, अपनी मेहनत के बाद अंततः नियत समय-सीमा में शोध-प्रबंध (थीसिस) बुन्देलखण्ड विश्वविद्यालय, झाँसी में जमा हो गयी। वर्ष 2004 में अपने नाम के आगे डॉ0 लगाने की कामना पूरी हुई। प्रसन्नता इस बात की थी कि अपने जिन विद्वान गुरुजी के निर्देशन में पी-एच0डी0 पूरी की, वे स्वयं दो विषयों में डी-लिट्0 किये थे, हिन्दी साहित्य और

भाषा विज्ञान में। इसके साथ ही यह भी गौरव प्राप्त हुआ कि जिस दीक्षांत समारोह में हमें पी-एच0डी0 डिग्री प्राप्त हुई, उसमें हम सभी को राष्ट्रपति कलाम साहब का आशीर्वाद मिला।

ख़ुशी के इन क्षणों में एक दुःख अन्दर ही अन्दर सालता रहा कि जिन पितातुल्य पूज्य ब्रजेश अंकल ने हमारी पी-एच0डी0 का आधार निर्मित किया, वे हमारे साथ ख़ुशी बाँटने की स्थिति में नहीं थे। पैरालाइसिस के घातक हमले से ख़ुद को उबारकर वे स्वास्थ्य लाभ कर रहे थे। कुछ भी कहने में असमर्थ उन्होंने अपने हाथों, अपनी भाव-भंगिमा से सदैव की तरह हमें आशीर्वाद दिया और हमारी सफलता पर ख़ुशी प्रकट की।

इसे समयबद्ध पी-एच0डी0 का सुफल कहा जायेगा कि दिसम्बर 2005 में हमें गाँधी महाविद्यालय, उरई में मानदेय प्रवक्ता के रूप में अध्यापन कार्य करने का अवसर मिला। यद्यपि आदतन दो बार अध्यापन नौकरी को छोड़ने के बाद भी इसने हमें नहीं छोड़ा। गुरुवर डॉ0 दिनेश चन्द्र द्विवेदी के स्नेहिल आदेश पर पुनः-पुनः वापस लौटना पड़ा।

यद्यपि नाम के आगे डॉ0 लगाने की तमन्ना पूरी हो चुकी थी तथापि मन में अर्थशास्त्र में शोधकार्य करने का जो बीजारोपण वर्ष 1995 में हुआ था, उसके अंकुरित होने का समय आ गया था। इसे भी किसी शिष्य के लिए गौरवानुभूति का क्षण माना जाना चाहिये कि उसे शिक्षा देने वाला गुरु स्वयं उसको अपने निर्देशन में शोधकार्य करवाने को प्रकट हो जाए। इसे अपने आपमें परमशक्ति से भी बड़ा आशीर्वाद कहा जायेगा जो उस दिन डॉ0 शरद जी श्रीवास्तव और बड़े भाई समान डॉ0 परमात्मा शरण गुप्ता ने घर आकर हमें दिया।

अर्थशास्त्र से परास्नातक करने के बाद हमारी विशेष इच्छा थी शरद सर के निर्देशन में पी-एच0डी0 करने की। तब कतिपय कारण से हमारी यह इच्छा पूरी न हो सकी थी। अब जबकि वे स्वयं घर आये, तो हमने भी पूरी तत्परता दिखाते हुए उनके प्रथम शोधार्थी के रूप में बुन्देलखण्ड विश्वविद्यालय, झाँसी में अपना पंजीकरण करवा लिया। बुन्देलखण्ड क्षेत्र के प्रति कार्य करने के विशेष लगाव के चलते, 'जनपद जालौन में कृषि-पद्धति के मूल्यांकन' को अर्थशास्त्र शोधकार्य का विषय चुना। सामाजिक-पारिवारिक ज़िम्मेवारियों, अध्यापन सम्बन्धी कार्यों के बीच समय निकालकर शोध-कार्य के नियत पाँच वर्ष के अंतिम वर्ष में अर्थशास्त्र में भी थीसिस जमा कर दी। कालान्तर में तमाम औपचारिकताओं की

समाप्ति पश्चात् एक और डॉक्टरेट उपाधि प्राप्त हुई।

हमारी दोनों पी-एच0डी0 को सफलतम रूप से अंतिम पायदान तक पहुँचाने में विश्वविद्यालय में कार्यरत हमारे मित्र डॉ0 राजीव सेंगर श्रीकृष्ण की भाँति सदैव सारथी की मुद्रा में नजर आये। किसी भी तरह की समस्या पर वे उसी सहजता से हमारा शोध-कार्य सम्पन्नता की ओर ले गये जैसे कि कुरुक्षेत्र में श्रीकृष्ण अर्जुन के रथ को शत्रु सेना के बीच से निकालकर विजय की ओर ले जाते थे। अर्थशास्त्र की पी-एच0डी0 में छोटे भाई हर्षेन्द्र ने विशेष रूप से मेहनत की।

तमाम प्रमाण-पत्रों, अंक-पत्रों से भरी फाइल में एक और उपाधि शामिल हो गयी। उपाधियों का परिवार बढ़ गया मगर उसका योगदान किस रूप में बढ़ेगा, ये देखना है।

प्रतिद्वंद्विता ज़िन्दगी के साथ

चाहकर भी अपने स्वभाव में कभी गंभीरता नहीं ला सके। 'जो पल अभी है, वही ज़िन्दगी है' का फ़लसफ़ा अपनाते हुए अपनी जीवन-यात्रा पर आगे बढ़ते रहे। इसका अर्थ ये नहीं कि हमारे द्वारा किसी कार्य को करने में, ज़िम्मेवारी का निर्वहन करने में, अपने उद्देश्य को पूरा करने में किसी तरह की कोताही दिखायी जाती है। यह सब पूरी लगन और निष्ठा के साथ किया जाता है पर हँसी-मज़ाक़ के साथ, माहौल को हल्का-फुल्का बनाते हुए। पता नहीं क्यों गंभीर मुद्रा, हाव-भाव का लबादा ओढ़े, चेहरे पर जान-बूझकर कठोरता चढ़ाये, होंठों को इतनी बुरी तरह कसे कि मुस्कान धोखे से भी न फिसल जाए ऐसे लोग कभी नहीं सुहाए। ऐसी गंभीरता वाली मुद्रा को कभी भी वरीयता नहीं दी और अपनी ज़िन्दगी का वर्तमान पूरी मौज-मस्ती के साथ जीते रहे।

हमने ज़िन्दगी को जितना गंभीरतारहित होकर, अल्हड़ता से, मौज-मस्ती के अंदाज़ में जीना चाहा, ज़िन्दगी उतनी ही गंभीरता से हमारा परीक्षण करती रही। कह सकते हैं कि हम उसके प्रति गंभीर नहीं रहे और वह भी हमारे प्रति गंभीर नहीं रही। हम दोनों एक-दूसरे के साथ खेलते रहे, एक-दूसरे के होकर भी एक-दूसरे के प्रतिद्वंद्वी बने रहे। यह प्रतिद्वंद्विता पढ़ाई में, सामाजिक जीवन में, पारिवारिक जीवन में, रोजगार में, अपने उद्देश्यों में बराबर देखने को मिलती रही।

यही कारण है कि शिक्षा की नींव किसी और विषय से भरी गयी और उस पर इमारत किसी और विषय की बन गयी। जब अवसर आया उसे सजाने का तो रंग-रोगन किसी और विषय का हो गया। विज्ञान स्नातक के दौरान ही सिविल सेवा में जाने का कीड़ा कुलबुलाया। इससे पहले कि यह कीड़ा पूरी तरह से काट पाता, एमबीए और एमसीए के चुनाव में लोगों की सलाह के बीच झूलते रहे। व्यवसाय प्रबंधन और कंप्यूटर के चयन के बीच स्नातक के बाद परास्नातक में प्रवेश लेने की यात्रा कब अंग्रेजी से राजनीति विज्ञान, राजनीति विज्ञान से अर्थशास्त्र में पहुँचकर थमी, पता नहीं चला। इधर-उधर हाथ-पैर मारे जाते रहे। कतिपय कारण ऐसे बने कि एमबीए की तरफ़ तो बढ़ ही न सके, इन्हीं कारणों से पत्रकारिता का कोर्स भी छोड़ना पड़ा।

पता नहीं उरई हमारे भीतर बसा था या उरई को हमारी आवश्यकता थी। न हम यहाँ से निकल पाये और न उसने हमें यहाँ से जाने दिया। ऐसा इसलिए, क्योंकि ग्वालियर स्नातक के लिए जाने के बाद भी उरई वापस आना हुआ। उसके बाद दो बार नौकरी एवं अन्य कार्यों के चलते बाहर जाना पड़ा किन्तु चन्द दिनों बाद ही ख़ुद को उरई में ही पाया।

इस जाने-आने के क्रम में, डिग्रियाँ बटोरने के क्रम में, चार विषय से परास्नातक हो गये, कई जगह के साक्षात्कार हो गये, नौकरी करते-छोड़ते रहे, पत्रकारिता में भी हाथ-पैर चलाते रहे, लेखन में जुटे रहे। इन सबके बीच सिविल सेवा का कीड़ा कुलबुलाने के साथ काटने भी लगा। उरई के अल्प-संसाधनों के बीच अपनी जगह तलाशते हुए उस तरफ़ बढ़ लिये। तैयारी जितनी आगे बढ़ती, तमाम सामग्री की अनुपलब्धता में वापस धकेल देती। समस्याओं और परेशानियों को महसूस तो कर पा रहे थे किन्तु उनका समाधान हम ख़ुद निकाल पाने में असमर्थ लग रहे रहे थे। कभी ख़ुद को आर्थिक आधार की तलाश में खड़ा पाते तो कभी इसे समय की बर्बादी समझ फिर से अपनी तैयारी में घुस जाते। आर्थिक आधार की अनुपलब्धता ने ज़िन्दगी के उन सारे सपनों पर भी अंकुश लगा रखा था, जिसे एक युवा दिल देखता है, सजाता है। ज़िन्दगी के लिए, ज़िन्दगी से बड़े सपने सजाये जाते मगर उन्हें धरालत पर उतारने से पहले जब वास्तविकता की कसौटी पर कसते तो सारे सपने बिखर जाते।

बिखरे सपनों के साथ ख़ामोशी से, ऊहापोह की इस अवस्था में ख़ुद को ख़ुद के लिए खड़ा करना था। हम चाह कुछ रहे थे पर समय हमसे कुछ और चाह रहा था। हम ज़िन्दगी को आज में जीने की चाहत लिये कल का सपना बुन रहे थे और ज़िन्दगी हमें आज ही हमारी हक़ीक़त दिखाकर हमारे सपनों को बस सपना बनाने पर तुली थी। सिविल सेवा के अलावा किसी और नौकरी के लिए सोचा ही नहीं। ऐसे में जब लगने लगा कि हमारा इसके लिए चयन हो पाना मुश्किल है तो जो लक्ष्य सोचा था, उसकी तरफ़ दूसरे रास्ते से बढ़ने का विचार किया। जीवन का अंतिम लक्ष्य राजनीति को बना रखा था। सिविल सेवा एक तरह का वो अनुभव प्राप्त करना था, जिसके आधार पर राजनीति में काम करना और आसान हो जाता।

अब, जबकि सिविल सेवा का विचार लगभग त्याज्य-सा हो गया, तो सामाजिक कार्यों को पूरी वरीयता के साथ समय देना आरम्भ किया। हालाँकि सामाजिक कार्यों में हमारी ख़ुद की सहभागिता सन् 1996 से ही होने लगी थी

तथापि तब यह शौकिया कार्य के लिए, स्वानुभूति के लिए, आत्म-संतुष्टि के लिए किया जा रहा था। अब सबकुछ भूल, सबकुछ छोड़, सामाजिक कार्यों में ख़ुद को लगा दिया। कन्या भ्रूण-हत्या निवारण कार्यक्रम का आरम्भ कर दिया। ख़ूब काम किया जाता, जनपद जालौन भर में भागदौड़ की जाती। एकमात्र कार्य कन्या भ्रूण-हत्या निवारण कार्यक्रम किया जा रहा था। सामाजिक कार्यों का सञ्चालन विशुद्ध सामाजिक सेवा की दृष्टि से किया जा रहा था। इसके द्वारा न तो धन कमाने की चाह थी, न समाजसेवा को रोजगार में बदलने की मंशा थी। इस कारण सामाजिक कार्यों के साथ ख़ुद को आर्थिक स्तर पर खड़ा करने का प्रयास भी होता रहता।

मनपसंद काम पूरे मन से हो रहा था, लोगों का आशीर्वाद मिल रहा था, काम करने की संतुष्टि मिल रही थी। उसी समय समय ने फिर करवट ली। ज़िन्दगी फिर प्रतिद्वंद्वी बनकर सामने आ गयी। दो पैरों से स्वतंत्र रूप से चलती ज़िन्दगी, कृत्रिम आधार के सहारे आगे बढ़ने लगी। भागदौड़ में अंकुश लग गया। कार्य की तीव्रता में अवरोध आ गया। जनपद और जनपद के बाहर की सीमाओं को नापते क़दम ठहर से गये मगर आत्मविश्वास कम न हुआ, कार्य-क्षमता प्रभावित नहीं हुई, उद्देश्यों से डिगना नहीं हुआ।

बदलाव बहुत बड़ा हुआ मगर हमारा स्वभाव न बदला। गंभीरता अभी भी न आयी। हँसी-मज़ाक़ अभी भी अपनी उसी अवस्था में है। ज़िन्दगी का फ़लसफ़ा अभी भी वही है। ज़िन्दगी और हम आज भी, अभी भी एक-दूसरे को जाँचने में लगे हैं, एक-दूसरे से प्रतिद्वंद्विता करने में लगे हैं। देखिये, आगे होता क्या है? जीत-हार का समीकरण क्या होता है?

वो प्यार तो आज भी दिल में है

प्रेम को लेकर लोगों के कांसेप्ट बड़े ही विचित्र हैं। उसमें भी पहले प्यार को लेकर और भी ग़ज़ब धारणाएँ बनी हुई हैं। प्यार एक बार ही होता है, पहले प्यार के बाद प्यार होता ही नहीं, पहला प्यार ही आख़िरी प्यार होता है वग़ैरह-वग़ैरह। प्रेम को लेकर इतनी रूढ़िवादी सोच अपनी कभी नहीं रही। हमेशा से मानना रहा है कि यदि व्यक्ति ज़िन्दादिल है, ख़ुशमिज़ाज है, सकारात्मक सोच वाला है तो उसे सदैव प्यार होगा, सबसे प्यार होगा।

हमने भी सबसे प्यार किया, कई-कई से प्यार किया, हर उम्र में प्यार किया। ये और बात है कि वर्तमान सोच के चलते प्यार का अंजाम विवाह नहीं बना। इसके चलते ये भी तो नहीं कहा जा सकता कि प्यार असफल रहा। आख़िर प्रेम के सफल, असफल होने का पैमाना क्या है? क्या सिर्फ विवाह ही किसी प्रेम की सफलता है? यदि यही अंतिम सत्य है तो वाक़ई हमारा प्रत्येक प्रेम असफल कहा जायेगा। लगातार असफलता के बाद भी हम प्रेम करते रहे या कहें कि हमसे भी प्रेम करने वाले मिलते रहे। (इसे 'मिलती रहीं' भी पढ़ा जा सकता है।)

कुछ ऐसा ही उन दिनों हुआ जबकि हम प्रेम की कई-कई सीढ़ियाँ अकेले चढ़ते हुए अपने कैरियर की इमारत बनाने की कोशिश कर रहे थे। जिस तरह हम अपने प्रेम को समाज की परिभाषा के अनुसार सफलता की मंज़िल तक नहीं पहुँचा पा रहे थे, उसी तरह कैरियर की इमारत बनने की स्थिति में नहीं दिख रही थी। इस ओर से उस ओर तक हर स्थिति हमारे ऊपर असफल होने का ठप्पा लगाने को आतुर थी।

उन्हीं विषम दिनों में उससे लगभग रोज़ ही सामान्य-सी औपचारिक मुलाक़ात हो जाती थी। सामान्य सी बातचीत, सामान्य-सा हँसी-मज़ाक़ मुलाक़ात के चन्द दिन ही गुज़रे होंगे कि एक दिन उसने समाचार-पत्र में लिपटी एक डायरी देते हुए उसमें अपने बारे में कुछ लिखने को कहा। आग्रह जैसा कुछ नहीं, निवेदन जैसा कुछ नहीं, प्यार जैसा भी नहीं कह सकते मगर दोस्ती जैसा भी समझ नहीं आया। कुछ अधिकार-सा समझ आया उसके कहने में, उसके कुछ बताने में। डायरी अब उसके हाथों से गुज़रती हुई हमारे हाथों में थी। दो-चार

दिन इसी सोच-विचार में गुजर गये कि कुछ लिखने को आखिर हम ही क्यों? और यदि हम ही तो फिर लिखा क्या जाए? लिखने का अर्थ कुछ और न समझा जाए। बहरहाल, जो मन में था, जो दिल में था, लिखा। समय गुज़रता रहा, बातें गुज़रती रहीं, मुलाक़ातें गुज़रती रहीं। इसे आरम्भ कहा जा सकता था किन्तु अपनी वास्तविकता को जानते-समझते हुए दिल को धड़कने से रोके रखा गया।

समय गुज़रता रहा, मुलाक़ातें होती रहीं, बातचीत चलती रही। आँखों ने आँखों से भले ही कुछ कहा हो मगर कुछ बन्धन रहे जिन्होंने शब्दों को आज़ाद न होने दिया। ऐसी स्थिति में भी अपने सामने उसको ख़ुद में सिमटते देखा। अपने सामने उसे खुलकर बिखरते देखा। अपने सामने हमारे लिए उसे निश्चिन्त देखा। अपने सामने हमारे लिए उसे चिंतित देखा। अपने लिए प्यार का उमड़ना देखा। अपने लिए उसके होंठों पर मुस्कराहट भी देखी। अपने लिए उसकी आँखों का नम होना भी देखा। यह सब तभी हो पाता है जबकि दिल की गहराइयों में किसी को बसा लिया जाए। इसे भले ही प्यार का नाम दे दिया जाए मगर कई बार लगता है कि यह प्यार से अधिक विश्वास का भाव होता है।

ऐसे ही विश्वास या कि प्यार का सिमटना देखा। क़दम-क़दम आगे बढ़ते-बढ़ते क़दमों को क़दम-क़दम पीछे होते देखा। भावनाओं को शब्दों में बदलने से रुकते देखा। एहसासों का आभास होने के बाद भी उनको स्वीकार न करते देखा। सबकुछ कहने के बाद भी ख़ामोशियों भरा मौन का मंज़र देखा। मजबूरियाँ दोनों तरफ़ से थीं जो स्पष्ट रूप से सामने दिख रहीं थीं। उसके सामने सामाजिक बन्धन जैसी स्थिति थी या कुछ और पता नहीं पर हमारे सामने कैरियर बनाने जैसी स्थिति खड़ी थी। अपना अस्थिर आर्थिक आधार स्थिर करने की स्थिति खड़ी थी।

इसी बढ़ते-सिमटते में उसका चले जाना हुआ। वर्षों गुज़र गए, वो आज भी दिल में है। इस छोर पर सबकुछ है, उस छोर पर क्या है, कितना है, पता नहीं। फिर वही बात कि आधुनिक मानकों पर प्रेम असफल रहा। एक और प्रेम कहानी हमारी नज़र में पूर्ण पवित्र रही भले ही समाज की नज़र से अधूरी रह गयी हो।

अपने दिल की कह के रहेंगे

नई दिल्ली के विकासशील समाज अध्ययन केन्द्र (सीएसडीएस) से जुड़ना नब्बे के दशक के अंतिम वर्षों में डॉ0 आदित्य कुमार के कारण हुआ। इस संस्था द्वारा कराये जाते चुनाव सर्वे में बुन्देलखण्ड टीम का हिस्सा बनने का अवसर कई बार मिला। अपनी तरफ़ से पूरी ईमानदारी और निष्ठा-भाव से कार्य को सदैव सपन्न करते रहे। सन 2004 में सीएसडीएस द्वारा एशियाई बैरोमीटर निर्धारण करने वाली टीम में उत्तर प्रदेश की तरफ से शामिल होने का मौक़ा मिला। इसकी तैयारियों से संदर्भित दो दर्ज़न राज्यों के सदस्यों की एक कार्यशाला नोएडा में आयोजित हुई, जिसमें शामिल होने का अवसर मिला। वहाँ क्या, कैसे हालात बने; क्या कुछ सीएसडीएस को हमारे बारे में बताया-सुनाया गया कि हमारे ख़िलाफ़ मौखिक निर्देश निर्गत किया गया टीम से बाहर किये जाने का। ऐसा सब हुआ बिना हमारा पक्ष सुने। यदि यह शान्ति से स्वीकार कर लिया जाता तो कहीं न कहीं अपनी उस गलती को स्वीकारना था जो न तो हमने की और न ही हमें बतायी गयी। इसी सन्दर्भ में निम्न पत्र सीएसडीएस को भेजा गया। जिसके बाद अगली वर्कशॉप में ससम्मान बुलाये जाने जैसा क़दम सीएसडीएस द्वारा उठाया गया।

श्रीमान जी,
नववर्ष की हार्दिक शुभकामनाएँ
आशा एवं विश्वास है कि 'अब' आप लोग 'ज़्यादा' प्रसन्न होंगे।

वैसे नववर्ष पर एशियाई बैरोमीटर का निर्धारण करने वाली स्वप्निल सीएसडीएस टीम के बेदखल सदस्य का 'पत्र' पाकर आप लोगों की खीझ भरी औचक प्रतिक्रिया तो मन में उभरी ही होगी। चलिए समय की बर्बादी न करते हुए सीधे मुद्दे पर आया जाए, (वैसे भी आप लोगों के पास समय की ही कमी है।) वो यह कि किसी भी निर्णय को ख़ामोशी से स्वीकार लेना, उसमें छिपे दोषों की स्वीकार्यता को बढ़ाता है वहीं सही समय पर किसी निर्णय पर ओढ़ी गयी ख़ामोशी को तोड़ना बुद्धिमत्ता का परिचायक तो कहा ही जा सकता है। हमारे ऊपर निर्णय लेने में समूची सीएसडीएस टीम लग जायेगी, यह कभी सोचा भी नहीं था किन्तु निर्णय लेने की अतिशय जल्दबाजी और अत्यधिक अहंभाव ने

आप लोगों को कुछ महत्त्वपूर्ण पलों से वंचित कर दिया। हालाँकि बेदखल करने का हमारा उदाहरण देकर आपने कुछ हित अवश्य ही साधने का प्रयास किया है किन्तु बहुत कुछ आप लोगों ने खो भी दिया है। क्या खोया है यह आप लोग सोचिए।

कुछ बातें हम तक छनकर पहुँचीं और कुछ सीधे पहुँचीं। तो सार निकला कि 'ऑफ़ द रिकॉर्ड' बातों को रिकॉर्ड करने में आपके कथित सहयोगियों का जवाब नहीं। क्या कुछ हमने कहा, क्या कुछ आपके भेदियों ने सुना और क्या कुछ आपके कानों को सुनाया गया, पता नहीं पर परिणाम यह कि 'कुमारेन्द्र इस सर्वे में काम नहीं करेंगे' के रूप में सामने आया। यहीं आकर सवाल खड़ा होता है कि आगे कौन काम करना चाहेगा? आप लोगों की अपने बारे में सोच अच्छी होगी (होनी भी चाहिए) पर कभी यह सोचा है कि इस अच्छी सोच का कारण क्या है? हम जैसे तमाम investigators जो आप लोगों की तरह एसी में बैठकर नीति निर्धारण का काम नहीं करते हैं; बातों के बताशे नहीं फोड़ते हैं।

आपकी ओर से बात आयी कि हमने आपकी (सीएसडीएस की) पॉलिसी पर सवाल उठाये हैं। क्या आप लोगों को अपनी पॉलिसी निर्विवाद लगती है? आप लोग खुद कहेंगे 'नहीं' फिर अपने दोषों का ठीकरा औरों के सिर क्यों फोड़ा जाता है? नॉएडा वर्कशॉप में तो किसी तरह की चर्चा ही नहीं हुई थी (होती भी तो खुलकर होती क्योंकि अपनी आदत चुग़ली करना नहीं है, जो कहते हैं खुलकर कहते हैं, सभी के सामने कहते हैं। यह तो आप प्रश्नावली पर चर्चा के दौरान देख ही चुके हैं।) पर अब जब यह आरोप लग ही गया है तो थोड़ा खुलकर दौर चले तभी सही मज़ा है।

1- पहली बात तो यह कि आप लोग अपने सच्चे हितैषी लोगों को भूलने की परम्परा का निर्वाह करते हैं। यह बात तो सिंह साहब आप स्वीकारेंगे क्योंकि आपको हर बार 'फ्रेशर' ही चाहिए होते हैं। इसके अलावा स्व0 प्रदीप जी तो याद होंगे ही आपको, जिनके देहान्त के बाद आयोजित कार्यशाला में दो शब्द भी सीएसडीएस की ओर से नहीं निकल सके थे। (पता नहीं प्रदीप जी अब आप लोगों की स्मृति में हैं भी या नहीं?)

2- बात जब फ्रेशर की आयी तो आपको बताते चलें कि आपको 'काम करने वालों' की ज़रूरत है न कि सहयोगियों की। जैसे किसी इमारत को बनाने में

मज़दूरों की अहमियत सामान ढोने तक है, किसी भी तरह की सही-ग़लत परिभाषा देना उसकी सीमा में नहीं आता है। इसके उलट सहयोगियों द्वारा प्रत्येक दोष को दूर करने का प्रयास होता रहता है। (पता नहीं आप कब इस तथ्य-सत्य को समझेंगे?)

3- पॉलिसी मेकर्स को सबसे बुरा तब लगता है, जब उसकी पॉलिसी पर ही सवाल खड़े होने लगें। सीएसडीएस को समूचे विश्व के सामने खड़ा करने की ललक में कुछ कमियों को नज़रअंदाज़ किया जा सकता था किन्तु जब बात purity और surity की हो और 'बैरोमीटर' का निर्धारण हो तो किसी भी तरह की हीलाहवाली नहीं होनी चाहिए। इसके बदले हमारे सिंह साहब कहते हैं कि पिछले सर्वे को भूल जाइए, फ्रेशर की जरूरत है। क्या यह सही पॉलिसी है? सोचिएगा, ग़लती कौन बतायेगा? विश्व समुदाय के सामने ग़लत डाटा के साथ सिर ऊँचा करेंगे या सिर ऊँचा रखने को रिजल्ट (मनमाफिक) पहले से ही तैयार रहता है?

4- आपका एशियाई बैरोमीटर का प्रोजेक्ट पिछले कई वर्षों से मात्र धन के अभाव में रुका पड़ा था (जैसा कि आपका कहना था)। सोचने वाली बात है कि इतने बड़े सर्वे में ख़र्च हो रहे करोड़ों रुपयों के बाद शुद्धता और शत-प्रतिशतता को सिद्ध करने के लिये आप लोग investigators के क्षेत्र में री-सर्वे करवाने की बात करते हैं। क्या यह investigators पर अविश्वास नहीं? और आप ग़लत आँकड़े (किसी भी कारण से) लेकर विश्व समुदाय के सामने जायेंगे तो क्या कोई आप लोगों को re-check करने वाला वहाँ होगा? नहीं होगा न!! (विश्वास या मजबूरी या धन की अधिकता)

5- धन देने वाली बड़ी-बड़ी फण्डिंग एजेंसीज को अपने धन को खपाने वाला कोई माध्यम चाहिए और उस माध्यम के ऊपर एक प्रकार का विश्वास। आप लोग investigators के लिए न तो बड़ी फण्डिंग कर पाते हैं और न ही उन पर विश्वास कर पाते हैं और न ही उन्हें सुरक्षा ही दे पाते हैं। क्या यह स्थिति महज कामगार मज़दूरों के साथ लागू नहीं होती?

6- जहाँ तक investigators की सुरक्षा का प्रश्न है तो वह केवल अपनी ही सुरक्षा-व्यवस्था के सहारे क्षेत्र में जाता है। किसी भी तरह की institutional सुरक्षा के बिना क्षेत्र में उतरकर अलग-अलग व्यक्तियों से बात करना आसान तो

नहीं। आप लोग कहते हैं कि आपने भी सम्वेदनशील विषयों पर सम्वेदनशील जगहों पर सवालों को उठाया है पर क्या उनकी भाषा-शैली और शब्दावली उतनी ही 'सरल' (पता नहीं कितनी सरल) रहती है जितनी कि आपके सर्वे की आपकी प्रश्नावलियों की होती है?

7- आगे बात आती है आप लोगों की नीति-निर्धारण को लेकर दिये गये कोरे आश्वासनों की। प्रथमतः तो आइडेंटिटी कार्ड और investigators की सुरक्षा को लेकर बात करना बंद करें (वैसे भी इस पर अधिक चर्चा न होकर बैग और उसकी क्वालिटी पर चर्चा होती है)। इस बार का आइडेंटिटी कार्ड ज़बरदस्त आश्वासनों के बाद भी थर्ड क्लास ही कहा जायेगा (किसी की निगाह में और गिरावट हो तो पता नहीं)। वह भी छपे हुए हस्ताक्षरों वाला, जिसकी कोई भी क़ीमत नहीं। तब investigators की सुरक्षा?

8- यह तो आप भली-भाँति जानते होंगे कि किसी भी सर्वे एजेंसी को अपने कार्यकर्ताओं को फील्ड में भेजने के पूर्व उनका बीमा करवाना आवश्यक हो गया है। आप लोग इस प्रकार का रिस्क लेना नहीं चाहते और investigators भी पता नहीं क्यों ख़ामोश है? या तो उसे पता नहीं या वह किसी पर्सनल रिलेशन के कारण सर्वे कर रहा है। क्या यह बिंदु आपकी पॉलिसी का खोखला हिस्सा नहीं है?

9- क्या कभी सोचा है कि एक investigators जो लड़का, लड़की कुछ भी हो, मात्र एक-दो हज़ार के मानदेय के लिए फील्ड में रिस्क लेने को तैयार होता है या और कोई कारण होता है? आप लोगों की संस्था की साख (credit) समूचे देश और विश्व (बैरोमीटर के निर्धारण के बाद) के सामने बढ़ाने वाला investigator उसी तरह क्षेत्र में भागदौड़ करता गौरवान्वित (झूठे ही) होता रहता है और आप लोग एसी का मजा लूटते हैं। क्या यह सब अच्छी पॉलिसी की निशानी है?

10- आपकी सच्ची पॉलिसी का निर्धारण तो हमें हटाने के बाद ही हो गया। आप लोगों की भृकुटि तनी थी, उत्तर प्रदेश की टीम में किसी लड़की के न होने से। (आप लोग महिलाओं को प्राथमिकता क्यों देते हैं, पता नहीं।) पर हमें निकाले जाने के बाद क्या आप लोगों को लड़कियाँ मिल गयीं? सिंह साहब कहते हैं कि जो इस बार नॉएडा वर्कशॉप को ज्वाइन नहीं कर रहे हैं, वह इस सर्वे

में काम नहीं करेंगे। हमारे स्थान पर किसी नॉएडा वर्कशॉप वाले को ही जोड़ा गया? (कोई जवाब नहीं आपके पास क्योंकि आपकी पॉलिसी ही लाजवाब है।)

11- कहिये, इतना पर्याप्त है या और गिनायें आपकी पॉलिसी की उपलब्धियाँ क्योंकि हम तो काफ़ी समय से आप लोगों के लिए काम कर रहे हैं (साथ काम नहीं कर रहे)। आप लोगों को तो ख़ुशी होनी चाहिए थी कि आप लोगों के साथ पुरानी टीम है, (सिंह साहब, क्या कभी आपने अपने स्थान पर किसी फ्रेशर की बात सोची या आप ही सन् 60 में सर्वे कर रहे थे और अब 'मात्र' आप ही वर्कशॉप में प्रश्नावली पर चर्चा कर रहे हैं। हमेशा ख़ुद को ही फ्रेशर बनाते रहेंगे?) जो अपने अनुभवों से आपके डाटा को और अधिक सत्य के पास ले जा रही है। (क्या इसमें भी कुछ ख़तरा है आपकी प्रतिष्ठा को? शायद!!)

12- डाटा की सत्यता की बात शायद आप लोग करते हैं (परिणाम की सत्यता तो पहले से आपके कंप्यूटर में फीड है) किन्तु चाहते नहीं हैं क्योंकि इससे असली सत्यता ज़ाहिर हो जायेगी। यही कारण है कि प्रश्नावली के प्रश्नों का रूप किस कदर उलझाऊ और क्लिष्ट होता है जो पढ़े-लिखे लोगों की समझ में तो आता नहीं (आपकी समझ में आता है? नहीं न!!) अनपढ़ गाँव वालों की समझ में क्या आता होगा? अब आप इसी क्लिष्टता को लेकर लोकतंत्र और सुरक्षा पर चर्चा कर रहे हैं। प्रश्नों के सरल रूप में तो मुँहफट भोला ग्रामीण सही बात कहकर आपके परिणामों में उथल-पुथल पैदा भी कर सकता है। (क्लिष्ट सवालों में ऐसा डर आपको नहीं है।)

13- प्रश्नावली पर हम चर्चा बाद में करेंगे, उस पर भी बहुत कुछ है कहने को। (वैसे श्री वी0बी0 सिंह साहब हमारे द्वारा इसके भुक्तभोगी हैं क्योंकि हम तो भोजनावकाश और टी ब्रेक में भी उनको नहीं छोड़ते थे) अभी पॉलिसी पर ही बात हो तो अच्छा है, क्यों ठीक है न?

14- आप लोग आइडेंटिटी कार्ड पर से investigator, researcher शब्द अगली बार हटवा दीजिएगा क्योंकि investigator वही होता है जो कुछ investigate करे, कुछ खोज सके। आपकी प्रश्नावली और एक संकुचित दायरे में कोई व्यक्ति कुछ खोज नहीं कर सकता है तो investigator या researcher का कोई तात्पर्य ही नहीं। वह तो आपके लिए डाटा मात्र एकत्र करता है तो वह हुआ डाटा कलेक्टर। तो आगे से प्रश्नावली, परिचय-पत्र पर

शोधार्थी, investigator, researcher के स्थान पर डाटा collector, आँकड़ा-संग्राहक जैसे शब्द छपे हों तो व्यक्ति को अपनी 'असली औक़ात' पता रहेगी। (हमारी तरह किसी टीम का researcher होने के मुग़ालते में, धोखे में नहीं रहेगा।)

15- पॉलिसी को लेकर एक बात अब आपके सीएसडीएस नई दिल्ली के किसी सदस्य की जानकारी के अनुसार कि समूचे देश का व्यक्ति पेन्सिल से उत्तरों पर गोले बनाता है पर दिल्ली टीम के लड़के पेन से गोले बनाते हैं या निशान (कुछ भी) लगाते हैं। यह किस पॉलिसी के तहत है? इसके अलावा जब आप वर्कशॉप में किसी की बात को अहमियत नहीं देते तो वर्कशॉप की आवश्यकता क्या है? (कहीं यह भी फंडिंग एजेंसी के धन को खपाने का एक रास्ता तो नहीं?)

16- अंतिम किन्तु अंत यहाँ भी नहीं कि आप लोग जिस मानसिकता के तहत कार्य करते हैं वहाँ डाटा कुछ भी हो पर परिणाम वही होगा जो आप लोग चाहते हैं। आपकी फंडिंग एजेंसी चाहती है। इसके पीछे का कारण ये है कि शिवसेना और भाजपा के लोग 'जय श्रीराम' बोलकर दंगा कर सकते हैं, हुल्लड़ करवा सकते हैं किन्तु आपके मुस्लिम भाई (कथित अल्पसंख्यक) अल्लाहो-अकबर बोलकर शान्ति का पैग़ाम ही लाते हैं। मात्र एक-दो दिनों के कथित विरोध के बाद जनसंख्या के आँकड़ों को सरकार बदल सकती है तो किसी प्राइवेट सर्वे संस्था की (आपकी भी) इतनी हिम्मत नहीं कि सही रुख (लाभकारी रुख) के विरुद्ध चल सकें।

कहने, बताने को बहुत कुछ है किन्तु एक बार में ही कह दिया तो आप लोगों का हाज़मा ख़राब हो जायेगा क्योंकि आप लोगों की पाचन क्षमता अच्छी नहीं है (उदाहरण तो हम देख ही चुके हैं)। आगे आने वाला समय हम और आपको पुनः मिलवायेगा, यह हमारा विश्वास है। रही बात आपके re-check करवाने की तो स्टेटिस्टिक्स के विद्यार्थी, अनेक सर्वे कर चुके एक व्यक्ति और पत्रकारिता से जुड़े सामान्य जागरूक नागरिक का 'उद्घोष' कहें, 'चैलेन्ज' कहें कि किसी भी स्थिति में इस तरह की प्रश्नावलियों के सवालों को re-check कोई भी नहीं कर सकता है (भाषा-शैली सरल अधिक जो है)। और respondent और उसके background data से सम्बन्धित सवाल द्वितीयक आँकड़ों की श्रेणी में आते हैं (लिंग, शिक्षा, व्यवसाय को छोड़कर)

और द्वितीयक आँकड़ों का ग़लत होना सांख्यिकी के अनुसार भारी ग़लती नहीं है। (वैसे यह तो आप भी जानते होंगे) फिर आप लोग भी क्या re-check *करेंगे?*

आप लोगों की समय की कमी के बाद भी इतना सब लिख दिया। आगे से समय निकालकर रखिएगा क्योंकि अभी आपको और सारे पत्रों का सामना करना होगा। वैसे आप तो जवाब देंगे नहीं क्योंकि हमें निकालने की 'हिम्मत' तो सीएसडीएस टीम ने कर ली पर लिखित में कोई सूचना प्रेषित करने की 'ताकत' न जुटा सके। यदि अब ताकत आ जाए तो पत्र अवश्य डालिएगा, क्योंकि आगे के लिए भी कुछ न कुछ प्राप्त होता रहेगा। वैसे कहा भी है-

'रिश्ते छूटें मगर दिल नहीं तोड़ा करते'

अगले एक और धमाकेदार पत्र की घोषणा के साथ सीएसडीएस एशिया बैरोमीटर तय करती (आँकड़े बटोरती कामगार मज़दूर की टोली) टीम का बेदख़ल सदस्य-

इस पत्र के परिणामस्वरूप कानपुर वर्कशॉप में 'ससम्मान' बुलाये जाने की बात हुई। वर्कशॉप में शामिल भी हुए मगर फिर किसी सर्वे में शामिल न हो सके। इसका एक कारण स्वयं हमारा मन उचटना रहा, दूसरा कारण हमारा ट्रेन दुर्घटना पश्चात् शारीरिक रूप से भागदौड़ में सक्षम न होना भी रहा। सर्वे में शामिल भले न हो सके पर बुन्देलखण्ड टीम के लिए सदैव सहायक बने रहे। हाँ एक विशेष बात इस वर्कशॉप में यह हुई कि हमें प्रथम बेस्ट इन्वेस्टीगेटर से सम्मानित किया गया।

सोशल मीडिया की उन्मुक्तता

मीडिया के साथ जुड़ाव बचपन से ही रहा है। पिताजी के मित्र 'दैनिक एलार्म' समाचार-पत्र का प्रकाशन उरई से करते थे। उनके साथ पारिवारिक संबंधों के कारण पत्रकारिता को बहुत क़रीब से देखने का अवसर बचपन से ही मिला है। इसी तरह प्रिंट लाइन में जनपद जालौन में अपना सबसे अलग स्थान रखने वाले श्री राजाराम गुप्ता से भी पारिवारिक सम्बन्ध होने के कारण इस क्षेत्र की बारीकियों को भी बहुत क़रीब से देखने-समझने का अवसर बचपन से ही मिला। हमारे अभी तक के अभिन्नतम मित्रों में से एक अश्विनी कुमार गुप्ता 'बबलू' जो श्री राजाराम गुप्ता के नाती हैं और हम बचपन से अभी तक एक-दूसरे के साये की तरह एक-दूसरे के साथ हैं।

स्नातक करने के बाद अपने लेखन-शौक़ के कारण ख़ुद भी मीडिया के संपर्क में आये। प्रिंट और इलेक्ट्रॉनिक मीडिया से संपर्क हुआ, सम्बन्ध बने। इस मीडिया से संपर्क-विस्तार के बाद जब सोशल मीडिया में प्रवेश किया तो पता नहीं था कि उसमें जितनी राहें हैं, वे सारी भूलभुलैया की तरह काम करती हैं। ज़रा-सा भटके नहीं कि फिर उसी में खो गए। सोशल मीडिया की राह पर चलना शुरू किया ब्लॉग के माध्यम से जो चलते-चलते कब फेसबुक, व्हाट्सएप्प, ट्विटर आदि तक पहुँच गया, पता ही नहीं चला।

वैचारिक आदान-प्रदान के लिए सर्वोत्तम मंच समझकर यहाँ अपनी उपस्थिति कुछ ज़्यादा ही बना ली। इस उपस्थिति के अपने ही परिणाम निकले। बहुत से लोग बौद्धिक विमर्श में सहायक बने; उनसे बहुत कुछ सीखने को मिला। कुछ लोग सामाजिकता में वृद्धि करते दिखे तो उनसे भी सीखा गया। कुछ लोगों का कार्य पूर्वाग्रह से भरकर सिर्फ वैमनस्यता ही फैलाता दिखा तो कुछ दिन उनसे तर्क-वितर्क की स्थिति के बाद लगा कि ऐसे लोगों से बहस का कोई सार नहीं सो ऐसे लोगों से किनारा करना ज़्यादा उचित समझ आया। और भी तमाम तरह की प्रजातियाँ सोशल मीडिया पर मिलीं।

इन्हीं में से एक प्रजाति ऐसी मिली जिसका काम इनबॉक्स में आकर हाय, हैलो करना, दो-चार बार के बाद उससे भी कई क़दम आगे जाकर प्यार का इज़हार करना, शारीरिक सम्बन्ध बनाने की चाह व्यक्त करना, न्यूड फोटो भेजना

शुरू हो जाता। इस तरह के कृत्य करने के बाद भी इस प्रजाति का दम ये भरना रहता कि हमसे प्रेम करती हैं, दिल की गहराइयों से प्रेम करती हैं, हमारे प्यार में सब कुछ कर गुज़र जायेंगी। ऐसे कृत्य में जहाँ कॉलेज में पढ़ने वाली लड़कियाँ शामिल थीं वहीं कई वयस्क महिलाएँ भी शामिल रहीं। कुछ का जुड़ना होता पाठ्यक्रम-सम्बन्धी चर्चाओं के द्वारा, कुछ का सामाजिक कार्यों में सहयोग की ख़ातिर, कुछ का साहित्यिक क्षेत्र के कारण। दो-चार रोज़ काम की चर्चाओं, बातचीत के बाद उनका अपना मंतव्य स्पष्ट कर दिया जाता।

ऐसी अनेक प्रोफाइल के लिए सोशल मीडिया पर खुलकर पुरुष-विरोधी अभियान चलाया गया। पुरुषों को खुलकर इसके लिए आरोपी बनाया गया। ये सच हो सकता है कि पुरुष इनबॉक्स में घुसकर बहुतेरी महिलाओं के साथ अशालीन अभिव्यक्ति दर्शाते हों। इसके साथ-साथ यह भी सत्य है कि महिलाओं में भी इस तरह की प्रवृत्ति पायी जाती है। यहाँ बिना किसी दोषारोपण के दोनों पक्षों को समझना होगा कि यौनेच्छा किसी एक व्यक्ति या एक वर्ग के पास नहीं है। किसी के पास कम है तो किसी के पास ज़्यादा मगर इसकी चाह जितनी पुरुष को है, उतनी ही महिला को भी। इसके अलावा सामाजिक बंधनों के बीच पूर्णरूप से स्वतंत्र सोशल मीडिया ने अपनी कामेच्छा को प्रकट करने का आधार प्रदान करवा दिया है। अपने एहसासों को, जज़्बातों को दर्शाने का माध्यम प्रदान करवा दिया है। इस निर्बन्धन ने शर्म के बन्धन तोड़े हैं, लज्जा के बंधन तोड़े हैं, प्रकटीकरण के द्वार खोले हैं, उन्मुक्तता के द्वार खोले हैं।

तब लगा कि सोशल मीडिया के प्रति लोगों के, विशेष रूप से युवाओं के आकर्षण ने विचारों की अभिव्यक्ति को कितनी स्वतंत्रता दे दी है। विचारों में भी ख़ास तौर से सेक्स सम्बन्धी अभिव्यक्ति को, नग्नता प्रदर्शित करने सम्बन्धी अभिव्यक्ति को। सेक्स की इस उन्मुक्त अभिव्यक्ति के साथ ये सभी लोग, वे चाहे पुरुष हों या स्त्री, किस स्वतंत्रता के पोषक बनेंगे, पता नहीं।

अइया-बाबा की स्नेहिल छाँव में

ये हम तीनों भाइयों का सौभाग्य रहा कि हमें अपने अइया-बाबा (श्रीमती शारदा देवी सेंगर-श्री गिरीन्द्र सिंह सेंगर) के साथ रहने का, उनकी सेवा करने का, उनसे बहुत कुछ सीखने का अवसर मिला। गाँव की कृषिगत् ज़िम्मेवारियों से निवृत्त होकर अइया-बाबा हम लोगों के पास आ जाते। उनके आने पर हम तीनों भाइयों को कुछ बेहतरीन लाभ मिलने लगते। जैसे कि पिताजी की डाँट-मार से मुक्ति मिल जाती। हम लोगों की शैतानियाँ निखरने लगतीं। बाबा-अइया अपने स्नेहिल संरक्षण में यदि हम लोगों की शैतानियों को पंख लगने देते तो इसके साथ ही वे हमारे बौद्धिक ज्ञान, व्यक्तित्व विकास, शारीरिक विकास, चारित्रिक विकास को भी पल्लवित-पुष्पित करते। सुबह घूमने की आदत, पैदल चलने की आदत, मेहनत करने की आदत, समयबद्ध कार्य करने की आदत, अनुशासन में रहने की आदत, पढ़ने की आदत, लिखने की आदत, काग़ज़ातों को क्रमबद्ध सुरक्षित रखने की आदत, वैचारिक विमर्श करने की आदत, किसी भी स्थिति को सभी बिन्दुओं पर परखने की आदत आदि का बीजारोपण बाबाजी के द्वारा ही किया गया।

सुबह हम तीनों भाइयों को उठाकर अपने साथ ले जाना, रास्ते में तमाम ज्ञानवर्द्धक जानकारियाँ देना, हमें स्कूल छोड़ने और लेने जाने के दौरान बाज़ार की, तत्कालीन राजनीति की, अपने समय की अनेक बातों को बताते हुए उनका विश्लेषण करना उनके द्वारा होता रहता। बाबाजी द्वारा दी गयी शिक्षाओं को, उनके द्वारा दी गई जानकारियों को, उनके सिद्धांतों को यदि लिखने बैठा जाए तो न समाप्त होने वाला अध्याय लिखा जा सकता है। वे हमारी लिखने की आदत देखकर अक़्सर हमें समझाते थे कि किसी भी घटना पर, किसी भी बिन्दु पर कभी एकपक्षीय होकर मत सोचो, एकपक्षीय होकर कभी विचार न करो; उसके जितने भी पहलू हो सकते हैं, सभी पर विचार करो। कोई न मिले तो उन सभी बिन्दुओं पर ख़ुद से तर्क-वितर्क करो। किसी भी घटना के, विषय के सभी पक्षों पर जब तुम समान रूप से विमर्श करने की स्थिति में होगे तो उस घटना, विषय विशेष पर कभी ग़लत नहीं होगे।

बाबा ऐसे लोगों से तर्क-वितर्क न करने की सलाह देते थे जो नितान्त कुतर्की होते हैं। ऐसे लोगों के बारे में बाबाजी का मत था कि ये ख़ुद तो भ्रमित

रहते ही हैं, सामने वाले को भी भ्रमित करते हैं। आज भी उनके शब्द हमें अक्षरशः याद हैं और यही कारण है कि आज भी किसी भी घटना के सन्दर्भ में उससे बनने वाले सभी बिन्दुओं पर हमारा तर्क-वितर्क होता रहता है। अक्सर हमारे मित्रों को लगता है कि हम भटकाने-भटकने की कोशिश कर रहे हैं, विषय से इतर बात कर रहे हैं मगर हमें स्वयं पता होता है कि ऐसा हम क्यों कर रहे हैं, इसके पीछे का मूल कारण क्या है। यही कारण है कि आज भी हम किसी भी विषय पर उससे जुड़े सभी संभावित बिन्दुओं पर एक-समान रूप से विचार कर लेते हैं। इस वैचारिक-शक्ति ने हमारी लेखन-क्षमता को मज़बूती ही दी है।

वे समाज के चाल-चलन के बारे में, लोगों के कृत्यों के बारे में, लोगों के व्यवहार के बारे में भी समझाते रहते थे। लोगों की सहायता करने को, असहायों की मदद करने को वे लगातार प्रेरित भी करते रहते थे। इस सन्दर्भ में उनकी एक बात सदैव हमारे आसपास घूमती रहती है। उनका कहना था कि तुमसे जितना बन पड़े दूसरों के लिए भला करो, बिना ये जाने-समझे कि वो तुम्हारा परिचित है या अपरिचित; बिना ये सोचे कि भविष्य में वो तुम्हारे काम आयेगा या नहीं; बिना इसका विचार किये कि तुमको उस कार्य से लाभ हो रहा या नहीं। दूसरों को परेशानी में, समस्या में देखो तो उसकी निःसंकोच मदद करो। इसके साथ ही ये बात याद रखो कि तुम भले ही सबका भला करते रहो मगर किसी को अपने प्रति बुरा सोचने न दो, करने न दो। यदि ऐसा होता है तो वह आगे चलकर तुम्हारे लिए परेशानी पैदा कर सकता है। इसका इलाज यही है उसका ऐसा इलाज करो कि फिर वो किसी का भी बुरा करने तो क्या, बुरा सोचने लायक भी न रह जाए।

इसके अलावा उनकी एक सीख आज भी हमें किसी भी तरह की परेशानी में नहीं आने देती। कितनी भी बड़ी समस्या हो हमें परेशान नहीं करती। वे कहा करते थे कि कितनी भी बड़ी समस्या हो उसका हल बहुत छोटी-सी घटना में खोजना चाहिए। उनका मानना था कि कोई भी घटना बड़ी नहीं होती हमारी मानसिकता, हमारा परेशान होना, हमारा अफ़रातफ़री मचाना ही समस्या को बड़ा बना देता है। ऐसे में आत्मसंयम, मानसिक नियंत्रण और सजगता से समस्या का हल निकाला जा सकता है।

बाबा के साथ-साथ अइया का व्यावहारिक ज्ञान अपनी तरह से हम भाइयों की मदद करता था। परम्पराओं, त्योहारों, लोकोत्सव, लोकगीतों आदि के बारे उनकी जानकारी हम सबके ज्ञान में वृद्धि करती थी। उनके द्वारा पिताजी, चाचाओं के बचपन के क़िस्से ख़ूब मज़े ले-लेकर हम सबने सुने। वे एक बात

बहुत हँस-हँसकर बताया करती थीं कि अपनी पढ़ाई के दौरान चाचा लोग, ख़ास तौर से बच्चा चाचा, जब गाँव से उरई वापस आया करते तो दरवाज़े तक आने के बाद चाचाओं की एक फ़रमाइश अइया से हुआ करती थी। आपको बताएँ वो फरमाइश हुआ करती थी ढपली की धुन 'किड़िक मर-मर-मर-मर-मर, हईंयाँ ना-ना-ना-ना-ना' को सुनाना। अइया ने इस धुन को न केवल चाचाओं को सुनाकर उनकी फ़रमाइश पूरी की बल्कि हम लोगों को भी सुनाकर ख़ूब हँसाया।

आज उनको हम लोगों से दूर गये कई वर्ष हो गये हैं। उनकी शिक्षाओं ने, उनकी जानकारियों ने हमारा हर क़दम पर साथ दिया है। बड़ी से बड़ी घटना रही हो या फिर छोटी से छोटी समस्या, सबको हमने हँसते हुए ही सँभाला है। उनके आशीर्वाद का ही सुफल है कि बहुत सी नकारात्मक ताक़तों की कोशिशों के बाद भी हम अपनी राह सहजता से बढ़े जा रहे हैं, आगे भी बढ़ते रहेंगे।

नाना-नानी का अनमोल ख़ज़ाना

अपने अइया-बाबा के साथ, आशीर्वाद को लेकर हम जितने सौभाग्यशाली रहे, नाना-नानी (श्री मथुरा सिंह क्षत्रिय-श्रीमती राधा रानी) के साथ को लेकर उतने ही दुर्भाग्यशाली रहे। अपने पैतृक गाँव जाने की तुलना में, वहाँ खेलने-कूदने की तुलना में अपने ननिहाल ख़ूब जाना हुआ। ननिहाल में खेलना-कूदना, खेतों में टहलना, खलिहान की सैर, बगिया में शैतानियाँ, बम्बा का स्नान, तालाब में मस्ती ख़ूब की गयी। कई-कई मामा-मामियों के बीच लाड़ले भांजे के रूप में ख़ूब प्यार-दुलार मिला। ननिहाल में बचपन में बड़े भाइयों की सुरक्षा मिली और बड़े में भाभियों का स्नेह भी मिला। इन सबके बीच कमी खलती है तो नाना-नानी का साथ बहुत लम्बे समय तक न मिल पाने की।

बचपन की उस अवस्था में, जिसको होश सँभालने वाली कहा जाता है, उसके पहले ही नाना-नानी हमसे दूर चले गये थे। नानी की तो कई बातें याद हैं मगर नाना की मात्र एक छवि याद है और वो भी बहुत धुँधली-सी। कई बार लगता है कि नाना की वो छवि वाक़ई हमें याद है या फिर सबके द्वारा सुन-सुनकर, उनकी फोटो देख-देखकर एक छवि का निर्माण दिल-दिमाग़ में हो गया है। कुछ भी हो मगर नाना की एक हल्की, धुँधली-सी छवि मात्र इतनी-सी मन-मस्तिष्क में बसी है, जिसमें वे गाँव में घर के पास बने चबूतरे पर बैठे हैं, नीम के पेड़ के नीचे। हम बच्चे वहाँ धमाचौकड़ी करने में लगे हैं। उसी में से वे किसी को तेज़ आवाज़ में बुला रहे हैं। वे हमसे भी कुछ कहते हैं पर हमें याद नहीं कि उन्होंने तेज़ आवाज़ में किसे बुलाया? हमसे उन्होंने क्या कहा? हाँ, नानी की दो-तीन घटनाएँ याद हैं।

नानी उन दिनों उरई में हमारे तीसरे नंबर वाले मामाजी श्री जयनारायण सिंह क्षत्रिय (उनके होटल चलाने के कारण हम सब उनको होटल वाले मामा कहकर पुकारते थे) के घर रुकी हुई थीं। कुछ घटनाएँ वहाँ की याद हैं मगर वे भी धुँधली-सी। उन्हीं दिनों या फिर किसी और समय में नानी का हमारे पाठकपुरा वाले घर आना हुआ। गर्मियों के दिन थे। हम भाई बैठक में नानी के साथ ही खेलने में लगे थे। उस समय की घटना इसलिए भी और याद है क्योंकि उसी समय गली में शोर सुनाई दिया तो पिताजी निकलकर बाहर आये। मोहल्ले के कुछ लड़के किसी चोर की तलाश में भागदौड़ करने में लगे थे। उनके जाने के

बाद पिताजी ने अंदेशा जताया कि कहीं वह चोर घर के बग़ल की पतली गली, जो कई घरों के गंदे पानी निकलने के लिए बनी हुई थी, उसमें तो नहीं छिपा है। छत पर चढ़कर देखने से वह व्यक्ति दिखाई दिया, जिसे पिताजी ने बुलाकर बैठक के बग़ल में बने कमरे में बिठाया। पिताजी की वकील दृष्टि ने और नानी की अनुभवी नज़र ने उस व्यक्ति को निर्दोष बताया। वो युवक बहुत देर तक हम लोगों के संरक्षण में काँपते-डरते बैठा रहा। इस दौरान नानी ने कई बातें हम लोगों को बहुत धीमी आवाज़ में बतायीं। उनकी बताईं बातें आज स्मरण नहीं हैं मगर उनकी छवि स्पष्ट रूप से हमें याद है।

इसी तरह हमारे नाना मामा (श्री सुल्तान सिंह क्षत्रिय) जब भी उरई आते तो घर अवश्य आया करते। कई बार वे रात को घर पर ही रुक जाते। संध्या करना उनकी नियमित दिनचर्या में शामिल था। हम देखते कि वे छत पर दरी बिछा, उस पर ध्यान की अवस्था में बैठते। ऐसा वे कभी रात का भोजन करने के पहले करते तो कभी भोजन करने के बाद। एक दिन हमने उनसे बालसुलभ जिज्ञासा में पूछ लिया कि मामा, आप क्या करते हैं शांत बैठे-बैठे? आज भी याद है कि उन्होंने हँसकर हमें अपनी गोद में बिठा लिया। इसके बाद उनकी कही बात आज तक अक्षरशः याद है और एक सीख की तरह दिल-दिमाग़ में बसी है।

मामा बोले, तुम्हारी माँ हमारी सबसे छोटी बहिन है। वह हमारे लिए खाना बनाती है, रोटी-सब्ज़ी बनाती है। चूल्हे की आग से उसको गर्मी लगती होगी। ऐसे में हम भोजन करने के पहले भगवान से कहते हैं कि हमारी बिट्टी को गर्मी न लगने देना। कभी-कभी खाना खाने के पहले ऐसा नहीं कर पाते तो उसके बाद शांत बैठकर भगवान से कहते हैं कि हमें माफ़ करना क्योंकि हमारे कारण बिट्टी को आज खाना बनाते में गर्मी लगी होगी। उसके कष्ट को दूर करना।

नाना मामा की उस दिन की बात हमारे दिल में चिरस्थायी बस गयी। आज भी हो सकता है कि किसी के बने भोजन की हम तारीफ़ न कर पायें मगर किसी के भी बनाये भोजन में कभी कमी नहीं निकालते। बचपन की उस सीख से यह ज्ञान मिला कि भोजन बनाने वाला कष्ट के साथ अन्नपूर्णा की भूमिका का निर्वहन करता है।

अपने नाना-नानी का प्यार-दुलार आज हमें भले ही याद न हो मगर ननिहाल में एकमात्र नानी का स्नेह और समय के साथ तीन-तीन नाना-नानियों का प्यार-दुलार, विशेष रूप से कानपुर वाले नाना-नानी का आशीर्वाद, प्यार

आज भी बहुत अच्छे से याद है, हमें आज भी मिल रहा है। कानपुर बचपन से अभी तक लगातार जाना होता है। शादी-ब्याह, पारिवारिक आयोजनों आदि में नाना-नानी, मामा-मामी से जो प्यार-स्नेह मिलता है वह सारी कमी दूर करता है। बड़े मामा की शादी के समय सिर पर चोट लगनाा या फिर युवावस्था में हमारी दुर्घटना का होना, इनमें सभी को अपने प्रति स्नेहिल रूप से चिन्तित देखा। शायद इसी को प्रकृति का, परम सत्ता का न्याय कहा जाता है कि यदि किसी व्यक्ति के जीवन में उसके द्वारा कोई कमी की जाती है तो कहीं न कहीं उसके द्वारा उसकी पूर्ति भी कर दी जाती है। नाना-नानी की कमी को उसने नाना-नानी के द्वारा ही पूरा किया। ख़ूब जमकर पूरा किया।

उनसे मिलने की तमन्ना है

राजनैतिक, सामाजिक, सांस्कृतिक, साहित्यिक, खेलकूद, फ़िल्म आदि ऐसे क्षेत्र हैं जहाँ व्यक्ति बहुत जल्दी जनमानस के दिल-दिमाग़ में छा जाता है। कोई-कोई व्यक्ति तो अपने प्रशंसकों के बीच भगवान के रूप में प्रतिष्ठित हो जाता है। बहुत से प्रशंसकों को इनके लिए दीवानगी की हद तक पागल होते देखा है। हमारे सामने भी अनेक क्षेत्रों में अनेक व्यक्ति ऐसे हुए हैं जिनके हम प्रशंसक रहे हैं, आज भी हैं। ऐसे व्यक्तित्वों से मिलने की इच्छा रही, आज भी है। कुछ लोगों से मिलना संभव हो गया, कुछ लोगों से अब कभी मिल पाना सम्भव नहीं। कुछ लोगों से मिलने की इच्छा अभी है, कोशिश है कि जल्द से जल्द उनसे मुलाकात कर ली जाए। अटल बिहारी वाजपेयी, इन्दिरा गाँधी, बाल ठाकरे, कपिल देव, अमिताभ बच्चन, माधुरी दीक्षित आदि नाम ऐसे हैं जिनसे मिलने की इच्छा रही। इन्दिरा जी से मुलाक़ात भले न हो पाई हो पर उनको देखने-सुनने का अवसर बहुत नज़दीक से मिला। अटल जी से मिलना कॉलेज टाइम में हुआ था।

आज भी याद है हास-परिहास के उसी चिर-परिचित अन्दाज़ में उनका बोलना। उनके चरणों का स्पर्श, उनका प्यार से सिर पर हाथ फिराना, खुश रहो का आशीर्वाद देना। ग्वालियर के शैक्षिक प्रवास के दौरान अनेकानेक गतिविधियों में सहभागिता बनी ही रहती थी। ऐसी ही एक सहभागिता के चलते पता चला कि अटल जी का एक कार्यक्रम है। हम हॉस्टल वालों को कुछ ज़िम्मेवारियों का निर्वहन करना है। कोई मंच की व्यवस्था में, कोई खानपान की व्यवस्था में, कोई जलपान की व्यवस्था में, कोई यातायात की व्यवस्था में लगा हुआ था। सहज आकर्षित करने वाले, सम्मोहित करने वाले, मुस्कुराते चेहरे के साथ अटल जी मंचासीन हुए।

अटल जी से मिलने का लोभ हम हॉस्टल के भाइयों में था। व्यवस्था हमारे ही हाथों थी सो कभी कोई किसी बहाने मंच पर जाता, कभी कोई किसी और बहाने से। आज की तरह कोई तामझाम नहीं, कोई अविश्वास नहीं, फ़ालतू का पुलिसिया रोब नहीं। मंचासीन अतिथियों से मिलने का सबसे आसान तरीक़ा था पानी के गिलास पहुँचाते रहना। तीन-चार बार की जल्दी-जल्दी पानी की आवाजाही देखने के बाद अटल जी ने मुस्कुराते हुए बस इतना ही कहा कि क्या

पानी पिला-पिलाकर पेट भर दोगे? भोजन नहीं करवाओगे? अपने पसन्दीदा व्यक्ति से बातचीत का अवसर, बहाना खोजते हम लोगों से पहला वार्तालाप इस तरह मज़ाक़िया, सवालिया अन्दाज़ में हो जायेगा, किसी ने सोचा न था। हम सब झेंपते हुए मंच से उतर आये मगर कार्यक्रम के बाद भोजन के दौर में खूब बातें हुईं, खुलकर बातें हुईं।

ऐसी ही आकर्षित करने वाली व्यक्तित्व की धनी थीं हमारी बुआ विजयाराजे सिंधिया। बचपन में बुआ जी के उरई आने पर मिलना हुआ मगर दो-चार बार ही। बाद में ग्वालियर में स्नातक की पढ़ाई के दौरान उनसे खूब मिलना हुआ। ग्वालियर आने पर वे अक्सर बुलवा लेती थीं और फिर उरई के, घर के हालचाल विस्तार से लेती थीं। उनसे मिलने के बाद अपार ऊर्जा का संचार हो जाता। वे भले ही हमारी बुआ जी बनी रहीं मगर सादगी और जनसेवा के चलते जन-जन ने उनको राजमाता के रूप में स्वीकार किया था।

बाल ठाकरे और अमिताभ बच्चन से मिलने की लालसा उस समय और तीव्र हो गयी जबकि अपनी छोटी बहिन पूजा (पुष्पांजलि राजे) के पास मुंबई जाना हुआ। पारिवारिक यात्रा के दौरान मुम्बई में घूमना भी हुआ मगर इन दो शख्सियतों से मुलाक़ात सम्भव न हो सकी। समय का चक्र कुछ ऐसा गुज़रा कि बाल ठाकरे से मिलना हो ही नहीं सका। मिलना अब हो भी नहीं सकता।

समय के साथ बहुत से लोगों से मुलाक़ात हुई, अपने-अपने क्षेत्र के दिग्गज व्यक्तित्वों से मिलना हुआ, उन्हें सुनना हुआ। कुछ लोग सहजता से मिले, कुछ बड़ी जटिलता के दर्शन करवा गये। मिलने-जुलने के क्रम में इक्का-दुक्का लोग ही ऐसे रहे जिनसे मिलना सुखद लगा। उनके साथ फोटो खिंचवाने का, उनके ऑटोग्राफ लेने का मन हुआ। हाल-फ़िलहाल लालकृष्ण आडवाणी जी से मिलने की इच्छा है। देखना है कि ये इच्छा कब पूरी होती है।

कुछ अनपेक्षित-सा

कुछ स्थितियाँ व्यक्ति के चरित्र के साथ ऐसे चिपक जाती हैं कि उनको निकाल फेंकना सम्भव नहीं हो पाता है। ये स्थितियाँ कई बार आरोपित होती हैं; कई बार स्फूर्त रूप से पैदा होती हैं; कई बार वे जन्मजात आंतरिक रूप से जुड़ी रहती हैं। ग़ुस्सा आना, कोई ग़लत बात बर्दाश्त न कर पाना, किसी मजबूर, कमज़ोर के साथ ग़लत होते देख लड़ जाना आदि कब हमारे स्वभाव का हिस्सा बन गया या कब से हमारे स्वभाव में छिपा था, पता नहीं।

कई बार लगता है कि उम्र से कई गुना ज़्यादा तो लड़ाई-झगड़े कर लिये हैं। इस लड़ाई-झगड़े के चक्कर में, अपने ग़ुस्सैल स्वभाव के कारण बहुत बार स्थितियाँ तनावपूर्ण भी हो गयीं। हर बार यह तनाव परिवार पर फैलता दिखायी देता। हर घटना के बाद अपने आपसे प्रण किया जाता कि अब किसी से लड़ाई नहीं, किसी पर ग़ुस्सा नहीं, किसी से ग़ुस्से से भरा व्यवहार नहीं। कुछ दिन शान्ति से निकलते, हँसी-ख़ुशी से बीतते, तनावरहित गुज़रते और फिर किसी दिन कोई हंगामा हो जाता। प्रण जैसे टूटने को तैयार ही बैठा रहता।

कई बार अकेले बैठकर अपने इस व्यवहार पर चिन्तन करते तो एक भी लड़ाई, एक भी झगड़ा ख़ुद के लिए किया हुआ नहीं दिखता। कॉलेज का समय रहा हो, हॉस्टल रहा हो, खेल का मैदान हो, बाज़ार, यात्रा, ऑफिस आदि किसी भी समय, किसी भी जगह हुआ कोई भी लड़ाई-झगड़ा हमारे अपने लिए कभी नहीं हुआ।

आज भी देखते हैं तो यह छवि चिपकी ही है हमारे ऊपर। लगता है कि शायद यह हमारे अपने लिए ग़लत रहा है पर जब पीछे पलट कर देखते हैं तो संतोष होता है कि हमारे चंद झगड़ों ने बहुतों को परेशानियों से निकाला, बहुतों की समस्याओं को सुलझाया। लोगों को भले ही न दिखता हो पर हमें एहसास है कि उन सभी लोगों की शुभकामनाएँ हमारे साथ हैं। ऐसा पूरे दावे के साथ इसलिए कह सकते हैं क्योंकि इतने अधिक लड़ाई-झगड़ों ने कभी हमें संकट में नहीं डाला।

कहानी अभी बाकी है मेरे दोस्तो

हमारे विगत चालीस वर्ष की जीवन-यात्रा के कुछ पड़ावों, जो कुछ सच्ची कुछ झूठी के आवरण में लिपटे हैं, से आपका भी गुज़रना हुआ। इन पड़ावों पर आपका ठहराव कैसा रहा? अपना तो इनमें से किसी भी पड़ाव पर ठहराव नहीं हुआ। जितनी देर इनका सामना जीवन से होता रहा, उतने पल वहाँ रुककर उसका आनंद लिया, उससे कुछ सीखा और फिर सतत यात्रा को आगे बढ़ गये।

सामान्य रूप में आत्मकथा लिखने के सन्दर्भ में चालीस वर्ष का जीवन बहुत बड़ा जीवन नहीं समझा जाता मगर अनुभवों की व्यापकता उम्र की न्यूनता पर भारी पड़ जाती है। कुछ ऐसा ही लिखने के दौरान हुआ। क्या लिखा जाए, क्या छोड़ा जाए? क्या दिखाया जाए, क्या छिपाया जाए? कितना सबके साथ बाँटा जाए कितना अपने पास सुरक्षित रखा जाए? किसकी बात की जाए, किसकी बात न की जाए?

ऐसा होना स्वाभाविक था भी क्योंकि चालीस वर्ष की इस जीवन-यात्रा में इतने सारे अनुभव मिले जिनसे बहुत कुछ सीखने को मिला। उम्र से अधिक अनुभव। घटनाएँ देखने के कारण ही मन में विचार आया आत्मकथा लिखने का। अच्छी घटनाएँ भी सामने आयीं तो बुरी घटनाओं ने भी अपना रूप दिखाया। लोगों के विश्वास ने दिल जीता तो अपनों के अविश्वास ने अन्दर तक तोड़ा। मीठे अनुभवों ने ज़िन्दगी को स्वादिष्ट बनाया तो कड़वे अनुभवों ने ज़िन्दगी के इस स्वाद से भी परिचित करवाया। ये अपना-अपना देखने का नजरिया होता है। कोई कैसे भी देखता है, कोई कैसे भी देखता है। हमने किसी भी घटना से, किसी भी स्थिति से अपने आपको निपटने के लिए तैयार कर रखा था।

हर घटना ने कुछ न कुछ सिखाया ही है। इसके पीछे भी पारिवारिक परवरिश बहुत मायने रखती है। ज़िन्दगी में भले ही किसी बात की, किसी चीज़ की भरमार न रही हो, भले ही कमी न रही हो मगर यदि कभी सुख-संसाधनों की उपलब्धता न हो तो उनके बिना भी ज़िन्दगी को हँसी-ख़ुशी गुज़ारा जा सकता है, ये बचपन से ही सीखने को मिला। परवरिश इस तरह रही कि खुद ठोकर खायी और ख़ुद सीखा। परिवार में भी इस तरह के उदाहरण सामने आते रहे, जिनसे

बहुत कुछ सीखने को मिला। आत्मविश्वास को प्रबल बनाकर कैसे विपरीत स्थितियों पर विजय पायी जा सकती है, ये भी परिवार से सीखने को मिला।

युवावस्था में जब हॉस्टल में रहने का अवसर आया तो उस जीवन ने भी एक शिक्षक की भाँति कार्य किया। रोज़ नया दिन, रोज़ नया अध्याय, रोज़ नयी सीख। ज़िन्दगी भर के अनुभवों, ज़िन्दगी भर की सीखों में से चन्द यादों को, चन्द अनुभवों को सबके सामने रखना बहुत कठिन लगा।

किसी एक घटना को लिखने बैठा जाता तो उससे सम्बन्धित न जाने कितनी अन्य घटनाएँ सामने आकर खड़ी हो जातीं। जिस घटना को याद न करने की कोशिश की जाती वह हर बार पन्नों पर उतरने को आतुर दिखायी देती।

फ़िलहाल, छोटी-सी ज़िन्दगी में जो बहुत कुछ देखा है, उससे सीखा है, उसको अपने तरीके से देखा है उसी को आपके सामने रखा है। जैसा कि पहले भी आप सबसे निवेदन किया था कि 'कुछ सच्ची कुछ झूठी' आदर्शात्मक आख्यान नहीं है, किसी तरह का कोई प्रवचन नहीं है, किसी को राह दिखाने का कोई साधन नहीं है। हम तो इतनी ही कामना कर सकते हैं कि आपने हमारे इन अनुभवों को उतनी ही सहजता से स्वीकारा होगा, जितनी सहजता से हमने स्वीकार कर आपके सामने प्रस्तुत किया।

'कुछ सच्ची कुछ झूठी' ऐसे तमाम अनुभवों का आरम्भ है, इतिश्री नहीं। उम्र के इस पड़ाव पर आकर अपनी बात कहने का साहस किया है तो महज़ इस कारण कि बहुत कुछ है आप सबसे बाँटने को। इसके बाद भी इसका ध्यान रखा गया कि ऐसे सत्य को उघाड़ने के प्रयास से बचना है जो किसी को परेशान कर जाए, किसी के जीवन में उथल-पुथल मचा जाए।

तमाम कड़वे, खट्टे, बुरे अनुभवों के बाद भी ख़ुद को सदैव सकारात्मक स्थिति में रखा है। ऐसा नहीं है कि हम रोये नहीं हैं, हमारे आँसू नहीं बहे हैं मगर जो स्थिति साथ वालों को कमज़ोर करे, वह हमें कभी स्वीकार नहीं रही। इसी सोच के चलते आँसुओं को अपने भीतर ही बहाकर सबका स्वागत मुस्कुराकर, खिलखिलाकर किया गया। एक छोटी-सी हँसी सबको सदैव प्रसन्न रखती है, सकारात्मकता का प्रसार करती है। सोचिए, इस सोच के साथ कैसे किसी के जीवन में बवण्डर मचा दिया जाता, महज़ आत्मकथा में सत्य उघाड़ने की मंशा से। इसका अर्थ यह भी नहीं कि झूठ कहा गया है। झूठ कुछ नहीं है, बस लोगों की भावनाओं को हताहत होने से बचाने के लिये या तो वे घटनाएँ प्रस्तुत ही नहीं

की गयी हैं और यदि दर्शायी भी गयी हैं तो उन पर मासूमियत का, काल्पनिकता का एक आवरण चढ़ा दिया गया है।

'कुछ सच्ची कुछ झूठी' तो एक आरम्भ है, अपने अनुभवों को, अपने जीवन को सार्वजनिक करने का। एक बार मन का संकोच मिट जाए, दिल का धड़का खुल जाए फिर सभी तरह के डर गायब हो जाते हैं। इस एक आरम्भ ने न जाने कितनी राहें खोल दी हैं। आने वाले समय में हमारे जीवन के और भी पक्ष अन्य रूपों में आपके सामने आयेंगे। हमारे आत्मीय, शुभचिंतकों के बारे में, हमारे मित्रों के बारे में, हमारी हॉस्टल लाइफ के बारे में, हमारी प्रेम-कहानियों के बारे में, हमारे सामाजिक-राजनैतिक जीवन के बारे में, हमको लेकर लोगों की सोच और लोगों को लेकर हमारी सोच के बारे में भी आने वाले समय में लिखा जायेगा।

बहुत से आत्मीयजन ऐसे हैं, जिनका सन्दर्भ यहाँ किया जाना चाहिए था मगर कतिपय कारणवश ऐसा नहीं हो सका। आख़िर सारी बातें यहीं कर ली जायेंगी तो आगे क्या कहा जायेगा। ये समापन नहीं, शुभारम्भ है। आप सभी के सहयोग बिना आगे बढ़ना सम्भव नहीं। आगे भी चलना आपके साथ होगा, अकेले नहीं। आप सभी अपने विचारों, अपनी राय, अपनी प्रतिक्रिया से अवश्य ही अवगत करायेंगे, ऐसा विश्वास है।

'कुछ सच्ची कुछ झूठी' की अगली कड़ी का इंतज़ार कीजिए। हमें ख़ुद भी इंतजार है, अपने बारे में जानने का। शीर्षक क्या होगा, ये अभी संशय में है; 'कुछ सच्ची कुछ झूठी' की तरह ही।

अन्तिम पन्ना यारो तुम्हारी यारी के नाम

चार दशक की जीवन-यात्रा के बाद पलटकर देखते हैं तो बहुत से पलों का साथ रहना दिखता है, बहुत से अवसरों का पीछे छूट जाना दिखाई देता है। अनेकानेक जाने-अनजाने लोगों से मिलना-बिछड़ना इस यात्रा में बना रहा। हँसना-मुस्कुराना, लड़ना-झगड़ना, तर्क-वितर्क के न जाने कितने पड़ावों के बीच लोगों का साथ मिलता रहा, बहुतों का साथ छूटता रहा।

इस यात्रा में अच्छे-बुरे, कड़वे-मीठे अनुभवों का स्वाद चखने को मिला। सपनों का बनना-बिगड़ना बना रहा, वास्तविकता और कल्पना की सत्यता का आभास होता रहा। कई बार जीवन एकदम सरल, जाना-पहचाना लगता तो कई बार अबूझ पहेली की तरह अनजाने रूप में सामने खड़ा हो जाता। अपनी होकर भी बहुत बार यह जीवन-यात्रा अपनी-सी नहीं लगती। ऐसा लगता कि चमकती धूप में भी स्याह अँधेरा चारों तरफ़ हो। चाँदनी बिखरी है मगर उसमें भी तपन महसूस होती। सर्वत्र ख़ुशी के झरने झर रहे हैं पर हम उसमें भीग नहीं पा रहे हैं। सुखों की चादर फैली हुई है पर उसके साये में ख़ुद को खड़ा नहीं कर पा रहे हैं।

यही इस जीवन-यात्रा की अनिश्चितता थी कि जो पल अभी-अभी नकारात्मक सन्देश लेकर आया था, वह अपने साथ सकारात्मकता की चिट्ठी लेकर भी आया था। ख़ाली हाथ होते हुए भी समूची दुनिया मुट्ठी में होने का एहसास ख़ुद को सर्वोच्च पायदान पर ले जाता। तनहाई के बीच अपना क़द ही अनेकानेक व्यक्तित्वों का निर्माण कर मधुर कलरव बिखेरने लगता। अँधेरों के सामने दिखने पर उसको अपने भीतर समेट सबकुछ रौशनी में बदल देने की शक्ति भी प्रस्फुटित होने लगती।

ऐसा क्यों होता है? कब होता है? किस कारण होता है? न जाने कितने सवालों के दोराहों, तिराहों, चौराहों से गुज़रते हुए भी यदि कोई जीवन-शक्ति सदा साथ रही तो वह थी हमारे दोस्तों की शक्ति। किसी मोड़ पर अकेलेपन का एहसास यदि किसी ने न होने दिया तो वो था हमारे दोस्तों का साथ। अनेक असफलताओं को सफलता में बदलने का जज़्बा विकसित करने वाला कोई था तो वो था दोस्तों का साहचर्य।

ऐसे बहुत सारे दोस्तों में हमारी त्रिमूर्ति अश्विनी उर्फ़ बबलू, अभिनव और

सन्दीप का स्थान सबसे अलग है। इस पुस्तक को पढ़ने के दौरान और पढ़ने के बाद सभी को आश्चर्य हुआ होगा कि इन तीनों के बारे में यहाँ कुछ अलग से नहीं लिखा गया। हो रहा है न आपको आश्चर्य? इनके लिए अलग से कैसे कुछ लिखा जा सकता है जबकि ये हमसे अलग हैं ही नहीं। हमारे नामों में अंतर है, देखने में हमारे रंग-रूप, कद-काठी अलग हैं मगर आत्मिक रूप से हम एक ही हैं। क्या-क्या लिखें इनके बारे में? क्या-क्या छोड़ें इनके बारे में? हफ़्तों, महीनों न मिलने के बाद भी ऐसी कोई बात नहीं होती जो हमारे बीच आपस में शेयर न होती हो। अच्छा या बुरा कैसा भी समय रहा हो, हम किसी न किसी रूप में एक-दूसरे के साथ बराबर रहे, लगातार रहे।

शादी के पहले की मुलाक़ातों में अक्सर हम सब इसके लिए चिन्तित रहते कि हमारी आने वाली जीवनसाथी हमारे संबंधों का निर्वहन किस तरह से करेंगी? जिस तरह की आत्मीयता हम सबमें आपस में है, क्या वो बनी रहेगी? ऐसी सोच अक्सर हमारी तरफ से ही उछाली जाती और इसका कारण भी हम ही रहते। अपने मज़ाक़िया, कुछ भी कह देने (जिसे आम बोलचाल भाषा में मुँहफट कहा जा सकता है) वाले स्वभाव के चलते हमें स्वयं इसकी चिन्ता लगी रहती।

कालान्तर में सभी की शादी हुई, परिवार का विकास हुआ मगर हम सब आज भी उसी तरह आत्मीय रिश्ते के साथ जुड़े हुए हैं। सबकी पारिवारिक ज़िम्मेवारियाँ जहाँ की तहाँ और हमारा दोस्ती भरा रिश्ता भी जहाँ का तहाँ। इसके पीछे उन तीनों के जीवनसाथियों क्रमशः गुंजन, नम्रता और सारिका तथा हमारी जीवनसंगिनी निशा का महत्त्वपूर्ण योगदान है, सहयोग है। हमारा मज़ाक़ वैसे का वैसा है, हमारा स्वभाव ज्यों का त्यों है और हम सबके रिश्ते, सम्बन्ध भी ज्यों के त्यों हैं। पारिवारिक रूप से हम सभी आज भी एकसूत्र में बँधे हुए हैं। ऐसे में उन तीनों को एक पुस्तक में समेट पाना हमें अपने वश के बाहर की बात लगी।

सच कहा जाए तो उन तीनों सहित अपने अन्य दोस्तों के बारे में यदि लिखना शुरू किया जाए तो उसके लिए एक नहीं कई पुस्तकों की रचना करनी पड़ेगी। 'कुछ सच्ची कुछ झूठी' लिखने के साथ ही इस पर भी विचार बना जिसे यथाशीघ्र साकार किया जायेगा।

यह हमारी ख़ुशकिस्मती है कि दोस्तों का मिलना हर स्थिति में हुआ, हर परिस्थिति में हुआ। कोई बचपन में स्कूल से मित्र बना तो कोई कॉलेज की शिक्षा के दौरान सम्पर्क में आया। किसी से उच्च-शिक्षा के दौरान बनी मित्रता अभी तक

चल रही है तो किसी से सामाजिक कार्यों के दौरान हुआ सम्पर्क आज तक गहरी दोस्ती के रूप में विद्यमान है। हॉस्टल जीवन में बहुत से मित्रों का आना हमारे जीवन में हुआ। इसमें बहुत से बड़े भाई की तरह अपना आशीर्वाद, स्नेह हम पर लुटाते हैं तो कुछ छोटे भाई की तरह हमें सम्मान देते हैं और कुछ मित्र तो आज भी उसी तरह की बदतमीज़ियों के साथ हमारे दिल-दिमाग़ में बसे हैं, जिन बदतमीज़ियों के साथ हॉस्टल के समय में घुस गये थे।

स्कूल, कॉलेज, हॉस्टल में साथ पढ़ने-रहने के कारण गहरी मित्रता होना स्वाभाविक बात है मगर बहुत से मित्र ऐसे हैं जिनसे अल्पकालिक संपर्क होने के बाद भी सम्बन्ध दीर्घकालिक, स्थायी बन गए हैं। वे सभी आज भी नियमित सम्पर्क में हैं। हाँ जी, आपके सवाल दागे जाएँ उससे पहले हम ही बताये देते हैं कि हमारी दोस्ती के इस घेरे में लड़के भी शामिल हैं, लड़कियाँ भी शामिल हैं। अपनी दोस्ती के क़ैदखाने में क़ैद करने वाले बहुत सारे मित्र आज भी लगातार हमारे साथ बने हुए हैं। यहाँ सभी को नाम से इंगित न कर पाने की अपनी विवशता है। इसे हमारे सभी मित्रवर समझेंगे और नजरअंदाज़ करते हुए अपनी दोस्ती से हमेशा की तरह सराबोर करेंगे।

बहरहाल, पुराने दोस्तों की दोस्ती हमेशा पुरानी शराब-सा मज़ा देती रही। नये-नये मित्र अपने नये-नये रंग के साथ इसमें शामिल होकर दोस्ती के नशे को और नशीला बनाते रहे।

www.ingramcontent.com/pod-product-compliance
Lightning Source LLC
LaVergne TN
LVHW040433051026
849517LV00002B/585
* 9 7 8 9 3 8 8 5 5 6 1 3 2 *